둔황

TONKOH
by INOUE Yasushi

이 도서의 국립중앙도서관 출판예정도서목록(CIP)은 서지정보유통지원시스템 홈페이지(http://seoji.nl.go.kr)와
국가자료공동목록시스템(http://www.nl.go.kr/kolisnet)에서 이용하실 수 있습니다.
(CIP제어번호: CIP2010002700)

세계문학전집
049

井上靖 : 敦煌

둔황

이노우에 야스시 장편소설

임용택 옮김

문학동네

일러두기

1. 신초샤 간행 원서에 실린 미주는 군지 가쓰요시(郡司勝義)가 단 것으로, 이를 한국 어판에서는 선별하거나 압축하여 각주로 처리한 후 ＊로 표기하였다.
2. 역주도 ＊로 표기한 후 말미에 '옮긴이'라고 밝혔다.

차례 ▌

둔황　　7

해설 | 잠자는 서역의 역사를 몽상한 낭만 서사시 『둔황』　251
이노우에 야스시 연보　265

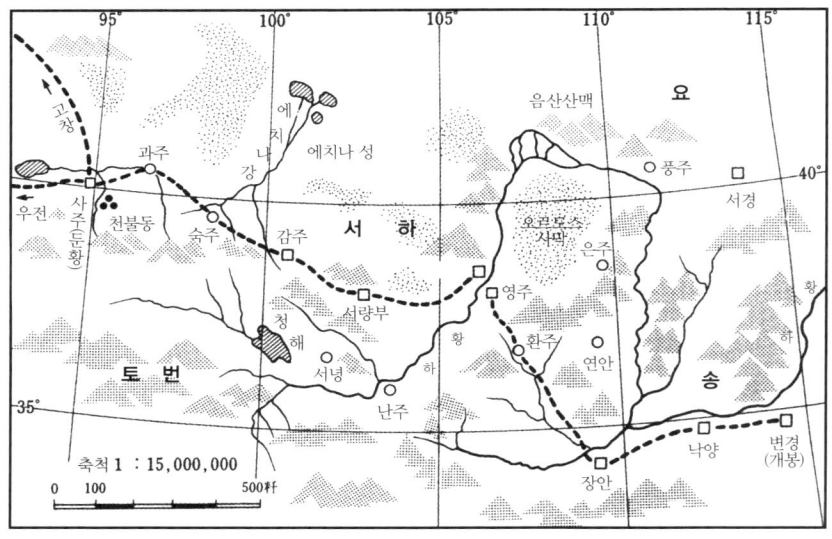

축척 1 : 15,000,000

0 100 500粁

1장

조행덕(趙行德)이 진사시험*을 치르기 위해 고향인 호남(湖南) 시골에서 수도 개봉(開封)으로 상경한 것은 송나라 인종(仁宗)의 재위 기간인 천성(天聖) 4년(서기 1026년) 봄의 일이었다.

당시는 한마디로 관리들이 세상을 좌지우지하던 시대였다. 무인들의 발호를 막기 위해 문관을 중용하려는 조정의 방침에는 태조(太祖)**와 태종(太宗)***을 거쳐 인종에 이르기까지 추호의 흔들림이 없었다. 군부의 주요 요직까지 문관 출신 관리들이 배치되었다. 학문을

---

* 수나라 때 시작돼 송나라 때 완비되어 청나라 말기까지 지속된 중국의 고등 문관 임용 시험을 과거라 불렀고, 이중 성시(省試, 중앙조정에서 치른 시험)에 합격한 자를 진사라 불렀다. 성시 다음 단계 시험을 전시(殿試)라 하여 황제가 친히 주관하였다.
** 송나라의 초대 황제.
*** 형 태조의 뒤를 이은 송나라의 2대 황제.

닦아 관리가 되는 것이 입신출세를 꿈꾸던 자들의 한결같은 생각이었으며, 관리 임용 시험의 합격이 바로 출세의 첫걸음이었던 것이다.

인종에 앞서 진종(眞宗)은 몸소 「근학시(勤學詩)」를 만들어 학문에 의한 급제야말로 부귀를 얻는 지름길임을 천하에 알렸다.

집안을 부유하게 하려면 기름진 토지를 사지 말지어다. 천만 석의 곡식이 서책 속에 있도다. 편안한 주거를 원한다면 호화로운 저택을 짓지 말지어다. 서책이 곧 황금의 집이니라. 집을 나섬에 수행할 자 없음을 탄식하지 말지어다. 책 속에 준마 있어 무리를 이루도다. 배필을 고를 때 뛰어난 중매쟁이 없음을 탓하지 말지어다. 구슬같이 고운 얼굴의 여인이 서책 속에 있도다. 대장부가 평생 뜻한 바를 이루려면 창가에 앉아 육경(六經)*을 읽는 데 매진할지어다.

진사시험에 우수한 성적으로 합격만 하면 재상을 비롯한 온갖 고위 관직을 바라볼 수 있었다. 설령 좋은 성적이 아니어도 각 주(州)의 통판(通判)** 정도는 이 시험의 합격자 중에서 발탁되는 경우가 많았다. 진종의 「근학시」가 말해주듯 황금과 미인 모두 서책을 읽음으로써 손에 넣을 수 있었던 것이다.

조행덕이 개봉으로 상경하던 해, 시험에 응시하고자 각지에서 몰려든 자의 수는 무려 3만 3800명에 이르렀으나, 이중에서 선발되는 이

---

* 문관 임용 시험의 중심을 이루는 『역경(易經)』, 『서경(書經)』, 『시경(詩經)』, 『춘추(春秋)』, 『예기(禮記)』, 『주례(周禮)』의 여섯 서책.
** 지방의 군벌 세력을 약화시키기 위해 조정에서 주의 지사 밑에 파견한 감독관.

는 고작 5백 명에 불과했다. 조행덕은 봄부터 초여름까지 개봉 서화문(西華門) 근처의 동향 사람 집에 머물고 있었다. 개봉 전역은 과거 응시생들로 넘쳐났다. 그들의 나이 또한 천차만별이었다. 그동안 조행덕은 예부(禮部)에서 실시하는 첩경(帖經), 잡문(雜文), 시무책오도(時務策五道), 시부(詩賦) 등의 제반 시험을 우수한 성적으로 통과한 상태였다.

서서히 더위를 느끼게 하는 초여름 햇살이 느릅나무 너머 대로변으로 쏟아지던 어느 날, 그는 이부(吏部)에서 주관하는 신(身), 언(言), 서(書), 판(判) 시험에 나오라는 통지를 받았다. '신'은 당당한 용모와 풍채, '언'은 논리정연한 언변, '서'는 수려한 필체, '판'은 법률의 이치에 대한 판단력을 으뜸으로 삼았다. 여기에 합격하면 이제는 궁중에 들어가 황제의 질문에 답하는 최종시험*이 남아 있을 뿐이었다. 그 결과에 따라 상위 세 명은 각각 장원(壯元), 방안(榜眼), 탐화(探花)로 불리며, 이들 성적 우수자를 포함한 합격자 전원에게는 화려한 장래가 보장되었다.

조행덕은 응시생 중에 자신보다 뛰어난 실력을 지닌 자는 드물 거라고 여겼다. 실제로 그는 그렇게 자부할 만한 능력을 지니고 있었다. 유학자 집안에 태어나, 어려서 학문을 접한 이래 32세가 되는 지금까지 서책을 멀리한 날은 손으로 꼽을 정도였다. 이제껏 그가 치른 몇 차례의 시험은 하나같이 쉬운 것들이었다. 그때마다 수백수천의 경쟁자가 체로 걸러지듯 줄줄이 탈락해갔다. 애초부터 행덕에게는 자신이

---

* 전시를 가리킴.

시험을 치러 낙오자의 대열에 낀다는 것은 상상조차 할 수 없는 일이었다.

당일 조행덕은 시험장소로 지정된 상서성(尙書省)*의 한 건물로 향했다. 사방이 긴 복도로 둘러싸인 중앙 뜰에 응시생들이 모여 대기하고 있었다.

응시생들은 담당관리에 의해 한 사람씩 호명된 후, 긴 복도를 따라 시험장으로 안내되었다. 자기 차례가 될 때까지 그들은 각자 편한 자세로 뜰 주위에 놓인 의자에 앉거나, 수령이 오랜 회화나무가 몇 그루 심어진 주변을 산책 삼아 걸어 다녔다. 건조한 공기를 가르며 바람이 끊임없이 불고 있었다. 조행덕의 차례는 좀처럼 돌아오지 않았다. 그는 구석의 커다란 회화나무 아래에 걸터앉아 초조하고도 지루한 시간을 보내야 했다. 그러는 동안 행덕은 살짝 졸음기를 느껴 눈을 감았다. 팔짱을 낀 채 머리를 뒤로 젖히고 편안한 자세를 취했다. 때때로 새로운 이름이 호명되었으나, 그 소리는 점차 조행덕의 귀에서 멀어져갔다.

어느덧 조행덕은 잠에 빠져들었다. 꿈속에서 그는 황제 앞에 나가게 되었다. 조행덕이 안내된 시험장 양쪽으로는 관복 차림의 고관들이 늘어서 있었고, 중앙에 의자 하나가 놓여 있었다. 행덕은 위축됨 없이 중앙 의자를 향해 걸어가 앉았다. 행덕의 앞쪽으로 몇 걸음 떨어진 곳에 높다란 단상이 있었고, 위에서 아래로 얇은 발이 쳐 있었다.

---

* 중앙 행정관청으로, 황제의 직속기관이었던 것을 당나라 때 중앙조정의 최고기관으로 승격시켰다. 하부에 이(吏), 호(戶), 예(禮), 병(兵), 형(刑), 공(工)의 육부(六部)를 두었다.

"하량(何亮)*의 안변책(安邊策)을 어떻게 보는가?"

질문은 발 안쪽에서 들려왔다. 의외로 굵직한 목소리였다. 하량의 안변책이란 지금으로부터 30년 전인 지도(至道) 3년(서기 997년)에 영주(靈州)의 둔전(屯田)**을 사찰한 당시의 영흥군(永興軍) 통판 하량이 진종에게 올린 변방 문제에 관한 건의서였다. 조정이 서하족(西夏族)의 서쪽 변방 침입으로 골머리를 썩고 있던 시기의 일이다. 서하 문제는 태조 재위 말기부터 이제 갓 건국한 송나라의 심각한 문제였으며, 하량이 그 지역을 시찰했을 무렵, 변방 사정은 매우 급박하게 돌아가고 있었다. 이후로도 서하 문제는 여전히 해결의 실마리를 찾지 못하는 상황이 지속되었다.

서하란 일찍이 오량 지방(五凉地方)*** 동쪽에서 위세를 떨치던 티베트계의 부족인 탕구트족이 세운 소국이었다. 오량 지방은 여러 오랑캐 종족들이 뒤섞여 거주하던 지역으로, 탕구트족 외에도 위구르(回鶻)****, 토번(吐蕃)*****을 비롯한 여러 소수민족들이 구리를 이루며 그중 몇 부족은 작은 왕국을 세우기도 하였으나, 태조 때부터 서하

---

* 당나라 때 24명의 현자와 견줄 만하다고 일컬어지던 송나라 이십사현(二十四賢) 중 한 명.
** 병사를 변방에 정착시켜 평상시에는 농업에, 전시에는 전투에 종사하도록 하는 중국의 토지제도(옮긴이).
*** 진나라 때에 세력을 형성한 서쪽 변방의 다섯 나라(전량, 후량, 남량, 서량, 북량)가 지배한 지역.
**** 몽골 및 중앙아시아 지역에 거주하던 투르크계 민족. 8세기 중엽 나라를 세웠다가 839년에 키르기스의 침략을 받아 멸망한 후 분산돼 하서 방면에 정착했다가 10세기 후반에 감주, 숙주, 과주, 사주 일대에 걸쳐 왕국을 건설했다. 11세기 초 서하에 합병당했다.
***** 7세기 초부터 9세기 무렵까지 티베트에 통일 왕국을 세웠던 민족.

가 유독 강대하여 다른 부족을 압도하면서 종종 중국의 서쪽 지역을 침범하였다. 서하는 항상 겉으로는 송나라에 신하로 복종하는 태도를 취하였으나, 중국 왕조와 오랜 대립 관계에 있던 거란으로부터도 봉책(封冊)*을 받고 있어, 이러한 서하의 표리부동한 태도는 송나라 황실 대대로 골칫거리였다. 오량 지방에 인접한 영무(靈武) 지역은 매년 서하의 기마부대에 의해 유린을 당하고 있던 터라, 하량이 안변책을 주청하기 1년 전에는 조정에서 영무를 포기하자는 주장까지 제기될 정도였다.

하량은 자신의 안변책에서 기존의 서하 대책을 세 가지로 나누어 이를 통렬히 비판한 후 조목조목 결점을 지적하면서, 하나같이 불가하다는 견해를 피력하였다.

하량이 비판한 세 가지란 영무 포기, 흥사정토(興師征討)**, 고식기미(姑息羈縻)*** 주장이다. 먼저 영무를 포기하면 서하의 영토가 광대해져 서하와 주변 민족들이 연합할 우려가 있고, 더구나 오량 지방의 특산물인 준마를 얻을 수 없게 된다는 것. 다음으로 흥사정토에 대해서는 변방에 투입할 병력과 군량미가 부족한 상황에서 실현이 곤란하며, 만약 소수의 부대를 출동시키면 군량미 보급로가 끊길 것이고, 그렇다고 많은 병력을 출동시키자니 이에 따른 백성들의 부담을 생각해야 한다는 것. 마지막으로 고식기미의 방책을 취하게 되면 잠정적인

---

* 왕후(王侯)에 봉하는 취지를 적은 황제의 칙서(옮긴이).
** 병력을 일으켜 정벌함(옮긴이).
*** 당나라 이후 중국의 역대 왕조가 이민족에 취해온 통치정책으로, 내부의 불평분자를 선동하여 혼란을 일으킴으로써 통일을 저지하는 것을 말한다. 기(羈)와 미(縻)는 말의 머리와 소의 코에 달린 끈으로, 이를 통해 말과 소의 동작을 제어한다는 뜻이다.

평화는 바라볼 수 있을지 모르나, 잔인하고 탐욕스러운 서하족은 오량 지방에 흩어져 있는 몇몇 소수민족들을 병합하여 장차 큰 우환거리가 될 것이고, 실제로 송나라가 그런 태도를 취하기를 내심 바라고 있는 상황에서 그들의 계략에 말려들고 만다는 내용이었다.

마지막으로 하량은 작금의 상황에서 가장 적합한 방책으로 자신의 의견을 주청하였다. 그 내용은 서하의 서쪽 변방 지역을 공략할 때 전진기지가 될 수초지대(水草地帶)에 성을 쌓은 뒤, 서하의 대군이 움직이기를 기다렸다가 공격해야 한다는 것이다. 이제까지 서하와의 전투에서 승리를 거두지 못한 이유는 적의 주력부대와 결전을 벌이지도 못한 채, 번번이 끝없는 사막 추격전에 무모한 병력만 소모하였기 때문으로, 만약 적군 쪽에서 싸움을 걸어온다면 섬멸시키는 것은 그다지 어려운 일이 아니며, 서하가 군대를 움직이지 않는 경우에는 성을 더 쌓아 두 개로 만든 후 하나는 성으로 삼고, 하나는 요새로 삼아야 한다는 주장이다. 성 하나를 보존하는 데는 막대한 비용이 들지만, 성이 두 개면 그 부근 일대의 빈민들에게 둔전을 경작시킬 수가 있으므로, 적절한 장수를 골라 방비 태세를 갖추게 하면서 서서히 신뢰를 쌓고 은혜를 베풀어 그 지역 이민족들을 포용해야 한다는 것이었다.

"당시의 위정자들이 하량의 의견을 듣지 않고, 하량이 불가하다고 한 고식기미 정책을 취해 변방 문제를 작금까지 끌고 온 것은 참으로 어리석은 일로, 지금 서쪽 지역으로 눈을 돌려보면 유감스럽게도 하량의 예언대로 되고 있사옵니다."

조행덕은 하량의 안변책을 지지하는 사이 자신도 모르게 목소리가 격앙돼 떨리고 있음을 느꼈다. 이어 행덕의 주위에서 의자가 넘어지고 탁자가 쓰러지며 노여움과 질타의 목소리가 들끓었다. 그러나 행덕은 한번 시작한 발언을 끝까지 계속해야 했다. 그는 다시 입을 열었다.

"현재 서하는 주위의 오랑캐들을 정복하여 나날이 강대해지고 있어 장차 큰 우환거리가 될 것이니, 이를 위해 송나라는 80만 대군을 항시 대기시켜야 합니다. 그러나 여기에는 막대한 비용이 드는 데다가, 현재 군마의 주요 산지가 적들의 수중에 있으므로 보급조차 만족스럽지 못한 상황에 있사옵니다."

이때 황제의 거실에 처 있던 발이 거칠게 감아 올려지더니, 동시에 여러 명의 남자들이 자신을 향해 돌진해 오는 것이 보였다. 행덕은 자리에서 일어서려 했으나, 어찌 된 영문인지 다리가 말을 듣지 않았다. 행덕은 앞으로 고꾸라지고 말았다.

순간, 조행덕은 꿈에서 깨어났다. 바닥에 엎어져 있는 자신을 발견하고 황급히 몸을 일으켜 주위를 둘러보았다. 행덕의 눈에 비친 것은 강렬한 태양이 내리쬐고 있는 아무도 없는 뜰로, 구석에서 관복 차림의 남자 하나가 자신을 내려다보고 있었다. 행덕은 손에 묻은 모래를 털며 일어섰다. 조금 전까지 넘쳐나던 수많은 응시생들의 모습은 온데간데없었다.

"시험은……"

행덕은 중얼대듯 물었다. 관복 차림의 남자는 행덕을 경멸의 눈초리로 노려보기만 할 뿐, 한마디의 대꾸도 없었다. 행덕은 어이없게도 자신이 잠에 빠져 궁중에서 황제의 질문에 답변하는 꿈을 꾸는 사이, 중요한 시험을 스스로 포기한 꼴이 되었음을 깨달았다. 잠이 든 탓에 자신의 이름이 호명된 것을 알지 못했던 것이다.

조행덕은 출구 쪽으로 걸어갔다. 상서성 건물을 나와 인적이 뜸한 조용한 관청가를 벗어났다. 넋 나간 사람처럼 정처 없이 마냥 걷기만 했다. 궁중 시험도, 여기에 합격하여 고관 반열에 오르는 것도, 백의 공경(白衣公卿), 일품백삼(一品白衫)*으로 칭송받는 영광도 이젠 모두 덧없는 한 조각 꿈이 되고 만 것이다.

조행덕의 뇌리에 문득 맹교(孟郊)**의 시 한 수가 떠올랐다.

봄바람에 뜻을 이루니 말발굽 소리 하루 종일 오란하고, 온통 장 안(長安)의 꽃***으로 넘쳐나네.

이것은 맹교가 50세의 나이로 진사시험에 합격했다는 통지를 받아 들었을 때의 감회를 읊은 것이다. 그러나 조행덕의 주위에는 장안의 모란꽃 대신 따가운 여름 햇살이 절망의 벼랑 끝으로 내몰린 그의 온 몸을 내리쬐고 있을 뿐이었다. 다음 진사시험까지는 무려 3년을 기다려야 했다. 행덕은 무작정 걸었다. 걷는 것만이 그를 지탱해주었다. 그러는 동안 행덕은 성 외곽 저잣거리에 발을 들여놓게 되었다. 남루한 옷차림의 남녀가 무리를 지어 땅거미가 지기 시작한 좁은 골목길을 오가고 있었다. 길 양쪽은 대부분이 음식을 파는 가게였다. 닭고기와 오리고기를 냄비로 삶거나 구워 파는 가게들이 늘어서 있었다. 고

---

* 두 가지 모두 진사시험에 응시한 자들을 가리키는 말로, 훗날 일품의 지위까지 출세할 수 있으나 아직은 자격이 없어 서민의 흰 평상복을 입고 있다는 뜻.
** 당나라 중기의 시인.
*** 당시 장안 시민이 좋아하던 꽃은 모란꽃으로, 특히 분홍색이나 보라색 꽃이 인기가 있었다.

기를 튀기는 기름 냄새에 땀 냄새, 먼지 등이 뒤섞여 고약할 정도로 코를 찔렀다. 불에 그은 양고기와 돼지고기를 처마 끝에 매달아놓은 곳도 있었다. 행덕은 문득 시장기를 느꼈다. 그러고 보니 아침부터 아무것도 먹지 않은 상태였다.

골목 몇 개를 돌았을까. 길 가운데에 많은 사람들이 모여 있는 것이 보였다. 가뜩이나 비좁은 골목은 이들 때문에 통행이 불가능한 상황이었다. 행덕은 인파 뒤쪽에서 안쪽을 들여다보았다.

맨 먼저 행덕의 눈에 비친 것은 나무상자 위에 놓인 두꺼운 판자에 벌거벗은 채로 누워 있는 여자의 하반신이었다. 행덕은 인파를 비집고 안으로 들어갔다. 사람들 어깨 너머로 이번에는 여자의 상반신이 보였다. 여자는 실오라기 하나 걸치지 않은 알몸이었다. 얼핏 보아도 한족(漢族)이 아님을 알 수 있었다. 살결은 그다지 희지 않았지만 풍만한 느낌으로, 불거져 나온 광대뼈에 갸름한 턱, 푹 들어간 검은 눈 등 행덕이 지금까지 보지 못한 농염함을 지니고 있었다.

행덕은 좀 더 안쪽으로 비집고 들어가보았다. 누워 있는 여자 바로 옆에 한 남자가 웃통을 벗은 채 커다란 칼을 들고 구경꾼 쪽을 노려보면서 서 있었다. 남자는 얼핏 봐도 험상궂은 얼굴이었다.

"자, 어느 부분이라도 좋으니 사요. 사!"

남자는 구경꾼들을 노려보듯 둘러보며 말했다. 그때마다 구경꾼들은 웅성대면서도 이 진귀한 상품에서 좀처럼 눈을 떼지 못하고 있었다.

"왜 모두 가만있는 거요. 겁쟁이들뿐이군. 이거 살 사람 없소?"

남자는 다시 호통을 쳤으나, 주위의 그 누구도 나서는 자가 없었다.

이때 행덕이 인파에서 몸을 내밀며 이렇게 말했다.

"대체 이 여자가 무슨 짓을 한 거요?"

그렇게 묻지 않을 수 없었다. 그러자 칼을 든 남자는 행덕 쪽을 힐 끗 보며 말했다.

"이년은 서하족이오. 남의 남자와 정을 통하고 그 부인까지 죽이려 한 돼먹지 못한 년이오. 살을 도려내어 팔 것이오.* 원하면 어디든 사 시오. 귀든, 코든, 젖가슴이든, 사타구니든, 다 팔겠소. 값은 돼지고기 와 같이 쳐주겠소."

이렇게 말하는 남자도 한족은 아니었다. 푸르스름한 눈동자에, 가 슴에는 누런 털이 나 있었다. 근육질의 갈색 어깨에는 부적 같은 기이 한 모양의 문신이 새겨져 있었다.

"여자도 받아들였나?"

행덕이 묻자, 남자가 대답하기도 전에 누워 있던 여자가 불쑥 끼어 들었다.

"그렇소."

말투는 거칠었으나 맑고 카랑카랑한 목소리였다. 여자가 입을 열었 으므로 구경꾼들은 잠시 술렁대기 시작했다. 행덕은 여자가 체념을 한 건지 부루퉁해 있는 건지 알 수가 없었다.

"한심한 자들뿐이군. 대체 얼마를 기다려야 하는가. 살 수 없다면 사게끔 해주지. 손가락은 어떠냐, 손가락은……"

순간, 남자 손에 든 칼날이 번뜩이는가 싶더니 칼로 판자를 내리치

---

* 예부터 중국에는 반역이나 간통을 저지른 원수에 대해 극도의 증오감으로 그 살을 베 어 먹었다는 기록이 있다.

는 소리와 함께 여자 입에서 비명인지 신음인지 분간할 수 없는 괴상한 소리가 흘러나왔다. 행덕은 머리를 감싸고 있던 여자의 팔 하나가 잘려 나간 것이 아닐까 생각했다. 낭자한 선혈이 행덕의 눈에 보였기 때문이다. 그러나 팔이 잘린 것은 아니었다. 여자의 왼쪽 두 손가락 끝부분 일부가 베여나간 상태였다.

구경꾼들은 술렁대며 뒷걸음질 치기 시작했다.

"좋소, 사겠소."

조행덕은 자신도 모르게 외쳤다.

"전부 사겠소."

"사겠소?"

남자가 다짐을 받듯이 말했다. 그때 피가 흐르는 손을 판자에 대고 있던 여자가 갑자기 상체를 일으켰다. 여자는 행덕에게 벌겋게 달아오른 얼굴로,

"안됐지만 전부는 팔 수 없소. 서하 여자를 깔보면 곤란하오. 살 거면 토막 내어 사 가시오."

이렇게 말한 뒤 다시 판자에 벌렁 드러누웠다. 행덕이 여자의 말뜻을 이해하기까지는 잠시 시간이 걸렸다. 행덕은 자신의 태도를 여자가 오해하고 있다고 여기고,

"아니오, 사기는 사지만 그대를 어떻게 해볼 생각은 없소. 이 남자에게서 사줄 테니 어디로든 가고 싶은 데로 가시오."

그렇게 여자에게 말한 뒤 남자와 교섭을 시작했다. 대단한 금액이 아니었으므로 곧 매듭이 지어졌다. 행덕은 남자가 요구하는 만큼의 돈을 꺼내 판자에 올려놓았다.

"자, 이제 여자를 놓아주시오."

돈을 손에 움켜쥔 남자는 여자를 향해 한동안 뜻을 알 수 없는 말을 퍼부었다. 여자는 천천히 판자 위에서 몸을 일으켰다.

조행덕은 의외의 사태 추이에 넋이 나간 채 서 있는 구경꾼 틈을 비집고 나와 골목길 출구 쪽으로 향했다. 얼마 걷지 않아서 행덕은 누가 부르는 소리에 걸음을 멈추고 뒤를 돌아보았다. 여자가 달려왔다. 남루한 옷을 걸치고 헝겊때기로 왼쪽 손목을 싸고 있었다. 여자는 다가오더니,

"돈을 그냥 받기는 싫으니 이거라도 가져가시오. 난 이것 말곤 아무것도 가진 게 없소."

라고 말하며 자그마한 천 조각 한 장을 내밀었다. 피를 많이 흘린 탓인지 여자의 얼굴은 창백했다. 행덕이 천 조각을 펼쳐보니 거기에는 기이한 형태의 문자 같은 것이 열 개씩 세 줄에 걸쳐 적혀 있었다.

"이게 무엇이오?"

행덕이 물었다.

"나도 읽을 수는 없지만, 내 이름과 태어난 곳이 적혀 있지 않겠소? 이게 없으면 이루가이에 들어갈 수 없소. 난 이제 필요 없으니 당신에게 주겠소."

"이루가이가 무엇이오?"

"이루가이를 모른단 말이오? 이루가이는 이루가이요. 구슬로 된 성이란 뜻이지요. 서하의 수도요."

여자는 움푹 파인 눈 속의 검은 눈동자를 반짝이며 말했다.

"아까 그 남자는 어디 사람이오?"

조행덕은 거듭 물었다.

"위구르요. 그놈이야말로 악당이오."

여자는 여기까지 말한 뒤 천 조각을 행덕 손에 남기고는 순식간에 인파 속으로 사라졌다.

조행덕은 다시 걷기 시작했다. 걸으면서 지금의 자신이 예전의 자신과는 어딘가 다르다는 것을 느꼈다. 어디가 어떻게 변했는지는 알 수 없었으나, 자신이 마음속으로 소중하다고 여기던 것이 다른 것과 통째로 바뀌어버린 듯한 기분이 들었다. 조행덕은 바로 조금 전까지 진사시험에 집착하고 있던 자신이 몹시 하찮게 여겨졌다. 하물며 그로 인해 절망에 빠져 있던 자신이 우습기까지 했다. 얼마 전에 그가 목격한 사건은 학문과도 그리고 서책과도 전혀 무관한 별개의 것이었다. 적어도 지금 자신이 갖고 있는 지식으로는 이해하기 힘든 것이었다. 아울러 조행덕이 지금까지 고수해온 사고방식이나 인생의 대처방법 등을 근본부터 흔들어대는 강렬한 힘을 지니고 있었다.

그 서하 여인은 판자에 누워 무슨 생각을 하고 있었을까. 그녀는 죽임을 당하는 것이 아무렇지도 않았을까. 무엇이 그녀로 하여금 자신의 몸 전부를 파는 것을 거부하게 만들었을까. 역시 여자의 정조관념 같은 것일까. 인간을 토막 내 팔려고 한 남자의 사고방식이나 여자의 손가락을 자른 잔혹함 또한 조행덕에게는 이해의 범주를 벗어나는 것이었다. 그러나 여자는 이에 대해 미동도 하지 않았다. 그녀는 분명 행덕의 마음을 단숨에 사로잡아버리는 크고 강렬한 무언가를 지니고 있었다.

그날 밤 조행덕은 숙소로 돌아와 여자에게 받은 천 조각을 꺼내 불빛에 비춰보았다. 거기에 새겨진 불과 서른 개 남짓한 문자는 한자와 비슷해 보이면서도 확실히 달랐고, 이제까지 한 번도 본 적이 없는 것들이었다. 이것이 그 여자가 태어난 서하라는 나라의 문자이며, 서하인이 자신들끼리만 통용되는 문자를 가지고 있다는 사실을 조행덕은 처음으로 알게 되었다.

여자에게 받은 천 조각을 여기저기 살펴보는 동안, 조행덕의 눈에는 진사시험장에서 시험을 총괄하던 한 인물의 얼굴이 떠올랐다. 60대 노인으로 진사시험의 장(長)을 맡을 정도이니 상당한 인물임이 분명했고, 무엇보다 서책에 대한 남다른 조예는 그가 뱉은 짧은 몇 마디의 말만으로도 쉽게 짐작할 수 있었다. 행덕은 그 노인을 시험장에서 몇 번 보았을 뿐 그에 대해 아는 바는 전혀 없었으나, 혹시 그 노인이라면 이 기묘한 문자를 해독할 수 있을지 모르겠다고 생각했다.

다음 날 조행덕은 수소문 끝에 그 노인이 예부의 장관임을 알아내고, 예부로 그를 찾아갔다. 시험에서 받은 타격은 이상할 정도로 그의 마음속에서 사라지고 없었다. 세 번이나 관청 문을 두드린 끝에 행덕은 겨우 그를 만날 수 있었다. 행덕은 노인 앞에 나가 그 천 조각을 펼쳐 보이며 해독을 부탁했다. 그러나 노인은 굳은 표정으로 천 조각을 응시한 채 한동안 고개를 들려 하지 않았다. 행덕은 천 조각이 자신의 손에 들어오게 된 경위를 설명했다. 그러자 노인은 비로소 천 조각에서 눈을 떼면서 말했다.

"본 적이 없는 문자라고 생각했네. 거란 문자나 위구르 문자는 알고 있었으나, 서하가 자신의 문자를 갖고 있을 줄은 몰랐네. 만들어졌다면 최근이겠지. 한자를 본떠 만든 하찮은 문자로군."

그러자 행덕이 대꾸했다.

"그래도 한 민족이 문자를 갖는다는 건 대단한 일이 아닙니까? 만약 장차 서하가 강대해지면 서쪽에서 건너오는 서책들은 하나도 빠짐없이 서하에서 이 문자로 번역될 것입니다. 이제까지 서하를 그냥 지나쳤던 온갖 문화들이 앞으로는 서하를 경유하게 되겠지요."

노인은 잠시 아무 말도 없다가 입을 열었다.

"하나 그럴 염려는 없네. 서하가 그런 대국이 되리라고는 보지 않으니까."

"그렇지만 문자를 지니고 있다는 건 그만큼 서하가 대국이 됐다는 뜻이 아닐는지요."

"오랑캐들은 조금만 영토를 넓히면 바로 다른 나라 흉내를 내서 자신을 과시하려 하지. 서하 또한 오랑캐일 뿐이야. 그 정도로 우수한 민족이 못 되네."

"과연 그럴까요? 서하는 대국이 될 만한 충분한 자질을 지닌 민족임에 틀림없습니다. 하량이 말한 것처럼 언젠가는 중국에 큰 우환거리가 될 겁니다."

행덕은 아무런 주저 없이 이렇게 말했다. 상서성 뜰에서 꾼 꿈속에서 그는 위정자들이 취해온 서하 대책이 실패했음을 지적했지만, 그때보다 지금 자신의 답변이 훨씬 충실하다고 느꼈다. 서하가 강대해질 요소는 저잣거리에서 만난 여자만 봐도 알 수 있었다. 목숨을 초개같이 여기는 신기할 정도의 침착함은 한 개인의 성격에 뿌리를 둔 것이 아닐 것이다. 그 여자의 검푸른 눈동자처럼 진한 민족의 피가 모든 서하인들의 몸속에 흐르고 있는 것이다.

"아무튼 난 지금 좀 바빠서……"

노인은 차갑게 말하며 행덕이 돌아갈 것을 재촉했다. 행덕은 자신의 말에 노인이 불쾌해한다는 것을 깨달았다. 행덕은 결국 이번 방문에서 그것이 아직까지 중국에 알려지지 않은 문자임을 알게 된 것만으로 만족해야 했다.

노인은 서하 문자에 별 관심이 없어 보였지만, 조행덕은 우연히 자신의 손에 들어온 서른 개 남짓의 문자를 그리 쉽게 지나칠 수 없었다. 그 후 행덕의 눈앞에는 자나 깨나 그 문자가 어른거렸다.

행덕에게 개봉에 머무는 것은 이미 의미 없는 일이었으나, 이상하게도 떠나야겠다는 생각은 들지 않았다. 고향으로 금의환향이 불가능하다는 마음의 부담 때문도 아니었다. 지금의 행덕에게는 진사시험에 실격했다는 낙담도 없거니와, 재차 시험을 봐야겠다는 의지도 사라져버린 상태였다. 진사시험과는 전혀 별개의 것이 그의 머릿속에 들어와 자리 잡고 있었다.

조행덕은 하루에도 몇 번씩 천 조각을 꺼내 거기에 적힌 기이한 문자를 바라보았다. 여자의 짧은 설명으로 짐작건대 이것은 서하 정부가 발행한 신분증명서나 통행허가증 정도의 문서일 것이다. 비록 거기에 새겨진 문자의 뜻은 하찮은 것일지라도, 행덕에게는 그 어떤 중국의 고전도 갖지 못한 깊은 의미를 내포하고 있는 것처럼 느껴졌다. 문자를 응시할 때마다 저잣거리에서 본 서하 여인의 다부진 알몸이 떠올랐다.

조행덕은 서른 자 정도에 불과한 그 문장을 어떻게든 읽고 싶었다. 읽을 수만 있다면 어떤 노력도 마다하고 싶지 않았다. 과거 몇 년간 진사시험에 전념하게 만들었던 무언가가 떨어져 나간 대신, 이번에는 서하라는 나라가 행덕의 몸속에 들어와 자리 잡고 있었다. 문자도 읽고 싶었고, 서하라는 나라의 땅도 밟아보고 싶었다. 서하인들이 무리를 지어 살고 있는 생활 속으로 몸소 들어가보고 싶었다.

조행덕이 서하에 가기로 결심한 것은 저잣거리에서 여자를 만난 지 보름 정도 지났을 무렵이었다. 하량의 안변책이나 서하가 장차 중국의 우환거리가 될 것이라는 사실 따위는 이미 조행덕의 뇌리에서 사라져버린 후였다. 서하는 자신이 해독할 수 없는 문자를 가지고 있고 자신의 이해를 뛰어넘는 한 여자의 피가 흐르는 북방의 수수께끼 같은 민족이었다. 그곳에는 자신이 꿈에도 생각지 못한 힘차고 가치 있는 무언가가 끈적끈적한 기름 덩어리처럼 존재하고 있었다. 행덕은 직접 가서 자신의 손으로 그것들을 접해보고 싶었다. 저잣거리에서 만난 서하 여인이 한 가지 일에 집착하는 행덕의 선천적인 정열에 불을 지펴 그쪽으로 향하도록 등을 떠민 셈이었다. 조행덕은 어떻게든 서하라는 나라로 가야겠다는 마음을 억누를 수 없었다.

2장

　천성 5년 1월 조행덕은 영주 근방의 한 마을로 들어갔다. 개봉을 떠난 것이 지난해 초여름이므로, 어느덧 반년이라는 세월이 흘렀다. 조행덕이 당도한 곳은 송나라 군대의 최전방 전진기지가 있는 곳이었다. 이삼 년 전까지는 이삼십 가구밖에 없는 이름 없는 마을에 불과했으나, 현재는 다수의 부대와 이주민들로 북적대는 신흥 군사도시로 발전하고 있었다. 전략적 거점지로서 당나라 때부터 삭방절도사(朔方節度使)*가 관장해왔으나, 25년 전인 함평(咸平) 5년에 서하의 수중에 떨어진 영주는 북방 50리 정도의 지점에 위치하고 있었다.

　이곳에서 서쪽은 한나라 무제(武帝)가 개척한 하서 사군(河西四

---

* 절도사란 당나라 때 변방의 외인부대를 이끄는 총사령관으로, 그중 삭방절도사는 영주 지역을 다스리는 절도사이다.

郡)*이자 '오량의 땅'으로, 중국 본토와 서역을 잇는 통로 역할을 하면서 오랜 기간 중국 역대 왕조에 의해 서역 경영의 전진기지로 쓰였던 곳이다. 그런 까닭에 양주(凉州)에 이 통로를 통괄하는 하서절도사(河西節度使)가 임명되었다가, 훗날 사주(沙州)에 설치된 귀의군절도사(歸義軍節度使)가 그 임무를 대신하게 되었다. 그만큼 중국의 위세가 드높은 지역이었으나, 이후 토번과 위구르가 이 지역을 점령하면서 중국의 지배와 교화가 미치지 않는 곳으로 변하였고, 현재는 다수의 이민족들이 제각각 무리를 지어 몇 개의 소왕국을 형성하고 있었다. 그들 중 가장 강대한 세력을 뽐내고 있던 나라가 흥경(興慶)을 근거지로 삼은 서하였다. 서하 외에 양주에 본거지를 둔 토번의 일부, 감주(甘州)에 중심 세력을 형성한 위구르 그리고 가장 서쪽에 귀의군절도사의 이름을 유지하고 있는 한족 집단이 각각 자리 잡고 있었다.

황하 서쪽에 위치한 번진(藩鎭)**에 당도한 조행덕은 이곳이 아직도 한족의 땅임을 이상하게 여겼다. 성벽으로 둘러싸인 도시에서 한족은 극히 소수에 불과하였고, 그보다 몇 배나 많은 이민족들이 제각기 작은 마을을 이루어 살고 있었다.

이곳에 오기까지 행덕은 관하에 있는 7개의 진(鎭) 중 몇 곳을 돌아

---

* 장건의 서역 탐험과 흉노의 후퇴에 따라 감숙성의 황하 서쪽 지역으로 진출이 가능해지면서 동서 교역이 시작되고 점차 군현(郡縣)이 설치되었다. 기원전 111년 무렵부터 주천(酒泉), 장액(張掖), 둔황(敦煌)의 세 군이, 이어 한나라 선제 때에 이르러 무위군(武威郡)이 설치되어 '하서 사군'이 성립되었다. 이 지역은 모두 내몽골 사막지대와 남산산맥(南山山脈) 사이에 생겨난 오아시스 지대로, 이들을 잇는 형태로 상단들이 통과하는 장삿길이 형성되었다.
** 절도사를 최고 권력자로 하는 지방 행정체제 또는 그 관청.

다니면서, 수비병 중에 다수의 이민족이 섞여 있는 것을 보고 마치 이 국땅에 온 느낌을 받았다.

조행덕은 지난 반년 동안 여러 민족의 말을 조금씩 익혀왔다. 투르크 계통이나 탕구트 계통의 말을 할 줄 아는 한족 젊은이를 우연히 알게 되어, 그와 함께 여행을 한 것이 회화를 배우는 데 도움이 되었다. 위구르 말, 서하 말, 토번 말 등을 몇 마디씩은 구사할 수 있게 되었다. 그러나 서하 문자는 한 번도 접할 수가 없었다. 서하가 문자를 갖고 있는지조차 확인할 길이 없었다. 한족의 땅에 있는 서하인들은 엄밀히 말하면 서하인이라 할 수 없었다. 그들 몸에 흐르는 피는 분명 탕구트 쪽에 가까웠으나, 이제 하나의 국가를 이루어 강성해지려 하는 서하인은 아니었다. 그들은 서하라는 나라의 조직 속에 포함될 수 없는 무지한 토착민에 불과했다. 그들은 한인(漢人)도 아니요 그렇다고 서하인도 아니었다.

조행덕은 성 북서쪽 구석에 위치한 절에 방 하나를 구해, 연공(年貢)*이나 부역에 관한 주민들의 신고서 등을 대필해주면서 생계를 꾸려나갔다. 이곳에서 봄까지 지낸 뒤 눈이 녹으면 오량의 땅으로 들어갈 작정이었다. 눈은 1월에 4일간, 2월에 6일간, 3월에 3일간 내렸다.

성 안은 한겨울인데도 도착하거나 떠나는 부대들로 몹시 소란스러웠다. 부대에는 온갖 종족들이 섞여 있었다.

서하족의 본거지인 흥경은 이곳에서 백 리 정도 떨어져 있었다. 행덕이 개봉성 밖 저잣거리에서 목숨을 구해준 여자가 이루가이라고 부

---

* 장원 영주나 성주가 농민들에게 부과한 세금(옮긴이).

른 곳이다. 최근 몇 년간 흥경의 서하는 송나라 군대와 정면으로 맞서
는 태도를 취하지 않았고, 이는 송나라도 마찬가지였다. 서하는 주변
의 이민족들을 정복하기에 여념이 없어 송나라와의 대전을 원하지 않
았으며, 송나라 또한 서하보다 강한 적인 거란이 서하와의 전쟁에 개
입하는 사태를 우려하고 있었다. 그러나 이러한 미묘한 관계 속에서
도 양군 사이에는 당장이라도 대대적인 충돌이 일어날 것 같은 일촉
즉발의 긴박한 기운이 감돌고 있었다.

겨울이 지나고 따사로운 봄 햇볕이 성 주위의 비옥한 토지에 내리
쬐기 시작한 어느 날, 조행덕은 양주에 들어가기 위한 허가를 번진의
관리에게 부탁했다. 겨울 동안 그는 양주로 향하는 위구르인 상단 몇
명과 교섭을 하여, 그들을 따라 양주에 들어가기로 은밀히 정해놓은
상태였다. 그러나 통행허가를 신청한 지 사흘째 되던 날, 불가하다는
통지가 행덕에게 날아들었다.

양주에는 토번과는 별개의 종족으로 불리던, 절포(折逋)라는 성
(姓)을 쓰는 부족이 작은 성곽 국가를 이루며 여러 민족과 함께 살고
있었고, 그들 중에는 성 안팎에서 농업에 종사하며 살아가는 5백 가
구 정도의 한족도 섞여 있었다. 하서 지역의 동쪽 끝에 위치한 이곳은
교통의 요지이자 명마의 산지로, 옛날부터 양주의 가축은 천하제일로
일컬어지고 있었다. 이런 이유에서 이전부터 이 땅을 두고 주위의 이
민족들과 토착 세력 사이에 충돌이 빈번하였다. 서하 또한 이 지역을
손에 넣기 위해 끊임없이 군대를 파견하였다. 대중상부(大中祥符) 8년
(서기 1015년)에 서하는 한때 이 지역 토호를 쫓아내고 자기 영토로
삼기도 하였으나, 이듬해에는 위구르인들이 토착민들을 도와 서하군

을 습격하여 그들을 밀어냈다. 그러나 그 후에도 서하는 매년 이곳으로 군대를 보내 집을 불태우고 말을 약탈해 갔다. 한편 서하는 침공을 해도 오래 주둔하지는 않았다. 서하가 이곳을 차지했을 때 가장 큰 타격을 입게 되는 송나라가 군대를 움직일 것이 불을 보듯 뻔했기 때문이다.

양주 지역은 송나라와 서하는 물론, 감주를 기반으로 삼고 있는 위구르인들에게도 필요한 땅이었다. 송나라와 서하는 대부분의 말들을 여기서 충당하려 했고, 위구르인들도 이 지역 말을 매매함으로써 막대한 이윤을 챙기고 있었다.

서하와 송나라가 대대적으로 거사를 도모할 때 그 발화점이 되는 지역이 양주였다. 그것은 변방 지역의 사정을 아는 사람이라면 누구나 입을 모아 지적하는 바였다. 조행덕이 양주행을 희망하면서도 허가를 받지 못한 것은 서하의 본격적인 양주 공략이 언제 시작될지 알 수 없는 상황에서, 송나라 군대의 움직임 또한 하루가 다르게 활발해지고 있었기 때문이었다.

조행덕도 그런 주변 정세에 어두운 것은 아니었으나, 아무리 군대의 움직임이 활발해졌다 해도 당장 전쟁이 시작되리라고는 보지 않았다. 양주에서는 다수의 서하인들이 토착민들이나 한족, 그 밖에 다른 이민족들과 함께 거주하면서 서하의 수도인 흥경 사이를 자유롭게 왕래하고 있었다. 한족인 조행덕은 곧장 흥경에 갈 수는 없었지만, 양주를 경유하면 얼마든지 흥경으로 들어가는 편의를 도모할 수 있었다.

그러던 어느 날 행덕은 이른 새벽 잠자리에서 일어나 부엌 뒤쪽으로 자신의 말을 끌어내었다. 개봉을 떠나 환주(環州)에서 얻은 세번째 말이었다. 그가 말에 짐을 싣기 시작했을 때, 절에서 허드렛일을 하는 남자가 나타나 행덕을 만류했다. 행덕은 어둠 속에 서 있는 남자에게 양주로 가기 위해 은밀히 위구르인 상단에 들어갈 작정이라고 솔직히 털어놓았다. 그러자 남자는 몹시 놀란 표정을 지으며 왜소하고 깡마른 몸집의 행덕을 뚫어지게 바라보더니 말했다.

"만약 들키면 당신은 참수형을 당할 것이오."

"참수를 두려워한다면 아무것도 할 수 없네."

조행덕이 대답했다. 위험은 예측하고 있었으나 두려움은 없었다.

"그렇게 서 있지만 말고 짐을 말 등에 올려주지 않겠는가."

행덕은 발치에 놓인 짐을 가리키며 말했다. 체력이 약한 그에게는 지금 당장 짐을 말 등에 올리는 것도 큰일이었다.

동쪽 하늘이 훤히 밝아올 무렵, 조행덕은 성문으로 향하는 위구르인 상단 맨 뒤쪽에서 대열을 따라가고 있었다. 상단은 낙타 스무 마리, 말 서른 마리 정도의 규모였다. 행덕은 정식 절차는 밟지 않았으나, 상단 책임자인 위구르인의 배려로 성문을 별 문제없이 통과할 수 있었다. 그 대신 항주산(抗州産) 명주 한 필이 성문 수비병에게 건네졌다.

상단은 평원에 난 길을 따라 서쪽을 향해 곧장 전진하였다. 드넓은 평원은 정성껏 경작된 밭들로 가득 찼다. 평원 도처에 보이던 파릇파릇 잎이 나기 시작한 나무들은 오후가 가까워져 사방이 온통 잿빛으로 변하자 이내 사라지고 말았다. 바람은 없었으나 대열 뒤쪽에서 일기 시작한 자욱한 모래 먼지에 가려 모습을 감추고 만 것이다. 저녁 무렵 상단은 황하 유역에 당도하였다. 다음 날 멀리 황하가 흐르는 지역을 옆으로 굽어보며 하루 종일 이동을 계속한 후, 사흘째에는 하란산맥(賀蘭山脈)으로 이어진 고원지대에 접어들었다. 나흘째 되는 날 오후, 일행은 고원을 내려와 수초지대로 들어섰다. 그리고 닷새째에 수초지대를 벗어나자 이번 여행에서 가장 힘든 사막지대가 나타났다.

상단 일행은 꼬박 이틀 동안 마냥 사막을 걸어야 했다. 그 후 가까스로 지루한 사막을 빠져나와 초원이 보이는 양주 근방에 이르렀다. 상단 일행이 경사가 완만한 언덕 기슭에서 마지막 야영을 하던 날 밤, 대원들은 멀리서 들려오는 대규모 집단의 이동 소리에 잠에서 깼다.

화들짝 놀라 막사를 뛰쳐나온 조행덕의 눈에 비친 것은 수백, 아니 수천에 달하는 대규모 기마부대가 이동하는 광경이었다. 달빛은 없었으나, 연기처럼 사방에 퍼진 희미한 불빛 사이로 새까만 인마의 무리가 마치 거대한 강줄기처럼 양주 방면으로 질주하고 있었다. 대집단은 약간의 간격을 두고 끝없이 이어지고 있었다.

"전투다, 전투!"

한동안 숨을 죽인 채 이 광경을 바라보던 위구르인들은 더 이상 뒤를 잇는 기마부대가 없자 떠들어대기 시작했다. 서둘러 막사 천막을 접고는 낙타와 말 들을 끌어냈다. 한겨울처럼 차가운 새벽 공기 속에서 짐을 꾸리며 출발 채비를 서둘렀다.

상단 일행이 진로를 바꿔 양주가 아닌 북쪽 방향을 향해 움직이려는데, 또다시 군대에서 쓰는 말들의 부산한 울음소리와 말발굽 소리가 들려왔다. 기마부대가 통과하는 지점까지는 제법 거리가 있었으나, 그들이 질주해 간 방향이 상단이 가려는 북쪽이라는 것이 골칫거리였다. 전투가 벌어지는 곳이 북쪽인지 남쪽인지 판단이 불가능했다. 게다가 어젯밤의 기마부대와 오늘의 기마부대가 같은 편인지 서로 적인지도 종잡을 수 없었다.

그날 하루 종일 상단은 갈팡질팡하면서 여기저기로 이동하였다. 남쪽을 향하면 남쪽에서, 북쪽을 향하면 북쪽에서 군대가 나타났다. 동쪽과 서쪽도 사정은 마찬가지였다. 그때마다 그 군대가 어느 나라 소속인지 불확실했다. 아득히 멀리 언덕 끝자락과 중턱 도처에서 조행덕이 속한 상단과 마찬가지로 기마부대의 이동을 피해 우왕좌왕하는 상단들의 모습이 시야에 들어왔다.

하루 종일 헛걸음을 거듭한 끝에 위구르인 상단은 어젯밤과 같은 장소인 언덕 기슭에서 밤을 맞게 되었다. 머리를 맞대고 의논한 결과 원래 목적지인 양주로 가기로 의견이 모아졌다. 밤이 깊을 무렵 상단 대원들은 낙타와 말 들을 끌고 또다시 서쪽을 향해 출발했다.

거리를 분간할 수 없는 전투부대의 이동 소리가 여전히 도처에서 들려왔지만, 상단 일행은 아랑곳하지 않고 전진을 계속했다. 그러던 중 날이 밝아올 무렵 갑자기 행렬이 흐트러지기 시작했다. 말들이 앞발을 쳐들며 날뛰었고, 낙타들은 놀라 달아나려 했다. 어디선가 날아온 수십 개의 화살이 행렬 주위로 떨어졌기 때문이다.

급작스레 닥친 혼란 속에서 상단 책임자인 위구르인 대장은 대원들에게 낙타와 말, 짐을 죄다 버리고 양주 방향으로 대피하라고 명령했다. 사람들은 낙타나 말을 내팽개친 채 서쪽 벌판으로 제각각 흩어졌다.

그러나 조행덕은 말고삐를 손에서 놓지 않았다. 말을 버려두고 갈수 없었고, 말에 실은 짐들 또한 그에게는 단 하루도 없어서는 안 될 소중한 생필품들이었다. 행덕은 짐을 두 갈래로 나누어 말에 실은 후,

고삐를 끌며 달리기 시작했다. 말 등에 올라타고 싶었으나, 화살의 표적이 되는 것은 피해야 했다.

해가 중천에 떴을 무렵, 행덕은 자신이 소금기를 머금은 하얀 모래 벌판으로 빠져나왔음을 알게 되었다. 햇빛의 세기에 따라 모래는 파란색으로 보였다가 흰색으로 보였다가 했다. 행덕은 이곳에 말을 정지시키고 아침을 먹었다. 바로 그때, 행덕이 지나온 방향으로부터 이쪽을 향해 접근해 오는 낙타와 말의 무리를 발견했다. 처음에는 그것이 상단 행렬이라고 여겼으나, 대열의 움직임이 통솔자가 없는 듯 산만한 느낌이었다.

살아서 꿈틀대는 듯한 거대한 무리가 가까이에 접근했을 때 행덕은 놀라 일어섰다. 다름 아닌 위구르인들이 오늘 아침 벌판 한가운데에 내팽개치고 달아난 낙타와 말의 무리였기 때문이다. 낙타와 말 들은 행덕 곁으로 오더니 이내 당연하다는 듯 멈추어 섰다. 낙타 한 마리의 등에는 화살이 꽂혀 있었다.

조행덕은 서둘러 휴식을 끝내고 이 주인 없는 동물 무리를 이끌고 걷기 시작했다. 이번에는 행덕과 그의 말이 긴 대열의 선두에 서게 되었다. 그날 오후 행덕은 멀리서 들려오는 전쟁의 함성을 들었다. 전쟁터는 그리 멀지 않은 것 같았다. 부근 일대로는 나지막한 언덕이 완만한 파도처럼 굽이치고 있어, 양주가 멀지 않았음을 짐작할 수 있었다. 그러나 오아시스 숲은 보이지 않았다.

조행덕은 야트막한 언덕 사이로 펼쳐진 협곡 같은 곳에 이르러, 몇 그루의 나무로 둘러싸인 샘물을 발견하였다. 그는 낙타와 말 들을 세우고 물을 먹였다. 그리고 조금 이른 감은 있었지만 이곳에서 그날 밤을 보내기로 했다. 그는 몸을 가누지 못할 정도로 녹초가 되어 있었다. 여전히 강렬한 햇살이 비스듬히 내리쬐는 가운데, 행덕은 풀밭에 쓰러져 잠이 들었다.

그로부터 몇 시간이 흘렀을까, 행덕은 낙타와 말의 구슬픈 울음소리에 잠이 깨었다. 꿈이 아닌가 싶을 정도로 사방이 환했다. 분명 밤이었으나, 주위를 어슬렁대고 있는 낙타와 말의 몸뚱이가 불길에 휩싸인 것처럼 벌겋게 보였다. 어디선가 천지를 뒤흔드는 함성이, 행덕의 귀에는 오히려 차분하다고 느껴질 정도로 투명한 공기를 가르며 들려왔다.

행덕은 언덕 위로 뛰어올랐다. 그리 멀지 않은 광야 한구석에서 한 줄기 불기둥이 하늘로 솟아오르고 있었다. 이와 더불어 몇 개의 기마부대가 움직이는 모습이 불빛에 비쳐 시야에 들어왔다. 광야 한복판에서 주력부대끼리 전투를 벌이고 있음이 분명했다. 그러나 행덕의 눈에 비친 것은 그 일부로, 기마부대들이 어둠과 빛 사이를 어지럽게 오가며 일사분란하게 돌진하는 광경뿐이었다.

그러는 사이 순식간에 지금보다 두 배는 밝은 빛이 주위를 에워쌌다. 동시에 오른쪽 언덕에서 느닷없이 새로운 불기둥이 하늘로 치솟았다. 이어서 이번에는 도저히 인간의 소리라고는 할 수 없는 함성과 고함이 끓어올랐다. 행덕의 눈앞에 펼쳐진 언덕으로, 말안장에 납작 엎드려 서쪽에서 동쪽으로 돌진해 가는 수백 명 규모의 기마부대 행렬이 손에 잡힐 듯 뚜렷하게 보였다. 이제 함성은 모든 언덕과 골짜기를 쩌렁쩌렁 울려대며 들려오고 있었다.

행덕은 야영 장소로 돌아와 즉시 자신의 말을 끌어내 걷기 시작했다. 다른 낙타와 말 들도 행덕의 뒤를 좇아왔다. 그는 어떻게든 전장에서 벗어나야 한다고 생각했다. 그러나 마음만 앞설 뿐 딱히 방법이 없었다. 사방은 전보다 더욱 밝아진 상태였다. 그의 주위에서는 온통 격렬한 전투가 벌어지면서, 무수한 사람들과 말들이 정신없이 미쳐 날뛰고 있었다. 행덕은 필사적으로 어두운 곳을 향해 몸을 피하려 했다. 그러나 밝은 곳이나 어두운 곳이나 전쟁터이기는 매한가지였다. 주위가 어두워지면서 어둠을 가르는 날카로운 화살 소리가 한층 차갑게 들려왔다.

행덕은 자신과 말, 낙타 들이 스스로의 힘으로는 어찌할 수 없는 상황에 처해 있음을 깨닫자, 속도를 늦추고 천천히 발길 닿는 대로 곧장 걷기 시작했다. 앞길에 어떤 장애물이 있든 이젠 피하지 말그 헤쳐 나가자고 마음먹었다. 그편이 오히려 나을 것 같았다. 조행덕은 하늘을 삼켜버릴 기세로 치솟는 불기둥 주위의 불빛과 어둠을 끊임없이 넘나들며, 서쪽으로 여겨지는 방향을 향해 동물들과 함께 일정한 보조로 무작정 전진하였다. 행덕은 시체들이 어지럽게 나뒹구는 지대를 넘기도 하고, 언덕을 오르내리거나 습지를 가로지르면서 마냥 걸었다.

날이 밝을 무렵, 조행덕은 앞쪽에 커다란 성벽이 솟아 있는 것을 보았다. 성벽 위로 몇 줄기의 검은 연기가 피어오르던서 하늘 전체를 뒤덮고 있었다. 하늘은 연기가 피어오르는 부분만 검게 그을려 있었고, 나머지는 형용할 수 없는 붉은색으로 물들어 있었다. 행덕은 자신을 따라온 동물들의 숫자를 점검한 후 쉬게 하였다. 충실한 부하처럼 여섯 마리의 낙타와 열두 마리의 말이 행덕과 그의 말을 따르고 있었다. 사방은 쥐 죽은 듯 정적에 싸여 있었다.

조행덕은 느긋하게 휴식을 취했다. 성 오른쪽에 성문이 있어, 대열을 정비한 부대가 그곳을 통해 성 안으로 들어가는 것이 보였다. 기마부대와 보병부대가 번갈아 입성을 마치기까지는 상당한 시간이 걸렸다.

　더 이상 성에 들어가는 사람이 없자 조행덕은 자신의 동물 무리를 이끌고 성문 쪽으로 다가갔다. 그리고 잠시 전진하다가 이내 발걸음을 멈추었다. 새로 성에 들어가려는 부대가 수백 보 전방에 모습을 드러냈기 때문이다. 그들이 성으로 들어가는 것은 자명한 일이었다. 그들 또한 질서정연하게 대오를 갖추고 있었다.

　조행덕은 그 부대가 입성하기 전에 자신들이 먼저 성으로 들어가야겠다고 마음먹었다. 행덕은 말과 낙타를 데리고 성문 앞까지 가서는 잠시 말과 낙타의 숫자를 확인한 다음, 흙으로 쌓은 커다란 성문 안으로 진입했다.

　성에 발을 들여놓는 순간 시체 썩는 냄새와 같은 전쟁터 특유의 악취가 코를 찔렀다. 성문 입구부터 이어진 오르막길 끝에 광장이 있었고, 여기저기에 병사들이 주둔하고 있었다.

　"어디 부대인가?"

　행덕은 반대편에서 걸어오던, 한족으로 보이는 병사에게 물었다.

　"뭐라고?"

　병사는 눈을 부릅뜨고 행덕을 노려보았다. 그때 병사 몇 명이 달려오더니 일제히 큰 소리로 외쳤다.

　"길을 비켜라."

　한족의 말이었다. 행덕은 그들의 지시대로 광장 구석에 자신의 뒤를 따르는 동물들을 비켜 세웠다. 성으로 들어오기 직전에 보았던 부대가 성 안으로 들어오고 있었다.

"여기가 어디인가?"

행덕은 다시 한 번 근처에 있는 병사에게 물었다.

"뭐라고?"

병사는 또다시 험상궂은 표정으로 째려보았다. 얼마 안 있어 행덕을 붙잡기 위해 병사들이 달려왔다. 성 안 어딘가에 불이 났는지, 앞쪽 수풀 너머로 연기가 피어오르고 있었다. 행덕은 병사들에게 양팔을 잡힌 채 끌려갔다. 성 안은 온통 비좁고 울퉁불퉁한 길뿐이었다. 자그마한 집들이 어지럽게 모여 있는 거리를 지나자, 길 양쪽으로 긴 토벽을 두른 집들이 늘어선 한적한 구역이 나타났다. 전쟁의 불길에 휩싸이지만 않았다면, 제법 규모도 크고 평화로우며 부유한 느낌의 활기찬 도읍이었을 것이다. 도중에 길 몇 개를 통과했지만, 병사들 외에 주민들의 모습은 어디에도 보이지 않았다.

그러는 사이 조행덕은 높다란 토벽으로 둘러싸인 저택으로 끌려 들어갔다. 저택 안에는 널따란 공터가 딸린 건물들이 산재해 있었고, 병사들로 붐볐다. 행덕을 끌고 온 병사들은 그중 한 건물 앞에 행덕을 멈춰 세웠다.

조행덕은 순식간에 많은 병사들에게 둘러싸이게 되었다. 하나같이 한족 병사들이었다. 그들은 조행덕과 흡사한 얼굴 골격과 피부색에 같은 한족의 말을 썼지만, 한족이 다스리는 본토에 대해서는 전혀 모르는 것 같았다.

조행덕이 눈앞에 있는 병사에게 고향이 어디냐고 묻자, 그는 행덕이 전혀 알지 못하는 곳의 이름을 대고는, 그런 질문을 모욕이라고 여긴 듯 다짜고짜 행덕에게 주먹을 날렸다. 행덕은 조심스럽게 다른 병사에게 말을 걸었다. 그러나 그 병사의 반응 역시 마찬가지였다. 행덕은 영문도 모른 채 맞으며 바닥에 쓰러졌다.

그때부터 행덕은 입을 열 때마다 구타를 당했다. 행덕은 자신이 왜 맞아야 하는지 알 수 없었다. 그러는 동안 어디에선가 대장으로 보이는 스물여덟아홉 살가량의 사람이 나타났다. 그는 행덕 앞으로 다가와 이름과 고향, 그리고 어떻게 해서 여기까지 왔는지를 물었다.

행덕은 있는 그대로 일일이 대답했다. 그러나 대답할 때마다 행덕은 계속 주먹세례를 받아야 했다. 강렬한 주먹이 뺨과 턱 부근으로 날아들었고, 그때마다 다리가 공중으로 뜨면서 몸이 한쪽으로 막대기처럼 쏠렸다가 힘없이 땅에 떨어지는 느낌이었다. 행덕은 입을 다물기로 했다. 자신이 그들의 말을 알아듣기 때문에 공연히 얻어맞는 것이라고 생각했다. 실컷 두들겨 맞은 탓에 옷까지 찢겨 벗겨진 후, 병사들과 같은 군복으로 갈아입게 되었다. 새로운 옷을 입은 행덕은 자신의 모습이 이곳 병사들과 전혀 구분이 되지 않음을 새삼 깨닫게 되었다. 병사들은 행덕을 그곳에서 얼마 떨어지지 않은 어느 건물로 끌고 갔다. 그곳 역시 병사들로 가득했다. 병사들은 광장에서 서너 명씩 무리를 지어 선 채로 밥을 먹고 있었다.

행덕은 광장 한구석에 세워졌다. 또다시 많은 병사들이 그의 주위를 에워쌌다. 행덕은 얻어맞지 않으려고 굳게 입을 다문 채 아무런 말도 하지 않았다. 그러자 병사 한 명이 행덕에게 다가와 밀가루 빵을 건네주면서 말했다.

"빨리 먹어라. 곧 출발이다."

"어디로 가는가?"

행덕이 물었다. 그러나 병사는 행선지에 대해 전혀 모르는 것 같았다. 단지 위구르인들과의 전투가 기다리고 있다는 사실만 알고 있을 뿐이었다. 행덕은 지금 있는 이 성이 어디인지, 주위를 둘러싼 병사들이 어느 부대 소속인지 파악할 겨를도 없이, 어느새 자신이 병사가 되었음을 깨달았다.

그날 밤 조행덕은 병사에게 들었던 위구르인들과의 전투에는 투입되지 않았다. 대신 다른 10여 명의 병사들과 함께 파수병이 되어 성 밖에 위치한 말의 방목지를 지키는 일을 맡았다. 거기서 그는 비로소 자신이 배치된 부대가 한족만으로 편성된 서하의 선봉대이며, 자신이 들어간 성이 서하에 의해 본격적으로 점령된 양주라는 것, 그리고 어젯밤 전투는 서하군과 양주를 구원하러 온 위구르군 사이에 벌어진 것임을 알게 되었다.

서하가 송나라 군대와의 충돌을 불사한다는 각오로 본격적인 양주 공략에 나선 결과, 불과 사흘 만에 성을 수중에 넣었던 것이다.

조행덕은 병졸 신분으로 서하의 한족 부대에 배속되어, 천성 5년 봄부터 꼬박 한 해를 양주에서 보내고 이듬해를 맞이하게 되었다.

양주에 온 뒤로 조행덕은 성에서 병사들 외에는 단 한 명의 일반인도 보지 못했다. 서하에 점령되기 전에 양주에 거주하던 주민들 중 쓸 만한 자들은 모조리 서하 부대에 편입되었고, 쓸모없는 노인이나 아녀자들은 하나같이 성 밖으로 강제로 옮겨져 농사를 짓거나 수초지대에서 방목 작업에 나서야 했다.

양주는 땅이 비옥하고 농산물이 풍부하여 성을 한 걸음만 나서면

양질의 경작지가 펼쳐져 있었다. 서하는 하서 제일의 곡창지대를 소유하게 된 것이다. 또한 양주 인근에서 나는 말들은 천하제일의 준마로 명성이 높았고, 환경(還慶) 지역의 말이 그 뒤를 이었다. 진(秦)과 위(渭)의 말은 골격은 크지만 군마로 쓰기에는 기민함이 떨어졌다. 성 북쪽에는 목초지대가 끝없이 이어져 있었다. 성벽에 오르면 그 광활한 목초지대에 깨알처럼 무수한 말들이 수십 마리씩 무리를 지어 방목되는 광경이 눈에 들어왔다. 이런 말들을 관리하기 위해서는 엄청난 인력이 필요했다. 서하는 양주를 점령한 뒤 한 사람의 주민도 해치는 일 없이 병사로 삼거나 농경과 유목에 종사시켰다.

그러나 그건 양주 주민들만의 운명은 아니었고, 서하인들도 마찬가지였다. 서하의 남자들은 15세가 되면 예외 없이 병역의 의무를 지고 정규군에 편입되거나 군대의 잡역에 종사해야 했다. 정규군 병사들은 전원 군마와 무기를 지급받아, 완전무장을 갖추고 있었다. 한편 병역에 종사하지 않는 자들은 어김없이 영주나 홍경 부근의 기름진 땅에서 농사를 지어야 했다.

양주 부근 일대에 주둔 중인 서하의 정규군은 50만에 달했다. 그 외에도 포로로 잡힌 다양한 민족의 군대가 10만, 영주와 홍경에 2만 5천, 그리고 국경 일대에 7만의 군사가 배치돼 있었다.

조행덕이 속한 한족 부대는 정규군의 선봉대로 불리며, 한족 중에서도 용맹한 자들로 조직되어 전투가 있으면 항상 최전방에 나섰다. 부대 병사들 중에는 포로가 아닌, 이전부터 이 지방에 거주해온 주민들도 있었으나, 특별한 구분 없이 오직 용감하고 전투에 능한 젊은이들이 모여 있었다. 조행덕은 전투가 있던 다음 날 우연히 양주성으로 흘러든 탓에 이 부대에 배치된 것이었다.

행덕은 매일 성 밖에서 전투 훈련을 받았다. 체격이 빈약하고 선천적으로 힘도 세지 못했으나 진지하게 훈련에 임했다. 만약 병졸로 쓸모없다고 여겨지면 가차 없이 황하 외곽으로 쫓겨나 황무지 개간 작업에 투입되었기 때문이다. 황하 건너편 무인지대로 밀려나기보다는 아무리 힘들어도 그나마 병졸 신분으로 양주에 있는 편이 나았다.

그 후 1년 동안 조행덕은 감주에 주둔 중이던 위구르인들과의 전투에 세 차례 참가했다. 행덕은 세 번 모두 전투 도중에 실신하였고 그중 두 번은 중상까지 입었지만, 항상 말과 함께 부대로 돌아올 수 있었다. 설령 말 위에서 죽게 돼도 추락하지 않도록, 서하 병사들은 너나 할 것 없이 자신의 몸을 쇠사슬로 말 몸뚱이에 묶어두었기 때문이다. 따라서 전투가 끝나면 사망자와 부상자 그리고 실신한 자들을 태운 수많은 말들이 부대로 돌아왔다.

병졸 조행덕에게 부여된 임무는 말안장에 발석기(發石機)를 달고 돌을 날리면서 적진으로 쏜살같이 달려가 적진을 헤치고 다니며 교란하는 것이었다. 조행덕에게는 말에 탄 채 무기를 손으로 휘둘러댈 정도의 힘은 없었으나, 발석기를 조작하는 데 큰 힘은 필요 없었고, 오히려 체격이 작고 몸이 가벼워 사수로 적합했다.

조행덕은 세 번의 전투를 겪으면서 매번 사수로서 말 위에 엎드린 채 전방은 전혀 보지 않고 돌을 쏘는 조작법에만 전념했다. 적진 한가운데로 돌진하는 것은 웬만한 강심장이라도 엄청난 일이었지만, 말은 명령 없이도 체중이 가벼운 주인을 태우고 쏜살같이 달려주었다. 그때마다 행덕은 기절하였고, 정신을 차렸을 때는 아군 진영으로 돌아와 말에서 쇠사슬이 제거된 후였다. 어떻게 적진을 빠져나와 아군 진영으로 돌아왔는지 행덕 자신도 기억할 수 없었다.

세번째 전투에서 창에 몇 군데가 찔리는 부상을 입었으나, 정신이 돌아왔을 때는 이미 동료에게 처치를 받고 있었으므로 행덕도 자신이 언제 부상을 당했는지 전혀 알지 못했다. 상처는 실신하고 나서 입은 것 같았다. 조행덕은 이런 경험을 통해 전투가 그리 대단한 것이 아니라고 여기게 되었다. 돌 몇 개를 날리고, 정신을 잃든 말든 나머지는 신이 정한 운명에 맡기면 그만이라는 기분이었다. 적진을 빠져나오거나 아군 진영으로 돌아오는 것도 말이 알아서 해주었다.

전투에 나가지 않는 날이면 행덕은 서하 문자를 아는 자가 있는지 수소문하고 다녔다. 그러나 그가 속한 부대에 그런 지식을 지닌 자는 단 한 명도 없었다. 무엇보다 문자의 존재 여부조차 아는 자가 없었다. 혹시라도 부대 상관 중에 그런 자가 있을지도 모르는 일이었지만, 일개 병졸의 신분으로 상관에게 말을 건다는 것 자체가 쉽지 않았다. 어쩌다가 운 좋게 접근하게 된 상관들도 서하 문자는커녕 한자조차 읽지 못하는 자들뿐이었다.

영주나 홍경에는 관청도 여러 곳 있고 상업을 영위하는 주민도 많아 문자가 실생활에 유용하게 사용될 법했으나, 적어도 최전방 기지인 양주 사람들은 문자와는 무관한 상황이었다.

조행덕이 양주에서 전혀 예기치 못한 일을 하며 한 해를 보내고 천성 6년 봄을 맞이하게 되었을 때, 인근 감주에 대해 대대적인 작전이 펼쳐질 것이라는 소문이 부대에 떠돌았다. 그것은 누구나 예측할 수 있는 당연한 것이었다. 홍경과 영주 일대를 차지하고 바야흐로 사막지대 너머 양주까지 수중에 넣은 서하 입장에서 다음으로 손을 뻗칠 곳은 위구르인들이 소왕국을 형성하여 사사건건 적대행동을 취하고 있는 감주였다. 행덕도 머지않아 감주 공략이 있을 거라고 추측했다.

3월도 거의 끝나갈 즈음, 갑자기 성 밖의 움직임이 부산해졌다. 거의 매일 어디선가 새로운 부대가 모여들어 주둔을 시작했다. 밤에 성벽 위에 올라가보면 부대들이 야영 중임을 알리는 홰불이 동남 방면으로 끝없이 광야를 뒤덮고 있었다. 성 안에 주둔 중인 부대들 또한 전투장비와 무기 점검으로 분주했다. 4월에 접어든 어느 날, 성 안팎에 있던 부대 전체가 성 밖 광장에 집결했다. 서하왕 이덕명(李德明)의 장남이자 전군의 통솔자인 이원호(李元昊)가 부대를 일일이 순시하게 되었기 때문이다. 부대 하나를 점검하는 데에도 긴 시간이 소요되었다.

조행덕이 속한 한족 부대는 거의 마지막 차례였으므로, 이른 아침부터 저녁까지 같은 곳에 정렬한 채 꼬박 서 있어야 했다.

행덕의 부대가 점검을 받은 것은 해가 질 무렵이었다. 불그스레한 태양이 서쪽 하늘로 기울기 시작한 시각으로, 행덕의 부대가 정렬 중인 광장도, 광장에서 바라다보이는 성벽도, 동쪽 일대에 펼쳐진 수초지대도, 서쪽의 들판도 모두 노을에 붉게 물들어 있었다. 이름 석 자만 들었을 뿐 오늘 처음 보는 서하의 젊은 통솔자는 행덕의 눈에 훌륭한 인물처럼 보였다. 나이는 스물네댓 살 정도로, 5척 남짓의 작은 키에 몸집도 작았지만 사람을 압도하는 위엄을 지니고 있었다. 저녁 햇살을 정면으로 바라보고 있는 이원호의 몸도 붉게 물들어 있었다.

이원호는 정렬 중인 행덕의 부대 앞을 천천히 걸어 지나가면서, 일

일이 발끝에서 머리끝까지 꼼꼼히 훑어보았다. 한 명씩 점검이 끝나고 다음 차례로 넘어갈 때마다 그는 병사들에게 살며시 미소를 지었다. 병사들의 가슴에 스며드는 온화한 미소였다. 그의 시선은 병사들로 하여금 그를 위해서라면 신명을 바쳐도 좋다고 느끼게 할 만큼 상대를 사로잡는 특별한 힘이 있었다.

그때 조행덕은 자신이 지금 이원호의 부하라는 사실이 묘하게 느껴졌다. 자신이 그를 위해 목숨을 바쳐 전투에 참가해왔으며, 앞으로도 그럴 것이라는 현실 때문이었다. 아울러 그러한 현실에 거부감을 느끼지 않는 자신이 놀랍기도 했다.

점검을 마치고 성 안으로 돌아온 조행덕은 자신을 포함한 백 명 병사의 상관인 주왕례(朱王禮)의 호출을 받았다. 마흔을 넘긴 주왕례는 많은 선봉대 중에서도 가장 혁혁한 공을 세워 그 용맹함에는 따를 자가 없다고 여겨지는 인물이었다.

"넌 옷에 이름을 새겨 넣는다면서?"

주왕례는 행덕의 복장을 구석구석 훑어보고는 이내 한곳에 시선을 모으더니, 옷에 새겨진 '조행덕'이라는 문자를 손으로 가리키며 물었다.

"이게 네가 적은 것이냐?"

"그렇소."

행덕이 대답했다.

"내가 글자를 알았다면 훨씬 출세했을 거야. 아무리 공을 세워도 읽고 쓰기를 못하니 출세를 못해. 앞으로 너를 특별히 주시할 테니 필요할 때 내게 와서 본부에서 오는 명령서를 읽어라."

라고 말했다.

"명령서라면 언제든지 읽어드리겠소."

행덕은 대답하면서, 내심 이 용맹한 상관을 사귀어두면 나쁠 게 없다고 생각했다.

"우선 이것부터 하나 읽어다오."

주왕례는 이렇게 말하며 들고 있던 헝겊 조각 하나를 행덕에게 보여주었다.

행덕은 주왕례 쪽으로 한 걸음 다가가 그것을 살펴보았다. 한자가 아니었다. 분명 한자와 비슷했으나, 한자가 아닌 서하 문자였다. 행덕이 아무리 노력한들 애초부터 의미를 알 수 없는 기묘한 문자였다. 행덕이 한자가 아니어서 읽을 수 없다고 하자 주왕례는,

"한자가 아니면 못 읽느냐?"

라고 하며 업신여기는 듯한 눈초리로 호통치듯 말했다.

"알았다. 그만 저리 가거라."

행덕은 그 명령에 굴하지 않고 주왕례에게 말했다.

"이건 서하 문자요. 이런 문자는 이 문자를 알고 있는 사람만 만나게 해주면 이삼일이면 읽을 수 있소. 나도 이전부터 서하 문자를 배우고 싶었소. 나를 흥경에 보내주시오. 그러면 곧 도움을 드리게 될 것이오."

"음……"

주왕례는 날카로운 눈빛으로 행덕의 얼굴을 응시했다.

"좋다. 그럼 이번 전투에서 네가 살아남으면 상부에 부탁해서 서하 문자를 배우도록 해주겠다. 난 한번 약속하면 꼭 지키는 사람이다. 나

도 살고 너도 살아남으면 반드시 약속을 지키마. 기억해두어라."

그러자 이번에는 행덕이 물었다. 문맹인 그가 어떻게 자신의 옷에 적힌 문자를 알아보았는지 확인하고 싶었던 것이다.

"내가 아니다. 이원호 장군이다."

주왕례는 이렇게만 말했다.

이 일이 있고 나서 조행덕은 때때로 주왕례에게 불려 가 특별한 용무를 부여받게 되었다. 글을 아는 행덕에 대해 그는 흥미와 다소간의 경의를 느끼고 있는 것 같았다.

이원호가 친히 전군을 이끌고 위구르인들의 거점인 감주 공략에 나선 것은 5월 중순 무렵이었다. 마침내 행덕의 부대가 최선봉으로 출전하기 전날 밤, 행덕은 또다시 주왕례의 호출을 받았다.

"널 내 직속부하로 삼겠다. 내 부대는 지금까지 어떤 전투에서도 패한 적이 없다. 열에 아홉은 전사하지만, 나머지 살아남은 자들로 어김없이 승리를 거둔다. 그런 내 부하 가운데 특별히 너를 집어넣어주마."

주왕례가 이렇게 말했다. 행덕은 그다지 기쁘지 않았으나 그렇다고 싫지도 않았다.

"이번 전투에 이기면 난 내 부대를 위해 비석을 세울까 한다. 그 비석의 문구를 쓰는 일을 네게 맡기겠다."

"어디에 세울 것이오?"

"그런 건 생각 안 해봤다. 사막이 될지 감주의 어느 마을이 될지 지금은 알 수 없다. 내 부대가 거의 전멸당할 정도로 격렬한 전투에서 승리했을 때, 그곳에 비석을 세울 것이다."

"죽어버리면 어쩔 것이오?"

"누가 죽어! 내가 말이냐?"

주왕례는 특유의 날카로운 눈빛을 번득이며 말했다.

"나라고 죽지 말라는 법은 없지. 하나 내가 죽어도 비석은 세워라."

"그럼 내가 죽으면 어쩔 것이오?"

"네가 죽으면 곤란하지. 모든 것이 허사가 되니까. 가급적 죽지 않도록 해라. 하긴 죽을지도 모르겠군. 부대가 출전하기 전날 밤 나와 이야기를 나눈 놈은 죄다 죽었어. 너도 죽을지 모르지."

행덕의 새 대장은 이렇게 말했다. 재수 없는 말을 한다고 행덕은 생각했지만, 자신이 죽을지도 모른다는 말을 들어도 그다지 죽음이 두렵지는 않았다. 그 비석은 한자와 서하 문자 중 어느 것으로 새길 거냐고 묻자.

"이 멍청아!"

하고 주왕례는 큰 소리로 호통을 쳤다.

"비석은 물론 한자로 써야지. 우린 서하인이 아니다. 서하 문자는 명령서를 읽을 때 말곤 필요 없어!"

주왕례는 원래 영주의 변진에 있던 송나라 병사였으나, 영주가 서하에 함락당하자 서하의 포로가 되어 선봉부대에 배치되었던 것이다. 물론 이것은 소문으로 들은 것으로, 그 누구도 그 사실을 그에게 확인할 수 없었다. 주왕례가 자신의 과거를 무척 창피하게 여겨, 어쩌다가 그 이야기만 나오면 걷잡을 수 없이 난폭해진다는 것이었다.

조행덕은 이 초로의 용사가 마음에 들었다.

3장

감주 공략에 나서는 서하군이 양주를 출발하는 데에는 이른 새벽부터 다음 날 저녁까지 꼬박 이틀이 소요되었다. 총병력 20만이 10여 개 부대로 나뉘어 한두 시간 간격으로 흙으로 쌓은 양주 성문을 빠져나와 성 북쪽 수초지대를 서쪽으로 밤낮없이 행군했다. 각 부대의 선두에는 기마부대가 섰고, 보병부대의 긴 행렬이 뒤를 이었고, 마지막으로 수백 마리의 낙타가 식량을 가득 싣고 따라갔다.

선봉대에 배치된 조행덕은 첫째 날 출발한 부대에 속해 있었다. 같은 선봉대라도 몇 개의 부대로 나뉘어, 부대마다 한족 병사들이 반 정도였고 나머지 반은 아샤*, 탕구트계의 다양한 민족이 섞여 있었다.

---

* 북캅카스 지역에 있던 이란계 유목 민족.

수초지대를 지나자 모래밭과 자갈밭과 점토지대가 번갈아 나타났고, 이로 인해 출발 당일 오후부터 행군에 애를 먹었다.

양주에서 감주까지는 5백 리 정도의 여정이었다. 도중에는 기련산맥(祁連山脈) 줄기에서 시작된 수십 갈래의 하천들이 건조지대로 흘러들어 오아시스를 형성하고 있었다. 부대는 첫날은 강패하(江霸河) 주위에서, 이틀째는 탄산하(炭山河) 주위에서 야영을 한 후, 사흘째에는 산이 가까이 보이는 이름 없는 강가에서 야영을 했다. 그날 밤은 날이 샐 때까지 강풍이 천둥소리 같은 굉음을 내며 몰아쳤다. 나흘째 아침 수마하(水磨河) 유역에 다다르게 되었고, 닷새째 오후부터 산들이 남북으로 뻗어 있는 골짜기에 접어들었다. 엿새째 되던 날 산골짜기를 빠져나온 부대는 행군을 멈추고 하루 동안 휴식을 취했다. 이제 감주까지는 평탄한 길만 남아 있었다. 부대는 전투 대형을 취한 채 다시 이동했다. 나무 한 그루 없는 사막지대의 행군이었다. 이후 이틀간은 황토가 퇴적돼 생긴 고원을 도려내듯 깊숙이 침식하며 흐르는 누렇고 탁한 강가에서 야영을 했다. 이레째부터 부대에는 파수병이 불침번을 섰다.

양주를 출발한 지 아흐레째 되던 날, 이틀 앞서 부대의 선발대로 정찰 나간 척후병들이 돌아왔다. 그들의 보고를 통해 위구르의 대군이 서하군과 대적하기 위해 이쪽으로 다가오고 있음이 알려지자, 전투부대 병사들은 전투에 적합한 가벼운 복장에 무기를 갖추었다.

열흘째 아침, 서하군 병사들은 멀찌감치 완만한 그릇지 경사면을 따라 접근해 오는 까만 띠 모양의 집단을 발견할 수 있었다. 이와 동시에 부대 전체에 전투 개시 명령이 내려졌다. 서하의 다섯 개 선봉부대는 행진의 폭을 넓혀 병사 20명이 가로로 늘어서는 형태로 긴 대열을 형성했다. 이들은 모두 기마병이었다. 보병과 수송병은 전투부대와 떨어져 훨씬 후방에 위치하고 있었다.

마침내 낮은 언덕이 잔잔한 파도처럼 펼쳐진 사막 위로, 두 진영은 두 줄기 띠 모양을 이루고 서로 상대방을 향해 전진하기 시작했다. 조행덕이 속한 부대는 대열 선두에서 약간 뒤쪽에 위치했다. 백여 명으로 구성된 주왕례의 부대는 앞뒤에 각각 두 개씩 삼각형의 황색 깃발을 펄럭이고 있었다.

두 진영은 상당히 가까이 접근할 때까지 침묵하였다. 깨알 같은 점이 점차 커져 사람과 말의 모습을 확인하기까지 적지 않은 시간이 필요했다. 두 줄기의 띠는 서로에게 빨려들듯 차츰 그 간격을 좁혀갔다.

갑자기 북소리가 울려 퍼졌다. 그 순간 행덕은 말발굽 쪽에서 이는 뿌연 모래 먼지 때문에 도저히 앞을 분간할 수 없었다. 조행덕은 그저 달리는 말에 자신의 몸을 맡겼다. 고함이 들리며 화살과 돌이 쉴 새 없이 몸을 스치며 지나갔다. 선봉대끼리의 접전과 때를 같이하여 양쪽 진영의 인마들이 서로 상대방 진영을 휘젓기 시작했던 것이다. 반대쪽에서 달려오는 것이 적군이라는 판단에만 의지한 채, 양군은 무턱대고 상대 진영을 파고들었다.

조행덕은 반대 방향에서 달려오는 위구르 부대가 마치 거대한 강물처럼 쉴 새 없이 좌우에서, 맞은편에서 밀려오는 것을 보았다. 거의 모든 위구르 병사들이 말고삐도 없이 말 몸뚱이에 두 다리를 찰싹 붙이고 상반신을 말 위에 곧추세운 자세로 양손으로는 활을 겨누고 있었다.

조행덕은 여느 때처럼 말 위에 납작 엎드린 채 발석기로 돌을 쏘았다. 무수한 화살이 조행덕의 주위로 날아들었고, 뿌연 모래 먼지와 함께 병사들의 고함과 말의 울부짖는 소리가 천지를 뒤덮었다. 돌과 화살이 비 오듯 쏟아지는 가운데, 사람과 말이 서로 뒤엉켜 달려 나가기도 하고, 혹은 발이 꺾인 채 나뒹굴었다. 조행덕은 무작정 말을 달렸지만, 가도 가도 이런 아수라장은 그칠 줄을 몰랐다.

행덕은 문득 주위가 밝아옴을 느꼈다. 음산한 분위기의 컴컴한 동굴 같은 곳에서 난데없이 밝은 빛이 비치는 바깥 세계로 내던져진 듯한 기분이 들었다. 순간 행덕은 주위를 둘러보았다. 주왕례가 험상궂은 얼굴로 자신의 바로 뒤쪽에 있었다.

대열은 이제 아수라장을 빠져나와 어딘가로 달리고 있었다. 이윽고 조행덕의 눈에 저 멀리 아수라장이 아지랑이처럼 가물가물하게 보이기 시작했다. 조행덕의 부대는 아비규환에서 빠져나와 여전히 양군이 치열한 전투를 벌이고 있는 지옥의 현장을 멀찌감치 바라보며 큰 반원을 그리고 있었다. 말이 야트막한 언덕에 올라섰을 때, 행덕은 자신도 모르게 숨을 죽였다. 자신들의 부대와 마찬가지로 아수라장에서 빠져나온 적의 부대 하나가 건너편 쪽에서 반원을 그리며 달려오고 있었고, 두 부대의 선봉 대열은 서로 자석에 끌리듯 재차 접근을 시도하면서 차츰 그 간격을 좁혀갔다.

두 줄기 띠를 형성한 두 부대의 선봉 대열이 또다시 충돌하면서 엉켜들었다. 조행덕은 얼마 안 있어 아비규환의 한복판으로 들어가게 되었다. 이번에는 완전한 백병전이었다. 커다란 칼날이 번득대고, 격렬한 함성이 교차했다. 두 줄기 인마의 물결은 마치 자신들의 숙명적 의지인 양 이번에도 서로를 향해 돌진했다. 발석기를 포기한 조행덕은 스스로도 의미를 알 수 없는 괴성과 함께 칼을 휘두르며, 끝이 보이지 않는 위구르 병사의 파도 속을 헤집고 달렸다.

조행덕은 다시금 생지옥에서 지독하게 공허한 하얀 풍경 속으로 내던져졌다. 하얀 햇살이 비치는 가운데, 언덕이 있었고 모래 먼지가 일며 파란 하늘에는 구름이 떠 있었다. 앞뒤로는 여전히 대열이 이어지고 있었다. 그러나 그 대열은 무척 듬성듬성했고, 병사들의 숫자도 확연히 줄어든 상태였다. 그의 주위에 아는 얼굴은 극히 소수에 지나지 않았다. 주왕례를 찾았으나 아무리 둘러봐도 보이지 않았다. 조행덕은 말을 달려 벌판 구석구석을 찾아보았다. 아수라장은 두 개로 나뉘어 있었다. 그곳에서 빠져나오는 인마의 무리는 흡사 누에고치에서 뽑혀 나오는 가느다란 실처럼, 황량한 벌판에서 어느 곳은 반원을, 또 어느 곳은 포물선을 그리듯 어지럽게 구부러지고 교차하면서 다양한 곡선을 이루었다. 아수라장과 인마의 곡선은 한시도 멈추지 않고 살아 꿈틀대며 움직이고 있었다.

행덕의 대열은 다시 아비규환의 전쟁터를 아득히 바라보며 완만하고 커다란 곡선을 그리기 시작했다. 행덕을 포함한 생존 병사들은 세번에 걸친 전투 끝에 더 이상 상대할 적을 찾을 수 없게 되었다. 두번째 전투 이후로 위구르 부대는 이미 대열이 흐트러진 상태였다.

대열은 아직도 사투를 벌이고 있는 두 개의 아수라장을 버리고 우회하여 서쪽으로 질주하기 시작했다. 전쟁터에서 상당히 벗어난 지점에 도착해서야 겨우 정지할 수 있었다. 말이 멈춤과 동시에 조행덕은 자신의 몸이 말 위에서 한쪽으로 쏠려 있음을 느꼈다. 파란 하늘과 하얀 모래사막이 기묘한 각도로 시야에 들어왔다. 이때 거꾸로 말에 매달려 있는 조행덕의 눈에 얼굴이 시뻘겋게 피로 범벅이 된 금강신(金剛神)* 같은 남자의 모습이 보였다. 남자가 말 위에서 말을 건넸다.

"생존자는 너뿐이냐?"

들어본 적 있는 목소리였다. 주왕례였다.

"살아 있었소?"

이번에는 조행덕이 물었다.

"한심한 놈이군."

조행덕은 그제야 자세를 바로잡았다.

"용케 살아남았군요."

조행덕은 대장의 얼굴을 바라보며 말했다. 그러자 주왕례는 자비로운 대장의 말투로 말했다.

"그건 내가 할 말이다. 이제 감주 공략의 선봉부대를 편성한다. 나도 참가한다. 너도 넣어주마."

조행덕의 몸이 다시 말안장에서 떨어졌다. 아수라장의 함성은 여전히 들려왔으나 무척 멀고 희미했다. 얼마 후, 살아남은 선봉부대 병사 중에서 3천 명이 선발되어 즉각 감주를 향해 출발하게 되었다. 주왕례는 그중 3백 명을 이끄는 대장으로 새로 임명되었고, 조행덕도 그 속에 편입되었다.

부대가 행진을 시작하자 조행덕은 거의 비몽사몽 상태로 흔들리는 말 등에 매달려 있었다. 부대는 강이나 샘물을 만나면 잠시 휴식을 취

---

* 사찰 좌우에 서서 불법(佛法)을 수호하는 신(옮긴이).

했다. 휴식 때마다 주왕례는 조행덕에게 손수 물을 먹여주었다.

그날 부대는 밤이 되어도 행군을 멈추지 않다가, 한밤중에 오아시스 지대에 접어들어서야 비로소 야영 명령이 떨어졌다. 흰 달빛 아래 배나무와 살구나무가 길게 늘어서 있었다. 조행덕은 말에서 내리자마자 땅에 쓰러져 죽은 사람처럼 깊은 잠에 빠져들었다. 아침에 눈을 떠보니 부근 일대에는 수십 개의 수로를 따라 손질이 잘된 경작지가 펼쳐져 있었다. 경작지 끝부분에 낮은 언덕이 있었고, 그 위로 성벽이 보였다. 바로 감주성이었다.

부대는 이른 새벽의 맑은 공기를 가르며 성문 근처까지 접근한 후, 수백 명의 군사를 풀어 성 안을 향해 수천 개의 화살 공격을 퍼부었다. 성 안에서는 아무런 반응이 없었다. 잠시 간격을 둔 후 화살 공격이 재개되었다. 그러나 이번에도 성 안에서는 일절 움직임이 없었다.

땅에 주저앉아 있던 조행덕에게 주왕례가 다가왔다. 주왕례는 어제와 마찬가지로 누구의 것인지 알 수 없는 피로 범벅이 된 무시무시한 얼굴이었다.

"결사대 50명을 이끌고 성으로 들어간다. 너도 데려가마."

주왕례가 말했다.

50명의 선발대가 성문으로 향한 것은 그로부터 얼마 지나지 않아서였다. 병사들은 각자 칼을 빼 들고 한꺼번에 성문으로 진입했다. 성문 안쪽 가까이에 맑은 물이 고여 있는 연못이 있었고, 그 주위에 말 두 마리가 서 있었다. 사람들의 모습은 어디에도 보이지 않았다. 부근에 토벽을 두른 집들이 점점이 흩어져 있었고, 집집마다 잎이 무성한 나무들이 몇 그루씩 자라고 있었다.

50명의 병사들은 성 안 깊숙한 곳까지 들어갔다. 골목을 돌 때마다 병사들은 조심스럽게 일렬로 움직였다. 조행덕은 주왕례의 명령으로 선두에 섰다. 점점 민가가 밀집된 곳으로 접어들었으나, 사람들의 모습은 전혀 발견할 수 없었다. 그사이 난데없이 화살 하나가 날아들어 한 병사의 말에 꽂혔다. 완전한 무인지대는 아니었다.

갈림길이 나타나자 조행덕은 감각적으로 한쪽을 선택한 뒤 말고삐를 움직였다. 도중에 골목과 저택, 대로가 나타날 때마다 통과와 수색을 반복했다. 그러나 여전히 어디에도 인기척은 없었다.

조행덕은 주왕례의 명령으로 말을 달렸다. 50명의 수색대는 조행덕을 선두로 넓은 성 안을 거침없이 질주했다. 말을 달리는 동안 화살 두 개가 날아들었으나, 모두 힘없이 땅에 떨어졌다. 화살은 먼 곳에서 쏜 것이었다. 소수라 해도 대항 의지를 가진 자는 있기 마련이었다. 그러나 감주 주민은 거의 대부분 오랫동안 일궈온 경작지를 버리고 어딘가로 피난한 후였다.

"연기를 올려 신호를 보내라."

주왕례가 말했다. 조행덕은 자신에게 한 명령임을 알고 말에서 내렸다. 그곳은 동쪽 성문에서 가까운 성벽 옆 공터로, 성벽으로 올라가는 길이 나 있었다. 성벽 위에 연기를 올리는 봉화대 같은 원형 건물이 보였다.

조행덕은 한 병사에게서 봉화에 필요한 늑대 배설물로 만든 화약 뭉치를 건네받은 뒤 성벽으로 올라갔다. 성벽은 2층 건물 정도의 높이였다. 성벽 위에 오르자, 감주성을 에워싼 광야가 한눈에 들어왔다.

"엎드려라!"

아래에서 주왕례의 호통이 들렸으나, 조행덕은 엎드리지 않았다. 죽음의 공포는 이미 그의 몸에서 완전히 사라지고 없었다. 봉화대는 밑에서는 작아 보였지만, 막상 성벽 위에서 보니 제법 규모가 커서 웬만한 건물 3층 정도 높이에 꼭대기까지 비스듬히 사다리가 놓여 있었다.

조행덕은 사다리를 오르기 시작했다. 주왕례를 비롯한 병사들의 모습이 발치로 조그맣게 보였다. 봉화대는 2층 구조로, 아래층에는 두세 명이 들어갈 수 있을 정도의 방이 있었고, 안에는 커다란 북이 하나 놓여 있었다. 조행덕은 그곳에서 다시 위로 통하는 사다리에 발을 올려놓았다. 사다리를 몇 계단 올라 상반신을 위층 바닥 위로 내밀었을 때, 행덕은 소스라치게 놀라 숨을 죽였다. 불을 놓는 받침대가 설치된 나무판자 위에 납작 엎드려 있는 젊은 여자를 발견했기 때문이다. 갸름한 얼굴에 콧날이 오뚝하고, 움푹 파인 검은 눈동자는 두려움에 떨고 있었다. 조행덕은 한눈에 그녀가 한족과 위구르인의 혼혈임을 알 수 있었다. 목덜미를 드러낸 채 소매가 좁은 상의에 통이 넓은 바지 모양의 하의를 입고 있었다. 얼핏 보아도 상류계층의 여인임이 분명했다.

조행덕은 우선,

"걱정 마오. 해치지 않을 테니."

라고 한족의 말로 말했다. 그러고 나서 같은 말을 위구르어로 반복했다. 행덕의 말이 통했는지는 알 수 없었으나, 젊은 여자는 여전히 겁에 질린 표정으로 행덕을 주시하고 있었다.

행덕은 받침대에 늑대 배설물을 올려놓고 불을 붙였다. 그러자 순식간에 야릇한 냄새와 함께 봉화대에서 검은 연기가 솟아오르기 시작했다. 검은 연기는 일직선으로 하늘 높이 올라갔다. 한 줄기 검은 연기가 흐트러짐 없이 천천히 피어오르기 시작하자, 조행덕은 또 다른 화약에 불을 붙였다. 이렇게 차례로 다섯 줄기의 연기 기둥을 세워 자신들의 입성을 멀리 있는 본진과 성 밖 소속부대에 알렸다. 작업이 끝나자 조행덕은 여자에게,

"걱정하지 말고 여기에 그대로 있으면 되오. 나중에 다시 와서 안전한 곳에 데려다줄 테니."

라고 말했다.

"상인 집안 출신인가?"

행덕은 이번에도 먼저 한족의 말로 물었다. 그러자 여자는 한족의 말을 아는지 가볍게 고개를 저었다.

"그럼 관리 집안이오?"

여자는 이번에도 살며시 고개를 저었다. 여자의 목에 걸려 있는 두 개의 목걸이가 행덕의 시선을 끌었다.

"왕족인가?"

여자는 그저 아무 말 없이 조행덕의 눈을 응시하였다.

"아버지는 누구인가?"

이때 비로소 여자 입에서 나지막한 목소리가 새어 나왔다.

"가한(可汗)*의 동생……"

"가한?"

---

* 군주를 이르는 말인 칸(khan)의 음역어(옮긴이).

행덕은 새삼스레 젊은 여자의 얼굴을 보았다. 아버지가 가한의 동생이면 왕족의 여인이란 말인가. 행덕은 여자를 그곳에 그대로 남겨둔 채 봉화대에서 성벽 위로 사다리를 내려와, 다시 주왕례와 병사들이 모여 있는 광장 공터로 내려갔다.

"넌 제일 먼저 성으로 들어와 선두에 서서 성내를 수색하고 위험을 무릅쓴 채 봉화를 올리는 중대한 임무를 완수했다. 기회를 봐서 널 병사 30명을 거느리는 책임자가 되도록 추천할 것이다."

주왕례가 이제 단 하나 남은 자신의 옛 부하에게 말했다.

조행덕과 부대는 그곳에서 후속부대가 입성하기를 기다렸다. 주왕례는 부하 다섯 명에게 술을 찾아오도록 명령하고, 또 다른 다섯 명에게는 여자가 숨어 있을지도 모르니 근처 민가를 둘러보라고 시켰다. 행덕은 돌 위에 걸터앉아 때때로 젊은 여자가 숨어 있는 성벽 위 봉화대 쪽을 힐끔 쳐다보았다. 여자를 어떻게 해야 좋을지 뾰족한 묘책이 떠오르지 않았다. 결국 주왕례에게 털어놓고 그의 힘을 빌려 여자를 보호할 수밖에 달리 방법이 없을 거라고 생각했다. 그러나 행덕은 자신에게 호의를 갖고 있는 이 대장이 용감무쌍하고 목숨을 초개같이 여기는 남자라는 사실 외에 어떤 성격의 소유자인지 자세히 알지 못했다.

반 식경이 지나자, 성 밖에서 대기하던 3천 명의 병사가 들어왔다. 각자 주둔할 장소가 정해지자, 병사들은 저녁 무렵까지 오랜만에 한가로운 시간을 갖게 되었다. 그들은 인기척 없는 넓은 성 안을 굶주린 늑대처럼 돌아다녔다. 여자 옷을 발견하면 자신의 군복 위에 걸치고, 술독을 찾아내면 부숴 온몸에 뒤집어쓰듯 술을 마셨다.

그러나 그런 광란도 밤의 장막이 짙게 깔리면서 차츰 잦아들었다. 조행덕은 낮부터 밤까지 잠깐 자리를 비웠을 뿐, 줄곧 봉화대가 있는 성벽 아래에서 움직이지 않았다. 만약 그 부근을 기웃대거나 성벽 위로 올라가려는 자가 있으면 저지해야 했기 때문이다.

행덕이 잠시나마 감시 장소를 벗어난 것은 젊은 왕족 여인을 숨겨둘 곳을 찾기 위해서였다. 행덕은 부근 민가 몇 곳을 돌아다니며 그녀가 숨을 만한 장소를 물색했다. 그 결과 비교적 규모가 큰 집의 헛간 같은 곳에서 두세 명이 들어갈 정도의 움막을 발견하고 그곳을 여자가 숨을 장소로 점찍은 뒤, 안채에서 여자가 사용할 깔개와 침구를 날랐다.

밤이 깊어지자 행덕은 낮에 결사대로 가장 먼저 입성한 50명 병사들의 숙소인 절 건물을 빠져나왔다. 밤하늘에는 수많은 별들이 빛을 발하고 있었지만, 지상은 한 치 앞도 분간할 수 없을 정도로 깜깜했다.

꽤 긴 시간을 들여 낮에 왔던 감시 장소에 도착한 행덕은 이어 한 발 한 발 조심스럽게 성벽을 오르기 시작했다. 성 바깥에 알알이 박혀 있는 수백 개의 불빛이 성벽 위에 서 있는 행덕의 눈을 사로잡았다. 불빛은 성벽에서 상당히 멀리 떨어진 곳까지 광범위하게 흩어져 있었다. 서하군 본진이 도착해 야영을 하고 있는 것 같았다. 무수한 불빛을 통해 당연히 그곳에 사람과 말 들이 꿈틀대고 있음을 짐작할 수 있었으나, 지금 행덕의 눈에는 단지 헤아릴 수 없을 정도의 반짝이는 빛만 보일 뿐이었다. 불빛과 불빛 사이를 칠흑 같은 어둠이 뒤덮고 있어, 살아 움직이는 것의 존재는 전혀 느껴지지 않았다.

조행덕은 봉화대 위층으로 올라갔다. 사방이 어두워 희미했지만,

여자는 낮에 보았을 때처럼 판자 위에 엎드려 있는 것 같았다.

행덕은 여자에게 안전한 곳으로 피신시켜줄 테니 이곳을 내려가 자신과 함께 가자고 말했다. 그러나 여자는 한동안 같은 자세로 미동도 하지 않았다. 그러다가 유리처럼 맑은 목소리로 자신은 이미 죽는 것이 두렵지 않다고 한족의 말로 말했다. 행덕은 그 말이 지금 자신을 어디론가 데려가려는, 아군인지 적인지 알 수 없는 자에 대한 일종의 경고 같은 것이라고 이해했다. 행덕은 거듭 여자에게 함께 봉화대를 내려가자고 명령조로 말하고, 먼저 성벽으로 내려갔다. 잠시 후 여자가 따라 내려왔다. 이때부터 행덕은 어둠에 익숙해진 눈을 통해 어렴풋이나마 여자의 윤곽을 느낄 수 있었다. 여자는 생각보다 훨씬 키가 컸다.

조행덕은 여자에게 소리를 내지 말 것과 어떤 일이 있어도 곁에서 떨어지지 말 것을 주문한 후, 도처에 불빛이 반짝이는 성 밖 광야를 등진 채 한 걸음씩 조심스럽게 천천히 성벽을 내려왔다.

여자의 발소리가 행덕의 바로 뒤를 따르고 있었다. 광장을 가로질러 골목길에 접어들자, 행덕은 모퉁이를 두 번 돌아 낮에 봐두었던 민가의 담 안으로 들어갔다. 담 안쪽으로 꽤 넓은 앞뜰이 나타났다. 조행덕은 그곳에서 여자를 앞세운 후, 안채로 보이는 건물 쪽으로 걸어갔다.

헛간 입구에 다다르자 행덕은 여자에게 어서 안으로 들어가라고 재촉했다. 그러나 여자는 입구에 선 채 안으로 들어가기를 주저했다. 헛간 안은 말 그대로 칠흑 같은 어둠이었다. 거기서 행덕은 자신의 저녁거리인 밀떡과 파를 여자에게 건네주면서, 자신은 이제 돌아갈 것이며, 안에 움막이 있으니 새벽에 날이 밝으면 들어가 숨어 있으라고 말했다. 자신이 이곳에 있는 한 여자는 헛간 안으로 들어가지 않을 거라고 판단했기 때문이다.

한낮의 더위는 온데간데없이 밤공기는 매서울 정도로 차가웠다. 움막 안에 여자를 위해 침구를 넣어두었으나, 아마도 오늘 밤 그녀가 사용하지는 않을 거라고 행덕은 생각했다. 여자는 뭔가 다른 방법으로 밤을 보낼 것이고, 그건 그것대로 나쁘지 않다고 여겼다. 행덕은 서둘러 그곳을 나왔다.

다음 날 조행덕은 아침식사로 배급받은 음식과 물을 가지고 다른 사람이 눈치 채지 않도록 주의하면서 다시 헛간을 찾았다. 헛간 안을 살펴보았을 때 여자의 모습이 보이지 않아 혹시 도망친 게 아닌가 생각했지만, 막상 들어가보니 여자는 행덕의 지시대르 움막 안에 몸을 숨기고 있었다.

조행덕은 먹을 것과 물을 가지고 왔음을 알리고, 그것을 움막 안에서 내민 가냘픈 손에 쥐여주고는 지체 없이 그곳을 떠났다.

그날 오후 이원호가 이끄는 본진 선발대가 성으로 들어왔다. 성 밖에 주둔 중인 부대의 일부에 불과했으나, 그들이 들어오자 성 안은 한족과는 다른 체구와 용모를 지닌 서하 병사들로 가득 찼다. 새로 입성한 병사들을 보며 조행덕은 자신이 참가했던 전투가 전체 작전 규모에서 보면 극히 미미한 것임을 깨닫게 되었다. 성 서쪽에 남북으로 흐르는 흑하(黑河) 상류와, 이곳으로 오는 행군 도중 건넜던 산단하(山丹河) 중류에서도 각각 대규모의 충돌이 있었고, 이들 전투에서 서하군은 속속 대승을 거두었다. 패배한 위구르군은 약속이라도 한 듯 서쪽을 향해 도주했다는 것이었다.

사흘째부터 위구르인을 비롯한 여러 종족으로 구성된 감주성 주민들이 성내에 보이기 시작했다. 지금까지 어디에 숨어 있었는지 신기할 정도로 하나 둘 모습을 드러냈다. 물론 성내로 돌아온 자들의 규모는 아주 작았지만, 그들만으로도 성은 본래의 표정을 되찾기 시작했다. 음식을 파는 가게가 문을 열고, 채소를 파는 시장이 서기도 하였다. 그러나 아직까지 여인들의 모습은 눈에 띄지 않았다.

조행덕은 사람들의 이목을 피해 매일 여자가 숨어 있는 곳으로 먹을 것을 날라주었다. 닷새째 되던 날 밤, 행덕은 여느 때처럼 여자가 먹을 음식을 가지고 헛간을 찾았다. 그런데 움막 안에 있어야 할 여자가 보이지 않았다. 행덕은 이번에야말로 여자가 도망친 것이 아닐까 생각했다. 그러나 곧 여자가 문밖에서 들어왔다. 행덕이 밖으로 나가면 위험하지 않느냐고 질책하자, 여자는 세수를 하거나 물을 마시기위해 매일 밤 밖으로 나가지만, 걱정하지 않아도 된다고 대답했다.

여자는 헛간 문가에 서 있었다. 덧문 사이로 비스듬히 들어오는 흰달빛에 여자의 전신이 드러났다. 여자의 얼굴에서는 이미 행덕에 대한 경계나 공포의 기색은 찾아볼 수 없었다.

"어째서 그대는 나에게 이렇게 음식을 가져다주는 것인가?"

여자가 특유의 영롱한 목소리로 물었다.

"당신의 목숨을 구하고 싶기 때문이오."

"왜 구하고 싶은가?"

듣고 보니 마땅한 답변이 떠오르지 않았다. 그녀를 봉화대 위에서 발견한 순간부터 이 여자를 구하는 것이 자신의 사명처럼 여겨졌으나, 어째서 그런 생각이 마음속에 자리 잡게 되었는지 스스로도 이해가 되지 않았다. 행덕이 잠자코 있자 여자가 또 물었다.

"그대는 나를 구한다고 하지만, 난 이런 움막 속에 들어가 있고 싶지 않다. 대체 언제까지 이런 곳에서 지내야 한단 말인가?"

여자는 행덕을 비난하듯 말했다. 그 말투에는 다소 철없는 푸념 같은 것이 섞여 있었으나, 행덕은 전혀 화가 나지 않았다. 화가 나기는커녕 여자를 달래기 위해 어떤 말을 해야 좋을지 그것만 생각하고 있었다.

"성 안 위구르인들의 숫자가 매일 늘고 있소. 아직까지 여자들 모습은 보이지 않지만, 머지않아 그들도 돌아오게 될 것이오. 성 안이 그런 상황이 되면 그대도 이곳에서 나가 스스로 신변을 지킬 수가 있을 거요."

"난 왕족 여인이다. 잡히면 죽을 것이다."

"왕족 신분을 숨기면 되지 않소. 그리고 기회를 봐서 성을 탈출한 후 당신네 부족이 도주한 서쪽으로 가시오."

행덕은 이렇게 말하면서도 내심 자신의 말이 이루어지기 어려울 것이라고 생각했다. 누가 봐도 단번에 상류계층 티가 나는 그녀가 도저히 혼자 힘으로 해낼 수 있는 일이 아니었기 때문이다.

행덕이 이 젊은 여인과 대화다운 대화를 나눈 것은 이날 밤이 처음이었다. 행덕은 여자의 얼굴을 오랫동안 쳐다볼 수가 없었다. 기품이라고 해야 할까, 위엄이라고 해야 할까, 이목구비가 뚜렷하고 갸름한 얼굴과 보기에도 연약하고 가냘픈 자태에는 행덕의 마음을 사로잡는 무언가가 있었다.

감주성에 입성한 지 이레째 되던 날, 조행덕은 주왕례의 호출을 받았다. 주왕례는 세 그루의 대추나무가 자라고 있는 자그마한 정원이 딸린 민가를 독차지해서 숙소로 쓰고 있었다. 방으로 들어가자 그는,

"서하 문자를 배우고 싶다고 했으니 널 홍경으로 보내주마. 이것으로 내가 한번 말한 건 반드시 지키는 사람임을 잘 알았겠지? 단 서하 문자를 익히는 대로 즉시 돌아와라."

라고 말했다. 내일 홍경으로 떠나는 부대에 합류하여, 그 부대 대장의 지시를 따르라는 것이었다.

"난 이제 지금보다 더 많은 부하를 거느리게 될 것이다. 네가 돌아오면 참모로 삼아주겠다."

주왕례는 현재 3백 명 부대의 대장이었으나, 곧 있을 논공행상에 따라 그의 말대로 훨씬 많은 부하를 거느리게 될 것이 분명했다.

조행덕은 이 명령이 고맙기 짝이 없었지만, 내일 출발하게 되면 당장 숨겨둔 여자를 어떻게 할 것인가가 문제였다. 출발을 보름 정도 늦출 수 없겠냐고 행덕이 묻자, 주왕례는 자신의 위엄이 손상되었다고 여긴 듯 큰 소리로 호통쳤다.

"내일 가라. 이건 내 명령이야!"

비록 생각은 단순하지만 자신에게 호의를 갖고 있는 용맹한 대장의 명령에 조행덕은 복종하기로 했다.

그날 밤 조행덕은 여자가 숨어 있는 곳으로 찾아가, 자신은 이곳을 떠나지만 내일 자신을 대신해줄 사람을 소개할 테니 염려할 필요 없다고 말했다. 조행덕은 내일 출발 직전에 주왕례에게 여자 이야기를 털어놓고 그의 힘을 빌려 그녀를 보호해줄 작정이었다.

이날도 여자는 움막에서 나와 문가에 서 있다가 행덕의 이야기를 듣고는 갑자기 온몸을 부들부들 떨며,

"난 지금 그대 말고는 그 어떤 인간도 신용할 수 없다. 조금만 더 내 곁을 떠나지 말고 있어다오."

라고 말했다. 행덕이 자신도 그러고 싶으나 그게 불가능하다고 말하자, 여자는 느닷없이 바닥에 무릎을 꿇고 하늘을 향해 양손을 처든 채 엎드려 울기 시작했다. 이어,

"내가 왜 홀로 봉화대 위에 있었는지 아는가?"

라고 물었다. 지금까지 행덕이 한두 번 물은 적이 있었지만 줄곧 대답을 듣지 못했던 이야기였다. 여자는 그 대답을 이제야 들려주겠다는 표정으로 말했다.

"난 장차 내 남편이 될 사람을 그곳에서 기다리고 있었다. 전투가 시작돼 일단 식구들과 함께 성을 빠져나왔으나, 피난 도중에 죽지 않는 한 반드시 성으로 돌아올 것이라는 그 사람의 말이 생각나 혼자만 몰래 성으로 돌아온 것이다. 그래서 봉화대 위로 올라갔다가 그만 그대에게 발각되고 말았다. 난 그 사람이 이번 전투에서 전사했다고 믿고 있다. 또한 그 사람의 영혼이 자신을 대신해서 그대를 나에게 보냈다고 생각한다. 그렇지 않고는 그대 같은 사람이 내 앞에 나타났을 리가 없으니까. 그런데 그대가 이제 날 홀로 두고 떠나겠다는 말인가?"

행덕은 바닥에 엎드려 마냥 떨고 있는 여자의 어깨를 바라보았다. 가녀린 목에 걸친 목걸이가 달빛을 받아 알알이 빛을 발하며 차갑게 흔들렸다.

조행덕은 여자에게 다가가 바닥에 엎드려 있는 그녀의 상체를 일으

켜 세우려 했다. 그러자 여자는 무슨 생각에서인지 반사적으로 몸을 일으켜 행덕의 얼굴을 정면으로 쳐다보았다. 행덕은 이제까지 그녀에 대해 그 어떤 특별한 감정도 가지고 있지 않았으나, 여자의 체취가 차가운 밤공기에 실려 자신의 얼굴에 밀려들었을 때, 불현듯 무언가가 엄습해옴을 느꼈다. 순간 행덕은 가슴 벅찬 아름다움을 소유하고 싶다는 욕망을 억제할 수가 없었다.

여자는 도중에 저항을 멈추고 순순히 조행덕이 하는 대로 몸을 맡겼다. 행덕이 냉정을 되찾았을 때 자신의 행동에 그 어떤 변명의 여지도 없음을 자각하고는 서글픔에 마음이 아팠다. 조행덕이 헛간을 나서려 하자 여자는 두 손으로 행덕의 다리에 매달렸다. 행덕이 말했다.

"용서해주오. 난 잠시 짐승이 되었으나 원래 그런 사람은 아니오."

"그런 건 말 안 해도 아오. 그댄 나에게 애정을 갖고 있소. 그댄 내 남편이 환생한 것이오."

행덕은 여자의 말을 그대로 따라하듯 말했다.

"그렇소. 난 분명 그대에게 애정을 갖고 있소. 아마도 그대의 남편 될 사람을 대신해서 그대를 만나게 된 거요. 그렇게 될 운명이었소. 그렇지 않고서야 내가 머나먼 송나라 땅에서 이곳까지 올 리가 만무하오."

조행덕은 이때 정말로 그런 생각이 들었다. 그리고 지금 그녀의 슬픔이 고스란히 자신의 몸속에 전해져 맥이 뛰듯 숨 쉬고 있음을 느꼈다.

"꼭 가야만 하오?"

"가야 하오."

"다시 이리로 돌아올 거요?"

"1년 안에 반드시 돌아오겠소."

"그럼 난 여기서 그대를 기다리고 있을 테니 돌아올 거라고 맹세해주오."

여자는 또다시 하염없이 흐느끼며 말했다. 행덕은 떨어지지 않는 발걸음으로 헛간을 나와 숙소로 향했다. 발밑으로는 무게라곤 전혀 느낄 수 없는 재 같은 흙 위에 자신의 그림자가 마치 먹물을 뿌린 듯 짙게 드리워져 있었다.

다음 날 아침 조행덕은 주왕례의 숙소로 그를 찾아갔다. 주왕례는 행덕의 얼굴을 보자 작별인사차 온 것으로 여기고,

"나와 넌 같은 장소에서 죽을 것이다. 빨리 돌아오너라. 언젠가 우리는 최후에 우리 둘만 남는 장렬한 전투를 벌여야 한다. 그리고 반드시 승리해 비석을 세운다는 약속을 잊지 마라."

라고 말했다. 주왕례는 비석을 세우기에는 지난번 싸움 정도로는 아직 성에 차지 않는 모양이었다.

"실은 출발하기 전에 평생 단 한 번인 청이 있소."

조행덕이 말을 꺼냈다. 그런 행덕의 표정이 심상치 않음을 느꼈는지 주왕례도 진지한 얼굴로 말했다.

"뭐냐, 말해보아라."

"젊은 위구르 왕족 여자 하나를 숨겨놓고 있소. 그 여자를 보호해달라고 부탁하려 하오."

"여자?"

주왕례는 복잡한 표정을 짓다가 이내 두 눈을 반짝이며 물었다.

"여자! 여자가 있단 말이냐?"

"그냥 여자가 아니오. 왕족이오."

"왕족 여자면 어디가 다르기라도 하냐? 당장 보자."

주왕례는 이렇게 말하며 자리에서 일어섰다. 조행덕은 이대로는 안 되겠다 싶어 말투를 바꿨다.

"평범한 여자가 아니오. 우리와 같은 한족의 피가 흐르고 있소. 한족의 말도 할 줄 아오."

"여자면 여자지 뭐가 다르냐. 여자에게는 여자만의 쓰임새가 있을 뿐이다."

조행덕은 주왕례에게 여자 이야기를 꺼낸 것을 후회했다.

"만약 여자에게 손을 대기라도 하면 그대에겐 죽음이 찾아올 것이오."

"죽음?"

주왕례는 전혀 예기치 못한 소리라는 표정을 짓더니 물었다.

"왜 죽게 되느냐?"

"위구르 왕족 여자와 관계를 가지면 죽음을 재촉한다는 말이 예부터 전해지고 있소."

"죽음이 앞당겨진다고 내가 두려워할 줄 아느냐?"

"전투에서 죽는 것이 아니오. 몸이 수척해져 죽게 되오."

주왕례는 잠자코 있었다. 반신반의의 표정이었지만, 아무튼 전투 이외의 상황에서 죽는다는 것은 주왕례에게 상상조차 할 수 없는, 그리고 용납될 수도 없는 일이었다.

"그렇다면 그 여자는 만나지 않는 게 좋겠군."

주왕례가 말했다. 그러나 이내,

"하지만 도저히 직성이 풀리지 않는군. 한번 보자. 보는 건 상관없 겠지?"

하고 말했다. 조행덕은 주왕례를 여자가 있는 헛간으로 안내했다. 여자는 움막에서 나와 헛간 구석에 앉아 있었다. 주왕례는 여자를 무 례하다 싶은 시선으로 훑어보다가 헛간 안에는 발을 들여놓지 않은 채 나지막한 소리로 중얼댔다.

"과연 보통 여자는 아니군."

"이 사람이 오늘부터 나를 보호해줄 거요?"

여자가 불쑥 입을 열었다. 그 말을 듣고 주왕례는 자신도 모르게 머 뭇대며 잠시 뒷걸음질 치더니 바로 등을 돌려 걷기 시작했다. 조행덕 이 뒤쫓아 가자 주왕례가 말했다.

"난 저런 여자는 영 껄끄러워. 내가 저 여자에게 해줄 수 있는 건 아 무것도 없다. 그저 성내 위구르 사람을 시켜 식사를 날라주는 정도의 일이라면 해주지."

그러고 나서 문득 생각이 난 듯 행덕에게 물었다.

"그러나저러나 넌 어째서 저 여자를 숨겨준 거냐?"

"나도 모르겠소."

"그럴 거야. 너도 모를 거다. 그런 여자다. 저런 여자는 골칫거리지. 난 한눈에 알아봤다. 저런 여자는 항상 푸념만 늘어놓고 제멋대로 굴 거든. 난 알 수 있어. 아무리 버릇없이 굴어도 해달라는 대로 해주게 되지. 난 잘 알아. 남자가 기를 펼 수 없는 여자야. 그냥 여자가 아니 란 말이다. 그냥 평범한 여자 어디 없나?"

주왕례의 말에는 진심이 배어 있었다. 거짓이나 과장 따위는 느껴지지 않았다. 그러나 조행덕은 여자를 돌봐야 했고, 그러기 위해서는 주왕례의 도움이 필요했다. 그래서 주왕례에게 거듭 부탁을 하자 그가 말했다.

"난 저런 여자를 만나는 게 싫다. 저런 여자 일에 관여하는 것은 사양하마. 그러나 만난 이상 어쩔 수 없군. 위구르인을 하나 붙여 돌봐주도록 하지."

숙소로 돌아온 주왕례는 부하에게 명령해 위구르 노인 다섯 명을 데려오게 한 후, 그중 한 명만 두고 나머지는 돌려보냈다.

"넌 지금부터 한 여자에게 식사를 나르고 신변에 관한 일체를 돌봐주어야 한다. 만약 이 사실을 누군가에게 발설하거나 들키는 날에는 곧장 네 목이 날아갈 것이다. 알겠느냐?"

주왕례는 노인을 노려보며 말했다. 늙은 위구르인은 재난이란 그칠 날이 없다고 혼자 중얼대더니 결국 승낙했다. 조행덕은 그 노인을 데리고 여자가 숨어 있는 곳으로 다시 찾아갔다. 행덕은 노인에게 주왕례가 명령한 것을 충실히 지키도록 재차 다짐을 받았다.

조행덕은 노인을 돌려보내고 여자와 작별인사를 나눴다. 여자는 조행덕에게 1년 안에 돌아오겠다는 어젯밤의 약속을 상기시킨 후,

"그럼 빨리 떠나세요."

하고 말했다. 헤어질 때 여자는 아무 말 없이 자신이 목에 걸고 있던 두 개의 목걸이 가운데 하나를 조행덕의 손에 쥐여주면서 애써 기운을 내서 한없이 상냥한 미소를 지었다. 조행덕은 잠시 여자의 손을 잡은 뒤 곧 헛간을 나왔다. 여자의 차가운 손길이 행덕의 거친 손바닥

에 한동안 느껴졌다. 조행덕이 그 집 문을 나서려 할 때 위구르 노인이 여자에게 줄 물을 지게에 지고 들어왔다.

"난 누구 눈에도 띌 일이 없으니 걱정 마시게."

노인이 말했다.

조행덕은 정오에 성문을 나섰다. 그리고 성 밖에서 출발 준비를 갖추고 있던 2백 명 규모 부대의 일원으로 합류하였다. 주왕례가 미리 말을 해두었는지 젊은 대장은 충분한 경의를 갖고 조행덕을 대했다.

때는 천성 6년 6월로 접어들고 있었다.

4장

조행덕이 1년간 머물러왔던 양주를 거쳐, 난생처음으로 사막다운 광활한 사막지대를 지나 서하의 본거지인 흥경에 당도했을 무렵, 흥경에는 감주 점령에 따른 승리의 기운이 온 거리에 넘쳐흐르고 있었다. 전방에 있던 조행덕에게는 위구르인들을 그들의 본거지였던 감주에서 쫓아낸 것이 얼마나 큰 의미를 갖는 것인지 상상조차 할 수 없는 일이었다.

무엇보다 양주를 손에 넣고 나아가 감주까지 자신들의 지배하에 두게 된 서하 입장에서는 서역 방면과의 통상권 획득을 위한 첫 교두보를 확보한 셈이었다.

지금까지 서방 지역에서 건너오는 보석류를 비롯한 모든 물자는 감주 위구르인들의 손을 거쳐 동쪽의 송나라나 거란으로 유입되었던 탓에 그 이익을 위구르가 독점해왔으나, 앞으로는 그 혜택을 서하가 대신 거머쥐게 된 셈이었다. 양주를 점령해 천하제일의 준마를 단숨에 손에 넣은 것은 주로 군사적으로 의미가 있었으나, 경제적 측견에서 이번 감주 공략이 신흥국가인 서하에 기여한 바는 이루 헤아릴 수 없을 정도로 지대했다. 하서 지역에서는 이제 과주(瓜州)와 한족이 지배하는 사주의 일부 지역이 남아 있을 뿐이었다. 그곳만 점령하면 서하는 무궁무진한 보고(寶庫)를 지닌 서방 제국들의 문호인 서역과 직접 국경을 접할 수 있었다.

홍경은 서하가 제일의 근거지로 삼은 곳인 만큼, 조행덕이 발을 들여놓았던 양주나 감주와는 전혀 달랐다. 조금 벗어나면 온통 끝없는 사막지대가 이어졌으나, 홍경은 수목이 무성한 평야에 위치한 도읍으로, 멀리 북쪽으로 하란산맥을 바라보면서 동쪽 약 30리 지점이 황하가 흐르고 있었다. 홍경성 주위로는 강과 습지가 교차하면서 도랑이 종횡으로 통하고 있어, 잘 다듬어진 경작지와 과수원이 끝없이 이어졌다.

성에는 여섯 개의 문이 있었고 성내에는 성루가 우뚝 솟아 있었다. 조행덕이 홍경 거리로 들어섰을 때 무엇보다 놀란 것은 건물이나 토담마다 어지러울 정도로 문자가 새겨져 있는 점이었다. 모두가 한자를 모방하여 만든 서하 문자였다. 여기저기에 넘쳐흐르는 노랑, 파랑, 빨강 등 다양한 색으로 칠한 기묘한 형태의 문자들에 익숙해지기까지 행덕은 거리를 걸을 때마다 낯선 느낌을 받았다. 물론 홍경에 들어와 안 사실이지만, 홍경에서는 한자 사용이 일절 금지돼 있었고, 서하 조정은 최근에 만들어진 자국 문자의 사용을 강요하고 있었다.

문자를 비롯한 복장이나 화장, 인사법 할 것 없이 종래의 한족 문화는 모조리 배척당하는 대신, 서하 민족 고유의 문화가 권장되고 있었다. 이런 면에서도 새롭게 융성해 바야흐로 강대국 대열에 들어서려는 서하의 긍지와 의욕이 느껴졌다. 다소 우스꽝스럽기도 했지만, 분명 그냥 웃어넘길 수 없는 무언가가 존재했다. 거리를 지나다니는 서하인들의 눈동자에서 조행덕은 많은 것을 읽을 수 있었다. 용맹스러움, 포악함, 무지몽매, 자긍심 등 다양한 것들이었다. 이 민족이 토번인이나 위구르인보다 우수하다는 것은 더 이상 부정할 수 없는 사실이었다.

서하의 국정은 군사체제 중심으로 조직돼 있었으나, 내정 전반은 거의 송나라 제도를 모방해 만든 관청들이 운영했다. 조행덕은 성 북서쪽 구석에 커다란 가람(伽藍)*을 지닌 사원을 학교 건물로 쓰는, 송나라로 치면 국자감(國子監)** 같은 곳에 배속되었다. 이곳에는 각 지역의 부대에서 서하 문자를 배우기 위해 파견된 병사들이 30명 정도 수용돼 있을 뿐, 일반인 학생은 없었다. 조행덕 외에는 전원 젊은 서하인들이었다. 그러나 이곳에서 서하 문자를 가르치는 10여 명의 교사들은 전원 한족이었다. 조행덕은 사원에 방 하나를 얻어 기거하게 되었다. 이곳에 한족 사람이 다수 있다는 사실은 여러모로 안성맞춤이었다. 처음에는 이것저것 허드렛일을 하면서 서하어 훈련을 받았으나, 차츰 학식을 인정받아 특별한 임무를 맡게 되었다. 구체적으로는 배포용 소책자를 만들거나, 한자의 뜻을 옮겨 적는 작업을 보조하는

---

* 승려들이 사는 사찰 등의 건축물(옮긴이).
** 수나라 이후 역대 중국 왕조의 국립교육기관.

일이었다. 덕분에 조행덕은 오랜만에 문자를 상대하는 본래의 일상을 되찾을 수 있었다. 그는 가을부터 이듬해 봄까지 서하 글자를 익히면서 시간을 보냈다. 홍경은 10월부터 3월까지 겨울이었다. 11월이 되자 황하 물을 끌어다 만든 성 밖 도랑이 얼어붙었고, 하루가 멀다 하고 우박이 쏟아졌다. 황하의 얼음이 녹기 시작한 4월경부터 행덕은 서하 문자와 한자의 대조표를 만드는 작업에 들어갔다. 대조표 작성은 꽤나 성가시고 고된 작업이었다. 여름에 접어들면서 북서쪽에서 바람이 불어왔으나, 더위는 혹독했고, 사막의 미세한 모래바람이 성벽을 넘어와 홍경성 전체를 뒤덮었다. 심한 날은 낮에도 밤처럼 어두컴컴했다. 어쩌다 모래바람이 불지 않는 날은 무시무시한 천둥소리와 함께 비바람이 몰아쳤다.

조행덕은 서하 문자와 한자의 대조표 작성 작업에 관여하게 되면서 시간이 흐르는 것을 잊게 되었다. 서하 문자는 도합 6천여 개에 달했다. 문자를 만든 이는 한족으로, 이미 이 세상 사람이 아니었다. 그가 살아 있었다면 서하 문자에 대응하는 한자를 선별하는 것은 용이한 일이었겠지만, 만든 자가 이미 고인이 되었으니 같은 의미를 지닌 엄청난 수의 한자 중에서 적합한 글자를 고르기란 쉽지 않았다.

대조표 작성 작업이 일단락된 것은 천성 7년 가을의 일이었다. 조행덕이 홍경에 온 것이 지난해 6월이었으므로, 어느덧 1년 반 가까운 세월이 흘렀다. 그동안 조행덕은 위구르 왕족 여인과 주왕례를 잊은 것은 아니었으나, 이상하게도 먼 존재로 느껴졌다.

주왕례의 부하로 경험한 몇 차례의 격전과 아무런 위안거리도 없는 변방에서의 삭막하고 반복적인 일상 모두 조행덕에게는 자신이 꾼 악

몽의 일부 같았다. 나아가 자신이 거주했던 양주나 감주도 두 번 다시 갈 일 없는, 현실과 동떨어진 아득한 곳으로 여겨졌다. 지금 홍경에서 생활하고 있는 자신이 이곳을 떠나 또다시 전방부대로 복귀한다는 것은 도저히 불가능한 일이었다. 아울러 조행덕에게 위구르 왕족 여인 또한 이제는 아련한 기억 속의 존재에 불과했다. 처음 얼마간은 그녀 생각을 할 때마다 가슴 한구석이 저려오면서 헤어질 때 잡았던 차가운 손의 감촉을 자신의 손바닥에 되새기곤 했으나, 시간이 지나면서 점점 희미한 기억 속으로 사라져갔다. 정말로 자신은 그녀와 그날 밤 관계를 가졌던가, 혹시라도 꿈이 아니었을까. 지금의 조행덕에게 적어도 여자를 위해 감주로 돌아가야겠다는 마음은 들지 않았다.

대조표 작성 작업이 완료되자 조행덕은 앞으로 자신이 해야 할 일이 무엇인지를 고민하게 되었다. 처음에는 서하라는 민족이 갖고 있는 특별한 무언가를 접해보기 위해 이런 변방까지 오게 되었고, 마침내 자신도 모르는 사이에 짧지 않은 시간을 보내게 되었다. 일찍이 자신에게 방랑생활의 계기를 제공한 서하라는 민족에 대한 동경은 이미 사라져버린 지 오래였다. 개봉성 밖 저잣거리에서 알몸의 여인에게 받았던 강렬한 감동은 이곳 홍경 거리에서는 발견할 수 없는 것이었다. 예전에는 원시적 아름다움을 지닌 격렬한 무언가가 서하 민족의 핏줄에 살아 꿈틀대고 있었는지 모르지만, 적어도 지금의 서하인에게서는 찾아볼 수 없었다. 그들은 이덕명, 이원호라는 비범한 권력자에 의해 통일을 이루고, 바야흐로 민족적 자각을 깨쳐가는 신흥국가의 국민이었다. 남자들은 용감하여 목숨을 초개같이 여기고, 여자들은 고통과 결핍을 인내하며 몇 년이고 남편의 빈자리를 지키고 있었다.

국가에 봉사하는 정신이 그들의 얼굴을 삶의 위안거리와는 무관한 무덤덤한 표정으로 만들어버렸다.

행덕은 언젠가 꿈속에서 황제의 질문에 답하면서 하량의 안변책을 옹호했으나, 지금의 행덕이라면 다소 다른 주장을 펼칠 것이 확실했다. 서하는 송의 위정자들이 일반적으로 생각하고 있는 것보다 훨씬 강대하고 우수한 민족이다. 당장은 전쟁에 급급하여 문화적인 면을 돌아볼 여유가 없지만, 바야흐로 사방을 평정하여 서하의 독자적인 문화를 구축하는 단계에 이른다면 송나라에게 서하는 난공불락의 존재가 될 것이다. 만약 장래의 큰 우환거리를 제거하려 한다면, 지금이라도 당장 송나라는 총력을 기울여 서하를 쳐야 한다. 그 시기는 다름 아닌 지금이다. 수수방관한 채 서하가 양주와 감주를 공략하도록 내버려둔 것만으로도 이미 송은 엄청난 실수를 저지른 셈이었다.

곰곰이 생각해보면 조행덕에게는 더 이상 서하에 머물러야 할 하등의 이유가 없었다. 서하 문자도 익혔고, 서하 제일의 도시인 흥경 생활도 벌써 1년 반이나 경험한 터였다.

송나라 땅으로 돌아가려 한다면 방법은 있었다. 송과 서하는 국교를 단절한 상태는 아니었으나, 그렇다고 행덕이 서하 땅으로 들어왔을 때처럼 공공연하게 왕래가 가능한 관계도 아니었다. 서하와 송나라, 거란, 이 세 나라의 미묘한 관계가 양국을 전쟁상태로 몰아넣는 상황에 가까스로 제동을 걸고 있을 뿐이었다. 그러나 행덕은 흥경에 거주하면서, 이런 와중에도 민간인들이 은밀한 형태로 양국 사이를 왕래하고 있음을 알게 되었다. 따라서 행덕이 송나라로 돌아갈 결심만 한다면 방도가 없는 것은 아니었다.

그렇지만 조행덕에게 송나라 땅을 밟아야겠다는 생각은 들지 않았다. 또다시 감주로 가고 싶지는 않았으나, 왠지 주왕례와 위구르 여인 생각이 행덕의 뇌리를 떠나지 않았다. 감주로 돌아간다는 것은 결국 자신의 몸을 서하의 선봉대 속으로 던져 넣는 셈이었고, 그렇게 되면 두 번 다시 그곳에서 빠져나올 수 없었다. 자신의 인생을 내팽개칠 작정이 아닌 다음에야 그런 곳으로 가는 것은 어리석은 일이었다. 게다가 자신이 돌봐준 위구르 여인이 그 후 어떤 운명에 처했는지도 알 수 없는 노릇이었다. 불행해졌는지, 혹은 행운이 찾아와 서쪽에 있는 동족의 품으로 무사히 돌아갔는지, 도저히 상상이 불가능했다.

그러는 사이 조행덕은 새해인 천성 8년을 맞이하게 되었다. 봄이 되자 홍경 거리는 차츰 사람들로 북적대기 시작했다. 성을 나가거나 성으로 들어오는 부대의 이동이 눈에 띄게 증가하고 있었다. 머지않아 토번에 대한 새로운 작전이 수행될 것이라는 소문이 무성했다. 토번의 통솔자인 학시라(确厮囉)는 서하에게 침공당했던 양주의 옛 땅 일부를 수복한 데 이어, 감주에서 쫓겨난 위구르인 수만 명을 규합하여 조금씩 서하의 대항세력으로 성장하고 있었다. 서하가 과주와 사주로 진출하기 위해서는 그 중간 지역에 출몰하는 토번을 공격해야 했다.

이와 같은 어수선한 정세 속에서 어느 덧 홍경의 봄이 막을 내리고 여름으로 접어들었다. 어느 날 조행덕은 남문 근처의 상점가를 지나고 있었다. 걷고 있자니 순식간에 온몸이 땀으로 흥건해졌다. 상점가를 벗어나 길 모퉁이 저잣거리 쪽으로 발길을 돌렸을 때, 행덕은 반대 방향에서 걸어오는 한 여인의 모습을 발견하고는 놀라 순간적으로 소리쳤다.

"아, 그 여자다!"

분명히 자신이 개봉 저잣거리에서 목숨을 구해준 서하 여자가 틀림없었다. 모습도 얼굴 생김생김도 똑같았다. 조행덕은 구심코 그쪽으로 다가갔다.

"내 얼굴을 기억하오?"

행덕은 여자에게 말을 걸었다. 여자는 행덕의 얼굴을 멀뚱멀뚱 쳐다보다가 이상하다는 표정으로 대답했다.

"모르오."

"개봉에 간 적이 있지 않소?"

"그런 일 없소."

여자는 세차게 고개를 젓고는 이내 괴성을 내며 웃기 시작했다. 행덕은 여자의 웃는 얼굴을 보고서야 비로소 자신의 착각임을 깨달았다. 많이 비슷했지만, 그 여자가 아니었다.

행덕은 여자와 헤어지고 나서 다시 걷기 시작했다. 문득 자신이 걷고 있는 주위를 둘러보면서 저잣거리의 여인과 비슷한 사람이 이곳에는 얼마든지 있음을 느끼게 되었다. 여자들은 너 나 할 것 없이 그 여인처럼 굵은 눈썹과 검은 눈 그리고 윤기 있는 피부를 지니고 있었다.

오랜만에 조행덕은 자신을 오늘날과 같은 운명에 처하게 만든, 개봉 저잣거리에서 만난 여인의 모습을 떠올렸다. 알몸으로 판자에 누워 있던 다부진 여자의 모습이 눈앞에 아른댔다. 그녀에게 받은 그때의 감동은 지금도 여전히 행덕의 마음을 사로잡고 있었다. 행덕은 자신이 중요한 무언가를 잊고 있는 건 아닐까 새삼스러운 감회에 젖으며, 한가롭게 홍경 거리를 거닐었다.

조행덕이 주왕례의 소식을 들은 것은 그날 숙소로 돌아온 후의 일이었다. 감주성에서 이동해 온 서하 부대의 한 병사로부터 우연히 주왕례의 근황을 접할 수 있었다. 병사의 말에 따르면 주왕례는 감주성에서 서쪽으로 2백 리 떨어진 지점에 위치한 산속 요새의 수비 임무를 맡게 되어, 벌써 반년 전부터 3천 명의 부하를 거느리고 주둔 중이라는 것이었다. 행덕은 그 소식을 들으며, 병사 3천 명의 대장으로서 결전을 기다리고 있을 주왕례의 예리한 눈빛을 떠올렸다. 스스로 처절한 격전에 몸을 던지기 위해 그런 최전방 수비에 자원했을 거라고 추측했다. 서하 민족이 아닌 이민족들만 모인 전방부대의 한족 용사로서 그런 격렬함을 추구하는 주왕례의 기상은, 행덕이 언젠가 들은 그의 과거 경력에 비추어볼 때 수긍이 가는 부분이었다.

이때 조행덕의 가슴속에 불현듯 다시 전방으로 가야겠다는 의욕이 솟구쳤다. 이제까지 한 번도 느껴본 적이 없는 강렬한 느낌이었다. 이어 조행덕의 뇌리에 주왕례와의 약속, 이어서 위구르 여인과의 약속이 차례로 떠올랐다. 그 약속은 이미 시효가 지나버린 것이었으나, 자신은 역시 그 약속을 지켜야 한다고 생각했다. 주왕례와 위구르 여인 모두 자신을 기다리고 있을지 모른다. 조행덕의 두 눈은 홍경에 온 후 처음으로 뜨겁게 이글대고 있었다.

그로부터 열흘 정도 지난 어느 날, 조행덕은 전방으로 떠나는 부대와 함께 감주를 향해 출발했다. 예전에 한 번 통과한 적이 있는 길을 이번에는 되짚어가는 셈이었다.

양주에 당도하자 부대는 그곳에서 닷새간 주둔하게 되었다. 행덕도 닷새 내내 양주성 안에서 지내야 했다. 3년 전에 비해 양주는 많이 변해 있었다. 전에는 전방기지라는 인상이 강했으나, 이제는 성내 도처에 상점이 들어섰고, 길 양쪽에 가로수가 늘어선 거리는 구석구석까지 잘 정비돼 있었다. 서하 문자는 양주에서도 범람했다. 시기적으로 우기에 접어든 탓에 닷새 내내 비가 쏟아졌다.

양주를 떠나 열흘째 되던 날 감주성에 도착했다. 감주성은 양주와는 달리 좀처럼 입성 허가가 떨어지지 않았다. 밖에서 성 안의 상황을 정확히 알 수는 없었지만, 수많은 부대들의 도착과 출발이 쉴 새 없이 이어지고 있었다. 행덕이 있던 때와는 사뭇 딴판으로, 거대하고 특수한 군사도시로 변모해 있었다.

성 밖에서 하룻밤을 지낸 다음 날 아침, 행덕은 주왕례가 있다는 서쪽 전방기지로 향했다. 성으로 들어갈 수 없는 이상, 이런 곳에서 언제까지나 시간을 낭비하고 있을 수는 없는 노릇이었다. 행덕은 서쪽 방면으로 떠나는 소규모 수송부대에 합류했다. 감주에서 서쪽으로 통하는 길은 행덕이 처음 가보는 곳이었다. 첫날 통과한 지역은 크고 작은 하천과 모래가 깔린 여울이 번갈아 나타났다. 하천은 한결같이 범람하고 있었다. 이틀째도 첫날과 동일한 지대를 통과한 후, 저녁 무렵 서위거(西威渠) 강가에 이르렀다. 여기서부터 주왕례의 주둔지까지는 서위거를 따라 남서쪽으로 15리 정도에 불과했다. 이곳에서 조행덕은 함께 온 부대와 헤어지고 강기슭에서 잠시 휴식을 취했다. 날은 저물었지만 대낮처럼 밝은 달밤이었으므로, 행덕은 하얀 띠 모양으로 흐르는 강줄기를 따라 천천히 말을 움직였다.

주왕례의 주둔지는 기련산맥 줄기에 위치한 작은 마을이었다. 달빛

속에서 멀리 주왕례가 주둔하고 나서 만든 것으로 보이는 요새 모양의 성을 발견했을 때, 행덕에게는 그것이 마치 거대한 무덤처럼 느껴졌다. 행덕이 가까이 다가가자 성문이 열리더니, 말을 탄 병사 두 명이 달려 나와 행덕을 심문했다. 두 사람 모두 한족이었다.

병사들의 안내를 받으며 흙과 돌로 쌓은 벽을 따라 난 좁은 통로를 거쳐 미로 같은 골목을 몇 번 돌자, 전방에 시야가 확 트인 광장이 펼쳐졌다. 그곳에는 병사들의 숙소로 보이는 민가 몇 채가 산을 등진 형태로 자리 잡고 있었다. 원래는 산속에 위치한 자그마한 마을이었다가 요새로 바뀐 것 같았다. 이로 인해 예전의 한적함은 흔적도 없이 사라지고 요새 특유의 팽팽한 긴장감이 주변을 감돌았다.

주왕례는 마을에서 가장 큰 건물을 차지하고 있었다. 병사의 안내로 조행덕은 건물 앞에 다다른 후 앞뜰에서 잠시 기다렸다. 얼마 후 건물 밖으로 모습을 드러낸 주왕례는 뚜벅뚜벅 행덕에게 다가와서는 믿기지 않는다는 표정으로 조행덕의 앞을 가로막고 얼굴을 들이밀었다.

"음, 살아 있었군."

주왕례는 중얼거리듯 한마디 내뱉고는 번득이는 시선을 행덕에게 던졌다. 지난 2년 사이에 주왕례는 부쩍 나이가 들어 보였다. 얼굴에는 윤기가 사라졌고, 이마에는 군데군데 작은 검버섯이 피어 있었다. 달빛 아래에서도 하얀 턱수염이 또렷하게 보였다.

"1년이 지나도 돌아오질 않아 객사한 줄 알았다."

그러고는 느닷없이,

"죽었다."

라고 말했다. 뜬금없는 말투였다.

"죽어요?"

행덕은 말뜻을 이해할 수 없어 되물었다.

"죽었어."

주왕례는 대답과 함께 천천히 걷기 시작했다.

"죽다니 누가 말이오?"

"묻지 마!"

주왕례는 화를 내며 말했다.

"여자 말이오?"

행덕은 이에 개의치 않고 물었다.

"죽었어. 죽은 자는 다시 살아나지 않아. 더 이상 묻지 마라."

"어째서 죽었소?"

"병이다."

"무슨 병이오?"

그러자 주왕례는 잠깐 발걸음을 멈추는가 싶더니 다시 걸으며 말했다.

"여하튼 병으로 죽었다. 안타깝게도."

"안타깝다고 생각하시오?"

"성 하나를 잃은 것처럼 안타깝다."

"죽기 전에 남긴 말은 없소이까?"

"아무것도 없다. 원래 난 남이 죽을 때 지켜보는 성격이 아니야."

"어째서 성을 잃은 것처럼 안타깝단 말이오?"

조행덕은 주왕례가 그토록 여자의 죽음을 안타까의하는 이유가 선뜻 이해되지 않았다.

"다른 세상을 만났다면 한 나라의 왕비가 될 여자였다."

이어 주왕례는 고개를 절레절레 흔들며,

"아무것도 묻지 말라면 묻지 마라. 난 네 부탁을 다 들어주었을 뿐이다."

그렇게 말을 끝내고는 행덕을 홀로 남겨둔 채 건물로 들어갔다.

얼마 후 주왕례는 행덕을 건물 안으로 불러들였다. 술이 준비돼 있었고, 몇몇 부하 장수들도 모여 있었다. 주왕례는 조금 전까지와는 전혀 다른 표정을 지으며, 만면에 웃음을 띤 채 조행덕이 약속을 어기지 않고 다시 자신에게 돌아온 것에 만족해하며 치하했다. 늙기는 했어도 주왕례는 예전과는 또 다른 대장으로서의 위엄과 품격을 갖추고 있었다.

다음 날 조행덕이 자신에게 배정된 숙소에서 눈을 떴을 때, 주왕례를 비롯한 대다수의 병사들은 이미 어디론가 출동한 후였다. 새벽 무렵 수십 개의 화살이 요새로 날아들어 주왕례가 즉각 병사들을 이끌고 밖으로 나갔다는 것이었다.

한 병사에게서 이곳의 생활상을 전해 들은 조행덕은 고개를 절레절레 흔들었다. 거의 하루도 거르지 않고 전투가 벌어지고 있다는 말에 위구르 여인도 죽고 없는 지금, 참으로 황당한 곳으로 왔다는 기분을 떨쳐버릴 수 없었다. 그러나 조행덕은 이곳에 온 것이 그다지 후회스럽지 않았다. 잘은 모르지만 마땅히 와야 할 곳으로 왔다는 느낌이었다.

밝은 대낮에 보니 요새는 남쪽을 제외한 세 방향이 성벽으로 둘러싸여 있었고, 배후를 험준한 산들이 뒤덮고 있었다. 산 경사면에는 전투에서 죽은 병사들 것으로 보이는, 흙을 둥그렇게 쌓아서 만든 무덤 수십 기가 있었다.

조행덕은 이곳에서 석 달의 시간을 보내게 되었다. 그동안 행덕은 이틀에 한 번꼴로 전투에 참가했다. 그때마다 이상하게도 죽음이 두렵다는 생각은 들지 않았다. 위구르 왕족 여인이 죽어버린 이상, 여기에 온 목적은 전투에 참가하는 일뿐이었다. 그렇지만 여자가 어떻게 죽었는지는 알고 싶었다. 그러나 주왕례의 입을 통해 경위를 듣는 것은 포기해야 했다. 행덕이 여자 이야기를 슬쩍 꺼내기단 해도 주왕례는 불같이 화를 내며 미쳐 날뛰었기 때문이다.

연락병이 전군 요새를 나와 감주로 급히 귀환하라는 감주성으로부터의 지령을 주왕례의 부대에 전달한 것은 10월 말, 요새 인근의 산과 들에 겨울 기운이 완연하던 무렵의 일이었다. 조행덕은 연락병이 들고 온 서하 문자로 된 지령서를 문맹인 대장에게 읽어주었다.

그날 밤 주왕례는 병사들 전원을 광장에 집합시킨 뒤 일장 훈시를 했다.

"이제까지는 매일 시시콜콜한 전투만 해왔으나, 마침내 토번과 대대적인 전쟁을 벌이게 되었다. 그 전투에 우리 부대도 참가할 것이다. 선봉대에 소속된 한족 부대로서 유감없이 싸우고, 살아남은 자는 죽은 자의 묘를 만들어줘라."

이튿날 이른 새벽부터 모든 병사들은 요새를 부수는 작업에 착수하여 저녁 무렵 끝을 낸 후, 한밤중에 일제히 감주를 향해 출발했다. 총 병력 3천 명에 달하는 기마부대는 휴식도 없이 강을 건너고 모래사장을 지나 마을을 가로지르는 강행군 끝에 다음 날 저녁 감주성 외곽에 도착했다. 행군 도중 낙오자는 조행덕이 유일했다. 행덕은 주왕례가 붙여준 병사 두 명의 도움을 받아, 성 밖에 주둔 중인 주왕례의 부대에 하루 늦게 합류했다. 감주성 밖 광장에는 사방에서 구름처럼 모여든 서하 병사들이 속속 집결하고 있었다.

출진 전에 항상 행해지는 이원호의 부대 사열은 조행덕이 감주에 도착한 이틀 후에 있을 예정이었다.

사열이 있기 하루 전날 조행덕은 통행증을 입수하여 성으로 들어갔다. 깊은 추억을 간직한 감주성에 한 번만이라도 발을 들여놓고 싶었기 때문이다. 양주가 변한 것처럼 감주성도 예전과는 확연히 달랐다. 조행덕은 봉화대가 위치한 성벽 밑에 가보았으나, 그곳도 위구르 여인과 함께 섰던 예전의 성벽과는 전혀 딴판이었다. 성벽 밑 광장에는 병사들의 막사가 촘촘히 자리 잡고 있었고, 성벽 위로는 예전보다 더 높게 돌을 쌓아 만든 망루에서 파수병들이 감시를 서고 있었다.

행덕은 여자를 숨겨주었던 민가를 찾았지만, 그곳 일대도 모조리 변해버려 위치조차 짐작할 수 없었다.

결국 찾기를 단념한 조행덕은 성 중심부로 발길을 옮겼다. 그곳을 통과해 동문으로 접어들 무렵, 길을 가던 사람들의 입에서 이원호의 이름이 흘러나왔다. 사람들이 가리키는 쪽으로 시선을 돌리니, 저만치 길 한가운데에서 말을 타고 느린 속도로 다가오는 사람의 모습이 보였다. 위풍당당하게 말 위에 앉아 있는 자는 분명 양주성 밖에서 본 적이 있는 이원호였다. 행덕은 걸음을 멈추고 그가 지나가기를 기다리기로 했다. 이원호가 통과하고, 이어 말을 탄 사람 하나가 막 지나가려는 찰나, 우연히 말 위를 쳐다본 행덕은 자신도 모르게 숨이 멎고 말았다. 이원호의 뒤를 따르던 자는 뜻밖에도 여인이었고, 게다가 죽은 위구르 왕족 여인과 너무도 흡사했기 때문이었다. 조행덕은 확실히 확인하기 위해 여자가 탄 말 쪽으로 달려갔다. 뜻하지 않은 구경꾼의 출현에 놀랐는지 말이 느닷없이 앞다리를 쳐들었다. 그 순간,

"앗!"

하고 외치는 말 탄 여자의 희미하지만 놀란 목소리를 조행덕은 놓치지 않았다. 여자는 조행덕의 얼굴을 잠시 바라본 뒤, 곧 갈고삐를 잡아당겨 자세를 고치고는 앞을 응시한 채 허겁지겁 행덕 앞을 지나갔다. 여자는 이원호가 탄 말과 거리를 좁힌 후 그대로 지나쳐 앞질러 달리기 시작했다. 이원호 또한 그녀를 뒤쫓듯이 말을 달렸다.

조행덕은 지금 일어난 일이 믿어지지 않아 멍하니 그 자리에 서 있었다. 조금 전 여자는 틀림없는 위구르 왕족 여인이었다. 그는 자신이 잘못 본 게 아니라고 확신했다. 그렇지 않고서야 말이 잠시 놀랐다는 이유만으로 여자가 그런 표정을 지을 리 만무했다. 여자는 살아 있다. 그것도 살아서 이원호와 특별한 관계로 그를 섬기고 있다. 여자가 죽었다고 한 주왕례의 말은 거짓이다. 여자는 살아 있다.

그 후 어디를 어떻게 지나 부대로 돌아왔는지 행덕 스스로도 기억이 없었다. 부대들이 모여 있는 곳을 무턱대고 걸어온 것 같기도 하고, 아무도 없는 외길을 지나온 것 같기도 했다. 그사이 밤이 되어 광장을 가득 메운 수많은 부대들이 제각기 불을 피우기 시작했다.

조행덕은 다른 쪽은 쳐다보지도 않고 곧장 주왕례가 있는 곳으로 다가갔다.

"보았다. 이 두 눈으로 똑똑히 보았단 말이다. 이유를 말해!"

행덕은 다짜고짜 고함을 질렀다. 지금 행덕에게 주왕례는 자신의 대장도 아무것도 아니었다. 주왕례는 모닥불에 벌겋게 달궈진 얼굴을 행덕 쪽으로 돌리며 질세라 고함을 쳤다.

"죽었다고 하지 않았느냐!"

행덕이 위구르 여자 이야기를 하고 있음을 바로 이해한 것 같았다.

"거짓말이야. 살아 있어. 이 두 눈으로 똑똑히 보았단 말이다."

"멍청한 놈. 죽었다면 죽은 거야."

주왕례는 자리를 박차고 일어나 무시무시한 얼굴로 조행덕을 노려 보았다.

"한 번 더 말해봐. 이번엔 가만두지 않을 테니."

주왕례는 당장 칼이라도 뽑아 들 기세였다. 그러나 조행덕은 지금 이야말로 여자에 대한 진실을 추궁해야 할 때라고 생각했다. 그가 무슨 말을 하든, 위구르 여인은 살아 있었다.

"나는 보았다. 이원호와……"

행덕은 여기까지 말을 뱉다가 반사적으로 뒷걸음질 쳤다. 주왕례가 칼을 뽑아 크게 휘두르며 아래로 내리쳤다. 내리친 칼끝이 모닥불 속 큼지막한 장작을 두 동강 내면서 불똥이 사방으로 튀었다.

"나는 보았다. 말에 타고 있는 것을……"

조행덕은 필사적으로 외치며 그곳에서 도망치기 시작했다. 주왕례가 이번에는 정말로 내리칠 기세로 칼끝을 행덕의 가슴 쪽으로 향했기 때문이다. 행덕은 뒤를 돌아보았다. 바로 뒤에서 주왕례가 칼을 빼든 채 행덕을 쫓아오고 있었다. 조행덕은 또다시 달리기 시작했다. 부대에 줄줄이 늘어선 모닥불 위를 속속 뛰어넘으며 정신없이 달렸다.

불덩어리는 끝도 없이 도사리고 있었다. 행덕에게는 광장을 가득 메운 수만의 군사와 말, 산더미처럼 쌓인 군수물자, 그 어느 것도 눈에 들어오지 않았다. 오직 시뻘건 불길만이 자신을 향해 달려드는 것 같았다.

2년 전 처음으로 감주성에 입성했던 날 밤, 위구르 여인을 봉화대에서 데리고 내려오기 위해 성벽에 올랐을 때, 행덕은 광장을 뒤덮은 무수한 불덩어리를 보았다. 그때 행덕의 눈에 오직 불빛만 보였던 것처럼, 그사이에 위치한 그 어떤 물체도 보지 못했던 것처럼, 지금도 행덕의 눈에는 불 이외에는 아무것도 들어오지 않았다

그러나 그런 광활한 불의 바다도 마침내 끝이 나타났다. 대신 한 치 앞도 보이지 않는 칠흑 같은 어둠이 펼쳐졌다. 기진맥진한 조행덕은 그 자리에 털썩 주저앉았다. 풀밭이었다. 차가운 밤이슬이 행덕의 얼굴과 손에 느껴졌다. 순간 행덕은 곁에서 또 한 사람이 뿜어대는 거친 숨소리를 듣게 되었다. 고개를 돌려보니 주왕례가 풀밭에 주저앉아 숨을 헐떡이며 이쪽을 바라보고 있었다.

"사, 실, 은."

주왕례는 거칠게 숨을 몰아쉬며 더듬더듬 말을 뱉었다. 조행덕은 아무 말 하지 않았다. 숨이 턱까지 차서 아무런 말도 할 수 없었다. 두 사람은 한동안 마주 보는 자세로 상대의 가쁜 숨소리를 듣고만 있었다.

이튿날 새벽부터 성 밖에 주둔 중이던 수만의 병사들이 드넓은 서쪽 광장으로 차례차례 이동한 뒤 저마다 정해진 위치에 정렬을 시작했다. 성 안에서도 병사들이 쏟아져 나와 같은 방식으로 대오를 갖추

었다. 성벽에서 북이 울렸다. 병사들 집단에서 약간 떨어진 곳에는 수만 마리의 말들이 서 있었다.

이원호의 사열은 이른 아침부터 시작됐다. 전과 달리 주왕례의 부대는 가장 앞쪽에 위치하고 있었으므로 그들의 차례는 곧 끝이 났으나, 부대 전체의 사열이 끝날 때까지는 움직일 수 없었다.

조행덕의 눈에는 오늘도 이원호의 5척 남짓한 작은 몸집이 훌륭하게 느껴졌다. 순간 이원호가 위구르 여인과 함께 말을 달리던 모습이 떠올랐지만, 그렇다고 해서 그를 증오하거나 원망하고 싶은 마음은 들지 않았다. 그것과 이것은 별개 문제라고 생각했다.

모든 부대의 사열이 완료된 것은 해가 질 무렵이었다. 서쪽 초원 지평선에 석양이 걸리고 피처럼 붉은 구름이 광야를 온통 벌겋게 물들이고 있었다.

이원호가 전군의 통솔자로서 마지막으로 높다란 단상에 올라섰을 때, 행덕은 이원호의 어깨 너머로 보이는 건너편 성벽 위에서 웬 사람 하나가 움직이고 있음을 발견하였다. 물론 이원호가 오른 단상과 성벽과는 거리가 제법 떨어져 있었으므로, 이원호에 비해 성벽 위 사람의 모습은 일개 점에 불과했다.

조행덕은 무심코 성벽 위의 작은 점에 눈길을 보냈다. 이런 상황에서 저런 장소에 나타나 도대체 무엇을 하려는 것인지 행덕은 시선을 뗄 수가 없었다. 더 정확히 말하면 그런 사소한 움직임에라도 눈을 돌리지 않으면 따분해서 미쳐버릴 지경이었다.

이원호는 전군을 향해 연설을 시작했다. 훈시를 하는 것 같았으나, 소리가 너무 작아 거의 알아들을 수가 없었다. 때때로 그의 말 몇 마디가 아련한 메아리처럼 더듬더듬 들려올 뿐이었다.

그때였다. 조행덕은 성벽 위에서 잠시 정지하고 있던 검은 점이 홀연히 사라지는 것을 목격했다. 행덕에게는 그것이 성벽을 따라 마치 긴 꼬리를 드리우며 낙하하는 것처럼 보였다. 아주 순식간의 일이었다. 이 광경을 주위의 그 누구도 보질 못했는지, 광장에는 특별히 술렁거리는 기색도 없었다. 그리고 아무 일도 일어나지 않았다.

이원호의 목소리가 여전히 바람을 타고 띄엄띄엄 행덕의 귀에 들려오고 있었다.

부대는 그날 밤 마지막 휴식을 취한 뒤, 다음 날 아침 일찍 서쪽을 향해 행군을 시작했다. 조행덕은 온종일 모래 먼지에 파묻힌 채 흔들리는 말 위에 있어야 했다. 행덕의 머릿속은 하얗게 비어 있었다.

밤이 되자 부대는 바닥을 드러낸 채 말라버린 강가에서 야영을 했다. 녹초가 되어 깊은 잠에 빠져 있던 행덕은 누가 어깨를 강하게 흔들어대는 바람에 눈을 떴다. 주왕례였다. 그는 행덕이 눈을 뜨자마자 대뜸 말했다.

"이번에야말로 틀림없다."

"무엇이 말이오?"

행덕이 퉁명스럽게 물었다.

"죽었어. 진짜 죽었어."

주왕례는 이렇게 말하고 그 자리에 털썩 주저앉았다

"대장 말은 이제 신용할 수 없소. 내가 믿을 줄 아시오?"

행덕이 외쳤다.

"거짓말이 아니야. 어제 성벽 위에서 몸을 던져 죽었단 말이다. 결국 죽고 말았어."

주왕례의 말을 듣는 순간, 행덕의 눈앞에 어제 목격한 성벽 위의 광경이 또렷하게 되살아났다. 그렇다면 어제 본 검은 점은 다름 아닌 위구르 여인이었단 말인가.

"틀림없이 그 사람이오?"

행덕은 자신의 목소리가 떨리고 있음을 느꼈다.

"확실해. 그러니까 이원호가 출발을 하루 늦췄지. 사정을 아는 자한테 직접 들었다."

주왕례는 이렇게 말하고 힘없이 고개를 숙였다. 한동안 두 사람 사이에 침묵이 흘렀다. 다시 주왕례가 입을 열었다.

"지금이니까 말이지만, 난 그 여자가 마음에 들었다. 지금도 그래. 여태껏 난 여자 같은 건 그저 노리갯감이라고 여겨왔지. 하지만 네가 그 여자를 만나게 해준 후, 난 그 여자에게 마음을 빼앗기고 말았다. 한심한 이야기지만 사실이다."

"어째서 내가 부탁한 대로 끝까지 돌보지 않았소?"

"빼앗기고 말았다. 이원호 귀에 들어간 것이 잘못이야. 나쁜 놈 같으니라고. 결국 여자를 죽이고 말다니!"

주왕례는 마지막 말을 거의 신음하듯이 내뱉었다. 이어서 지금 이원호가 눈앞에 있기라도 한 것처럼 상체를 내밀어 허공을 노려보았다.

행덕은 스스로의 마음을 돌아볼 틈도 없이 주왕례의 행동에 압도되어버렸다. 주왕례는 풀 곳 없는 분노를 발산이라도 하듯 벌떡 일어서더니,

"으음……"

하며 이상한 신음을 내뱉고는 밤하늘을 응시하며 한동안 꼼짝 않고 서 있었다.

행덕은 자신이 주왕례에게 여자를 맡기고 떠난 후, 그가 여자에게 어떻게 대했는지 전혀 알 길이 없었으나, 지금 시점에서 그건 대수롭지 않은 일이었다. 그것보다 곰곰이 따져보아야 할 중요한 사실이 있었다. 행덕은 이틀 전 거리에서 마주친 그녀의 얼굴을 떠올렸다. 놀라움과 곤혹스러움, 기쁨, 슬픔 같은 것이 한꺼번에 뒤엉켜버린 복잡한 표정. 그녀는 순식간에 말을 달려 사라졌으나, 생각해보면 자신의 마음을 표현할 길이 없어 그런 태도를 취한 것이 분명했다.

약속한 1년이 지났지만 자신은 돌아가지 않았다. 나쁜 건 자신이다. 여자는 스스로에게 닥친 운명을 따를 수밖에 없었던 것이다. 이원호의 후처가 되었든 말든 그것을 탓할 수는 없다. 아마도 그녀는 성벽에서 몸을 던짐으로써 그를 향해 마음의 결백을 호소하고 싶었을 것이다. 그런 행동 말고 자신의 심정을 표현할 방법이 마땅히 있었을까. 생각이 여기까지 미치자, 조행덕은 위구르 여인에 대한 미안함과 한없는 연민의 감정을 떨쳐버릴 수 없었다. 여자의 절절한 마음이 가슴 구석구석을 파고들었다.

만약 자신이 그녀의 곁에 있었다면, 약속대로 1년 후에 그녀에게 돌아갔다면, 아마도 그녀의 운명은 전혀 다른 방향으로 흘러갔을 것이다. 행복해졌으리라 단언할 수는 없어도, 적어도 성벽에서 몸을 던지는 일만은 없었을지 모른다.

조행덕은 자신으로 인해 자살을 결심해야 했던 — 적어도 그렇게 믿고 있는─위구르 왕족 여인을 생각하며, 한때 그녀가 어찌 되든 상관 없다고 여겼던 자신을 뉘우쳤다.

부대는 감주에 인접한 위구르인들의 도읍인 숙주(肅州)를 향해 전진을 계속했다. 감주에서 숙주까지는 5백 리 길로, 약 열흘간의 행군이었다. 물이 말라버린 강가에서 야영을 한 다음 날부터 부대는 자갈이 깔린 벌판에 접어들었다. 벌판은 한동안 계속되다가 점차 모래밭으로 변하더니, 나중에는 완전한 사막지대가 나타났다. 가도 가도 나무 한 그루 풀 한 포기 없는 모래의 바다가 아득히 하늘과 맞닿아 지평선을 이룰 때까지 끝도 없이 펼쳐져 있었다. 모래에 발이 빠지지 않도록 말발굽에 나무덮개를 씌우고, 낙타의 발바닥을 야크* 가죽으로 감싸야 했다.

사막 행군을 시작한 지 사흘 정도 지났을 무렵, 처음으로 큰 강줄기가 나타나고 초원이 보였다. 그러나 강을 건너자 또다시 사막이 나왔다. 사막을 따라 행군을 계속한 지 사흘 후, 이번에는 염호(鹽湖)가 나타났다. 호수의 넓이는 정확히 가늠하기 어려웠으나, 가장자리를 따라 나 있는 길만 40리에 달하는 큰 규모로, 소금기로 인해 온통 서리가 내린 듯 하얀 호수 주변에는 갈대숲이 빼곡히 들어서 있었다.

염호가 끝이 나고 한동안 황량한 황무지가 계속되다가, 저 멀리 남서쪽으로 봉우리에 눈이 덮인 높은 산들이 희미하게 보이기 시작하면서 군데군데 수목과 민가가 모습을 드러냈다. 나무들은 대다수가 살구나무로, 살을 에는 찬바람에 흔들리고 있었다.

─────────────

* 북인도에서 티베트 지역에 걸쳐 서식하는 솟과의 짐승(옮긴이).

감주를 출발한 지 여드레가 지나서야 부대는 숙주에 도착했다. 오는 도중에 으레 토번과의 교전이 있을 거라고 예상했으나, 그들은 끝내 모습을 드러내지 않았다. 숙주 또한 성벽으로 둘러싸인 도읍이었고, 주민의 대부분을 차지하는 위구르족 외에도 상당수의 한족들이 거주하고 있었다. 이들 한족 중에는 자신들의 모국어를 모르는 사람들이 많았다. 숙주는 원래 위구르족이 감주에서 쫓겨난 후 근거지로 삼았던 곳이었으나, 위구르 부대가 완전히 철수해버린 덕분에 서하군은 숙주에 무혈 입성할 수 있었다.

성벽에 올라 시선을 돌리니 남쪽으로는 흰 눈으로 뒤덮인 기련산이, 북쪽으로는 끝을 알 수 없는 누런 잿빛 사막이 망망대해처럼 펼쳐져 있었다. 성 안에는 수령이 족히 수백 년은 되어 보이는 버드나무로 둘러싸인 큰 규모의 맑은 샘이 있었다. 이곳은 한나라 때 주천(酒泉)이라 불리던 곳으로, 샘물이 구슬처럼 깨끗하고 맛이 감미로워 마치 술과 같다고 일컬어질 정도였다.

조행덕은 숙주로 오고 나서 여태껏 변방으로만 여겼던 감주나 양주가 사실은 도읍지로 손색없는 살기 좋은 땅임을 알게 되었다. 숙주는 성의 안과 밖이 완전히 대조적이었다. 성 안은 인간이 살 수 있는 곳이었지만, 성 밖으로 한 발짝만 벗어나면 사방천리 모래사막뿐으로, 가히 죽음의 땅이라고 부를 만했다.

행덕은 숙주에 온 뒤, 이따금 뼛속까지 사무치는 강렬한 향수에 시달렸다. 그러나 아직 자신에게 송나라 땅을 그리워할 자격은 없다고 생각했다. 『한서(漢書)』나 『후한서(後漢書)』를 읽은 행덕은 장건(張騫)과 반초(班超)*의 고사를 알고 있었다. 지금으로부터 천 년 전에 불과 서른여섯 명의 부하와 함께 한나라 땅을 나섰던 반초가 오랑캐들과의 싸움으로 반평생을 보낸 서역 땅은 숙주에서 서쪽으로 수만 리 떨어져 있었다. 서역 땅에 머물고 있던 반초가 말년에 향수를 견디지 못하고 황제에게 바친 상소문에는 "신은 추호도 주천군까지 가기를 바라지 않으며, 원컨대 살아서 옥문관(玉門關)**에 이르기만을"이라고 적혀 있다. 그 옥문관은 이곳에서 서쪽으로 9백 리 지점에 있었다.

위구르 왕족 여인이 죽은 후로 조행덕은 송나라 땅으로 돌아가야겠다는 의지를 완전히 상실했다. 고향에 대한 그리움은 간절했지만, 언제부터인가 이곳 변방에서 생을 마쳐야 한다는 마음이 자리 잡고 있었다.

선봉대가 둘로 나뉘고 그중 하나를 주왕례가 통솔하게 됨에 따라, 한족 부대에서 조행덕의 지위도 덩달아 높아졌다. 행덕은 주왕례의 참모로서 평상시에는 주체하기 힘들 정도의 시간적 여유와 자유를 누렸다. 그러나 전투가 시작되면 완전히 상황이 달랐다. 주왕례와 행덕은 일반 병사들과 다름없이 전투에 몸을 던졌다.

위구르 왕족 여인의 죽음은 이러한 조행덕에게 또 다른 변화를 가져다주었다. 새삼 불교에 끌리기 시작했다는 점이었다. 개봉에 있을 때는 물론, 서하의 수도인 홍경에서 2년간 세월을 보내면서도 행덕은 불교에 전혀 무관심했다. 삭발을 하고 가사(袈裟)를 걸친 승려를 보며 그가 느낀 것은 경멸에 가까운 감정이었다. 『논어』나 『맹자』는 한 구절도 모르면서 무엇이 공(空)이며 열반이냐고 우습게 여기던 그였다. 그러던 것이 숙주에 오고 나서부터 자신의 마음이 어떤 절대자를 갈구하고 있음을 서서히 깨닫게 되었다. 그것도 부처의 세계에 귀의하는 형태로, 자진해서 그 앞에 무릎 꿇고 싶은 심정이었다. 행덕은 그런 자신의 심경 변화를 스스로도 의아하게 여겼다. 그러나 적어도 그런 변화가 위구르 왕족 여인의 죽음과 관련이 있다는 것만은 부정할 수 없었다.

변방에 있는 한 죽음은 항상 그의 주변을 맴돌고 있었다. 실제로 행덕은 거의 매일 죽은 사람을 목격했다. 사람들은 하룻밤 앓다가 허망하게 죽어갔다. 성 안을 걷다 보면 어김없이 한두 명씩 죽어가는 사람을 볼 수 있었고, 성을 한 발짝만 벗어나도 모래 위로 삐져나온 사람 뼈를 쉽게 발견할 수 있었다.

날이 갈수록 행덕에게는 인간이라는 존재가 한없이 작고, 또한 그들의 인생이 무의미하게 느껴졌다. 그러한 인간의 무력함과 생명의 무의미함에 어떤 의미를 부여하려는 종교가 흥미로웠다 행덕이 불교 경전에 처음으로 관심을 갖게 된 것은 우연히 숙주성의 한 사찰에서 한족 승려 하나가 경내에 모인 다수의 청중을 향해 『법화경(法華經)』 내용을 강의하고 있을 때였다. 행덕은 군중 뒤에 서서 그 강의를 듣게 되었다. 승려의 얼굴은 잘 보이지 않았으나, 그의 목소리는 또렷하게 들을 수 있었다. 승려의 설법은 어느덧 노랫소리처럼 일정한 가락을 타고 울려 퍼졌다.

종루(鐘樓)의 범종 소리 도량(道場)을 일으키고
밤낮없이 향을 올리니

하늘에는 종일 서운(瑞雲)이 감돌고
때마침 들려오는 상서로운 소리
천용신(天龍神)*께서 지켜주시고
현성(賢聖)**께서 찬양하시며
모든 보살 왕림하여 격려하시도다
양 눈썹 사이로 빛을 머금은 부처님께서
성스러운 빛을 베풀어주시니
이욕에 연연하는 모진 마음을
말씀으로 걷어내는 날 언제려나
윤회의 굴레를 벗어나는 때 언제려나

낭랑한 노랫소리 같은 말소리가 가라앉고 다시 설법이 시작되었다. 국왕이 『법화경』의 불법을 깨우쳐줄 자가 있다면 자신은 그자의 노예가 되어도 좋다는 포고령을 내리자, 어느 날 선인 하나가 국왕을 찾아왔다. 이에 국왕은 왕위를 버리고 선인을 따라 산속에 들어가 온갖 고행을 겪은 후 마침내 깨우침을 얻었다는 내용***으로, 예전의 행덕 같으면 귓등으로도 듣지 않았을 통속적인 것이었다. 그러나 지금의 행덕은 무의식중에 마음이 끌리고 있었다.

그로부터 며칠 후, 행덕은 성 안 사찰에서 빌린 『법화경』 한 권을

---

* 불법을 지키는 여덟 신장(神將) 중 제천(諸天)과 용신(龍神)을 가리킨다(옮긴이).
** 불도를 닦은 고승(옮긴이).
*** 여기서 국왕은 석가, 선인은 3세기 무렵 남인도의 승려 제파달다(提婆達多)를 가리킨다.

읽기 시작해서 결국 일곱 권 전부를 독파하게 되었다. 경전을 받아들이려는 마음가짐이 언제부턴가 행덕의 가슴속에 싹트고 있던 것이다. 『법화경』이 끝나자 이번에는『금강반야경(金剛般若經)』*을 읽기 시작했고, 그것이 어떤 가르침을 담고 있는가를 이해하기 위해『대지도론(大智度論)』이라는『금강반야경』의 주석서까지 몇 권씩 빌려서 읽게 되었다. 유교 철학과는 전혀 다른 불교의 가르침에 행덕은 차츰 강하게 빠져들었다. 마치 무엇에 홀린 듯 행덕은『대지도론』백 권을 몽땅 빌려 막사 한구석에서 탐독했다.

부대가 숙주로 들어온 지 4개월이 지난 이듬해 천성 9년 3월, 토번의 대군이 숙주 방면으로 진격해 온다는 급작스러운 첩보를 접한 서하군은 이에 맞서 싸우기 위해 성을 나섰다.

부대가 숙주성을 등진 채 동쪽을 향해 행군을 시작한 다음 날, 염호 부근에서 토번군 선봉대와 마주쳤다. 서하군이 선봉대로서 주왕례가 이끄는 한족 부대를 항상 전방에 배치한 데 비해, 토번의 선봉대는 토번 병사들로 구성돼 있었다.

주왕례에게나 조행덕에게나 토번군과의 대대적인 결전은 이번이 처음이었다. 서하의 선봉대가 한 줄기 띠처럼 일렬 종대로 전진하는 형태인 데 비해, 토번군은 특별한 대오도 없이 어지럽게 흩어져 진격해 왔다. 광활한 평원지대는 깨알처럼 움직이는 토번 병사들로 가득했다. 기병과 보병이 절반 정도씩 섞여 있는 것 같았다.

---

* 모든 불법의 가르침이 공(空)과 무아(無我)에 있음을 주장하는 경전.

전투는 이제껏 경험해보지 못한 의외의 방식으로 전개되었다. 주왕례가 이끄는 기마부대는 일정한 대오를 유지하며 질주하듯 적진 한복판을 파고들었다. 도처에서 토번 병사들이 쏘아대는 화살이 쏟아졌다. 토번 병사들이 흩어져 있는 벌판을 주왕례의 부대는 한 마리의 휘어진 뱀 몸뚱이처럼 길게 늘어서서 진격했다. 대열은 원형, 직선, 때로는 타원을 그리다가, 머리와 꼬리를 교차시키며 동에 번쩍 서에 번쩍 적진을 마구 휘젓고 다녔다.

　서하군의 말발굽 아래 무수한 토번 병사들이 쓰러져갔지만, 서하군 또한 적지 않은 사상자가 발생했다. 서로가 뒤엉켜 움직이는 탓에, 많은 서하군 병사들이 토번군이 쏘아대는 화살의 표적이 되었다. 서하군과 토번군 중 어느 쪽이 더 많이 상대를 쓰러뜨리고 있는지는 파악이 불가능했다. 때때로 행덕의 귀에 바로 등 뒤에서 뭐라고 외쳐대는 주왕례의 목소리가 들려왔다. 그러나 그가 무슨 말을 하는지 알아들을 수는 없었다.

　행덕은 점점 서하군이 수세에 몰리고 있다고 판단했다. 언제까지나 적진을 누비고 있을 수는 없는 노릇이었다. 그렇다고 말을 멈추자니 순식간에 쏟아지는 화살의 표적이 될 뿐이었다. 행덕은 기회를 틈타 주왕례 쪽으로 말을 몰아 가, 과감히 퇴각해야 한다고 말했다. 퇴각은 그렇게 어려운 일이 아니었다. 선두가 말머리를 아수라장 밖으로 향하기만 하면 쉽게 빠져나갈 수 있었다.

　주왕례는 벌겋게 상기된 얼굴을 더욱 붉히며 험상궂은 표정으로 외쳤다.

　"어떻게 이길 방법은 없겠느냐?"

그러다가 이내 말을 이었다.

"알았다. 우선 퇴각하여 전열을 정비하자."

주왕례는 한번 결심하면 바로 실행에 옮기는 성격이었다. 병사 하나가 퇴각 명령을 전하기 위해 대열을 벗어난 지 얼마 되지 않아, 서하군 기병대의 선두가 진로를 바꾸는 광경이 보였다. 이윽고 긴 대열이 전쟁터에서 빠져나가기 시작했다.

전투가 있던 곳에서 상당히 벗어난 지점에 이르러 대열이 정지했다. 잠시 휴식을 취한 뒤 주왕례는 재차 진격 명령을 내렸다. 주왕례와 행덕은 길게 이어진 쇠사슬의 한 고리가 되어 또다시 적진에 뛰어들어 사투를 벌였다.

이런 전투가 날이 저물어 땅거미가 질 때까지 양군 사이에서 수차례 반복되었다. 어느덧 전쟁터가 밤을 맞이하자, 어스레한 달빛이 흐르던 평원에는 염분으로 인해 미끌미끌한 표면이 푸르스름한 빛을 발하며 윤곽을 드러냈다. 밤공기는 한겨울처럼 얼어붙어 있었다.

전투는 서서히 서하군 쪽에 유리하게 전개되고 있었다. 밤이 되면서 토번군의 화살 공격은 제 기능을 상실했다. 주왕례는 작전을 바꾸어 부대를 몇 개로 나눈 뒤 교대로 전투에 투입시켰다. 적에게는 숨 돌릴 여유를 주지 않는 대신, 아군에게는 휴식 시간을 주려는 계산이었다. 토번군은 몇 번이나 흐트러진 전열을 가다듬으려 했으나, 그때마다 주왕례가 이끄는 기마대에 의해 분산되기 일쑤였다.

싸움은 새벽녘까지 그칠 줄을 몰랐다.

날이 샐 무렵 주왕례는 비로소 공격 중지 명령을 내리고 부대를 집결시켰다. 토번군의 선봉대는 거의 대부분의 병력을 상실한 채 궤멸

상태에 빠져 있었다. 한편 때를 같이하여 지금까지 전투에 참가하지 않고 후방에 포진해 있던 서하군 본진이 그곳에서 20리 떨어진 지점에 위치한 토번군 본영을 공격하기 위해 출정을 시작했다.

주왕례는 부대를 이끌고 숙주성으로 귀환했다. 그때부터 눈발이 날리기 시작했고, 다음 날 오후 토번군 본영을 습격한 서하군 본진은 수북하게 쌓인 눈을 밟으며 숙주성으로 개선했다.

이번 토번과의 전투에서 승리를 거둔 지 열흘이 채 지나지 않았을 무렵, 과주 태수 연혜(延惠)가 수하 병사 천 명을 이끌고 서하군에 투항해 왔다. 서하군 입장에서 그의 합류는 예상 밖의 일이었다. 피 한 방울 흘리지 않고 과주 땅을 손에 넣을 수 있었기 때문이다.

과주와 사주는 한족이 다스리던 지역으로, 이전에는 절도사 장씨 일족이 실권을 잡고 있었으나, 현재는 조씨 일족이 통치하고 있었다. 절도사 조현순(曹賢順)이 사주를, 그의 동생 연혜가 태수로서 과주를 지배하고 있었다. 그중 숙주에 인접한 과주가 서하의 공격이 두려운 나머지 침략을 당하기 전에 신하 자격으로 복속을 자청해 온 것이었다.

서하 입장에서 서역으로 통하는 관문인 과주와 사주는 언젠가는 병력을 일으켜 공략해야 할 곳이었다. 단지 이 두 지역에 관해서는 사정이 매우 복잡했다. 지금까지 공략한 양주나 감주, 숙주의 경우와는 달리, 상대가 토번이나 위구르 계통이 아닌, 엄연한 한족이었기 때문이다. 현재 두 지역은 모국인 송나라의 지배권에서 벗어나 독립국가로서 체재를 갖추고 있었지만, 그렇다고 송나라와 전혀 무관하다고도 할 수 없었다. 권력자인 조씨 일가는 형식적이기는 하나 송나라 조정으로부터 사주절도사 직함을 제수받았고, 만약 이 두 지역과 송나라 사이에서 이민족들이 활개를 치지만 않았다면 예전과 다찬가지로 당연히 송나라의 일부로 남아 있을 곳이었다. 굳이 말하자면 이 두 지역은 이민족의 침입에 의해 모국과 격리되어 어쩔 수 없이 독립국가의 형태를 취하게 된 한족의 자그마한 섬인 셈이었다. 비록 일개 섬 같은 존재에 불과했으나, 하서 서부 지역에 위치한, 말 그대로 서역으로 통하는 요충지로서, 모든 서방 문화는 이곳을 통해 동방의 각지로 유입되고 있었고, 서방의 온갖 물자 또한 수많은 낙타 등에 실린 채 이 좁다란 길목을 경유하여 동쪽으로 운반되고 있었다.

이러한 두 지역의 요충지 중 하나인 과주가 자청해서 서하에 복속을 맹세한 것은 당연히 서하 지도자들에게도 큰 자극이 될 수밖에 없었다. 과주가 자신들의 지배하에 들어온 이상, 서하는 이 기회를 놓치지 않기 위해 사주로 군대를 진격시켜 단숨에 하서 지역을 석권하는 마무리 행보에 나설 것으로 여겨졌다. 그러한 소문이 조행덕이 있는 부대에까지 떠돌았다. 그러나 끝내 그 작전은 실행에 옮겨지지 않았다. 서하군 본진은 대부분 숙주에서 철군을 시작했으나, 주왕례의 부대는 다른 두세 부대와 함께 숙주에 잔류하게 되었다. 조행덕은 비라고는 단 한 방울도 내리지 않는 메마른 사막 한가운데의 도성에서 비교적 평온한 나날을 보낼 수 있었다. 행덕은 때때로 재를 뿌린 것처럼 뿌연 흙을 밟으며, 성 중앙에 위치한 사원의 경전 창고로 발걸음을 옮기곤 했다.

5장

이듬해인 명도(明道) 원년(서기 1032년)에 서하국 왕인 이덕명이 51세의 나이로 세상을 떠났다. 그를 대신해 아들 원호가 서하 왕위에 오르게 되었다. 온화한 성격의 덕명은 재위 기간 중 거란과 송이라는 두 대국 사이에 끼어 그들을 자극하지 않으며 형세를 살피는 정책을 취한 결과, 당시 한창 성장 과정에 있던 서하를 별다른 대과 없이 다스린 인물이었다.

아들 원호는 부친과는 달리 매사에 적극적이었다. 송이나 거란에 대한 정책을 놓고 걸핏하면 부친과 대립했다. 일찍부터 아버지에게서 병권을 넘겨받아 풍부한 실전 경험을 쌓을 수 있었고, 더구나 수많은 전투에서 속속 승리를 거두며 양주와 감주, 숙주를 평정한 덕분에 이제는 그 어떤 전투도 두려워하지 않는 자신감으로 충만해 있었다. 원

호는 평소 서하인은 고유의 풍속에 따라 생활해야 한다는 지론의 소
유자로, 송나라 조정이 내려준 비단 용포를 입은 아버지 덕명에게 불
가함을 주장했다는 일화도 있었다.

원호가 왕위에 오르자 토번의 통솔자인 학시라는 마치 서하의 새로
운 정세에 대립각을 세우듯 송하성(宋河城)에서 청당(青唐)*으로 본
거지를 옮겨 서하의 침입에 대비하였다.

원호는 송나라와 창칼을 맞대는 것에 더 이상 두려움을 느끼지 않
았다. 먼저 송과 통하고 있던 토번과 결전을 벌여 그 세력을 타파함으
로써 후환을 없앤 후 사주 땅을 단숨에 차지하려는 계산이었다. 그러
나 학시라와 원호 모두 전투 시기가 무르익기를 기다리며 좀처럼 군
대를 움직이지 않았다.

일촉즉발의 긴장된 분위기 속에서 주왕례와 조행덕은 숙주성에서
그해를 보내고, 이듬해 봄을 맞이하게 되었다. 그 기간 내내 조행덕은
불교 경전을 손에서 놓지 않았다. 지난 반년 동안 손에 넣을 수 있는
온갖 종류의 경전 해석서를 구해 탐독했다.

3월이 되자 갑자기 주왕례의 부대에 과주로 이동하라는 명령이 떨
어졌다. 그때까지 과주에는 단 한 명의 서하군 병사도 주둔해 있지 않
았다. 과주의 권력자 조연혜가 서하에 복속을 맹세한 이래 양국 사이
에 사신의 왕래는 있었으나, 과주가 독립국인 이상 부대를 그곳에 주
둔시키는 조치는 취하지 않았다. 그러나 이번은 달랐다. 이와 같은 이
원호의 강경한 태도는 모두에게 긴장감을 불러일으켰다.

---

* 서녕(西寧)을 가리킴(옮긴이).

주왕례는 5천 명의 한족 부대를 이끌고 2년 반 동안 주둔해온 숙주성을 출발했다. 시기적으로 낙타의 식량인 흰 풀이 사막에 무성하게 자라나는 시기였다.

　조행덕은 주왕례와 함께 부대 선두에서 말을 몰았다. "주천의 서쪽은 옥문으로 통하고, 천산(天山)을 덮고 있는 것은 오로지 흰 풀뿐." 몇 년 전 고향 땅에서 읽은 적이 있는 옛 시의 한 구절을 떠올린 행덕은 그것을 주왕례에게 가르쳐주면서, 만약 이 시의 내용이 거짓이 아니라면 지금 자신들이 밟고 있는 이 흰 풀밭이 과주까지 이어질 것이라고 말했다.

　그러자 주왕례는 시의 내용에 대해서는 아무런 언급 없이 대뜸 행덕을 향해 도대체 너 같은 자가 어째서 이런 곳에 있게 됐느냐고 감개어린 표정으로 물었다. 이어, 이전에 홍경에 갔을 때 그곳에서 송나라 땅으로 돌아갔어야 했다는 말도 덧붙였다.

　"하지만 이미 와버린 이상 어쩔 수 없지 않소."

　행덕이 웃으며 말하자 주왕례는 고개를 끄덕였다.

　"그건 그렇다. 와버린 이상 어쩔 수 없는 노릇이지. 넌 평생을 이런 흰 풀 속에서 늙어 죽을 작정으로 돌아왔을 테니까."

　행덕은 주왕례의 말 속 어딘가에 자살한 위구르 여인의 그림자가 드리워져 있음을 느꼈다. 지난번 감주에서 숙주로 향하던 첫날 밤, 부대가 물줄기라곤 흔적도 찾아볼 수 없게 말라버린 강가에서 야영을 했을 때, 두 사람은 위구르 왕족 여인 이야기를 하며 각자 다른 감정으로 그녀의 죽음을 애도한 적이 있었다. 그러나 그날 밤 이후 두 사람은 마치 굳게 약속이라도 한 것처럼, 단 한 번도 그녀 이야기를 꺼낸 적이 없었다.

지금의 행덕에게 그녀에 관한 기억을 떠올리는 일은 좀처럼 없었다. 애써 잊으려고 한 것은 아니었지만, 어느덧 그녀의 기억은 아련하기만 했다. 그렇다고 죽은 위구르 여인에 대한 애착의 감정이 사라진 것은 아니었다. 어쩌다 생각이 날 때마다 그녀의 얼굴은 또렷하게 되살아났다. 오히려 횟수를 거듭할수록 선명해져갔다. 행덕은 여인의 눈이며, 코며, 입이며, 어디 하나 잊지 않고 있었다. 자신이 마지막으로 목격했던 기쁨과 슬픔, 놀라움이 뒤섞인 그녀의 야릇한 미소까지 생생하게 그릴 수 있었다. 물론 행덕의 눈에는 감주성 성벽에서 작은 점이 떨어지며 그려내던 가느다란 곡선까지 뚜렷이 각인돼 있었다.

위구르 여인을 생각할 때마다 왠지 행덕은 마음의 평온 같은 것이 자신의 온몸을 감싸고 있음을 느꼈다. 그것은 이미 고인을 향한 애정이나 비탄의 심정이 아닌, 그러한 인간의 감정을 정화시킨 순수하고 때 묻지 않은, 완전한 것에 대한 찬가와 같았다.

"모든 것은 속세의 인연이라오."

행덕은 불교 용어를 사용해 말했다. 인연이라는 말의 의미를 주왕례가 이해할 수 없을 거라고 여겼지만, 딱히 적당한 말이 떠오르지 않았다.

그러자 주왕례는 이번에도 행덕의 말에는 귀를 기울이지 않은 채 말했다.

"이번에 과주에 주둔하면 넌 과주 태수 밑에서 일하는 게 좋을 것 같다. 네가 할 일이 있을 테니까. 인연인지 뭔지 난 잘 모르지만, 네가 서하의 선봉부대 같은 곳에 들어와 있는 것은 잘못된 일이다. 분명 잘

못되었어. 과주는 우리와 같은 한족의 나라다. 느긋하게 기다리다 보면 얼마든지 송나라 땅으로 돌아갈 기회가 있을 거다."

조행덕은 주왕례의 말을 들으면서도 별다른 감정이 들지 않았다. 설령 자신이 부대를 떠나 과주 태수 밑에서 일한다 해도 그것이 특별한 의미가 있는 일이라고는 보지 않았다. 그런 날이 오든 말든 그것이야말로 속세의 인연이라고 여겼다. 송나라 땅으로 돌아가기를 거부하지는 않겠지만, 그렇다고 딱히 송나라 땅을 밟아야겠다는 의지도 없었다. 그보다는 오히려 그런 이야기를 꺼낸 외인부대 노대장의 마음속에 자리 잡은 생각이 훨씬 흥미로웠다.

"난 그렇다 치고 대장님은 어쩔 겁니까?"

행덕이 물었다.

"나 말이냐? 나야 아직 해야 할 일이 남아 있지."

"무슨 일 말입니까?"

"그걸 모른단 말이냐? 내가 자나 깨나 마음속으로 생각하는 것이 무언지 모르냐?"

주왕례는 한바탕 호탕하게 웃고는 자못 단정적인 말투로 비장하게 말했다.

"내겐 기필코 해야 할 일이 있다."

그러나 자신이 해야 할 일이 무엇인지는 일절 언급하지 않았다. 행덕은 잘은 모르지만, 주왕례가 언젠가는 자신이 생각하고 있는 그 일을 꼭 하고 말 것이라고 여겼다. 이제까지 그가 한번 결심한 것을 실행에 옮기지 않은 적은 없기 때문이다.

숙주에서 과주까지는 630리 길로, 열흘간에 이르는 여정이었다. 사막으로 난 길은 거의 얼음 덩어리로 덮여 있었다. 이틀째는 새하얀 눈으로 뒤덮인 산 능선을 남북으로 바라보면서 행군을 계속했다. 그로부터 나흘간 부대는 강풍과 함께 눈이 휘몰아치는 사막지대를 묵묵히 전진했다. 엿새째 되던 날, 소늑하(疏勒河) 지류의 건천을 몇 개나 건너고 나서야 비로소 초원지대를 접할 수 있었다. 이곳 역시 꽁꽁 얼어붙어 있었다. 이레째와 여드레째에는 또다시 겨울바람이 몰아치는 사막을, 아흐레째에는 다시 초원지대를 만났다.

열흘째 되던 날 오후, 주왕례 부대는 하늘 언저리에서 매섭게 불어내려오는 칼바람을 뚫고 과주성에 입성했다. 과주성은 북쪽을 제외한 동, 서, 남, 세 곳에 문이 있었다. 그중 주왕례의 부대는 다수의 민족으로 구성된 과주 병사들이 대열을 갖추어 영접해주는 동문을 통해 입성했다. 5천 명의 병사와 엄청난 수의 말과 낙타 무리가 자그마한 성 안을 순식간에 메웠다. 과주는 전형적인 사막 한복판에 세워진 성으로, 성 안 도로 바닥에는 모래가 쌓여 있어 그 위를 걷는 것은 사막을 걷는 것과 마찬가지였다.

주왕례의 부대가 과주에 들어온 후 사흘 동안 밤낮으로 강풍이 불어댄 탓에 낡은 성벽의 윗부분이 무너질 정도였다. 이 지역은 1년 중 바람이 불지 않는 날을 손으로 꼽을 정도로 바람이 많은 곳이었다.

조행덕은 과주에서 끊임없는 강풍에 시달리면서도, 수년간 맛보지 못했던 마음의 안정을 되찾게 되었다. 양털이나 동물가죽을 팔고 있는 상인들과 감초나 잡곡을 내다 파는 농민들 중에는 한족이 많았다. 숙주에도 한족은 많았으나, 그곳 한인들의 풍습이나 습관은 한족 고유의 것이 아니었다. 그에 비해 과주는 전혀 딴판이었다. 언어, 생활

풍속, 의복 할 것 없이 고국의 그것과 매우 흡사했다. 성벽이나 성문은 이제까지 다녀본 곳들보다 규모도 작고 낡아 황폐했지만, 행덕에게는 친숙하고 정겨워 보였다. 행덕은 강풍이 불어대는 거리 구석구석을 하루가 멀다 하고 돌아다녔다.

부대가 입성한 지 일주일째 되던 날, 조행덕은 태수의 초대를 받은 주왕례를 따라 동료 몇 명과 함께 태수의 거처를 찾았다.

태수 연혜의 관저는 크고 훌륭했다. 연혜는 뚱뚱한 몸집에 가라앉은 분위기를 풍기며 표정 변화라고는 거의 없는 40대 중반의 인물이었다. 일찍부터 하서 일대를 지배해온 절도사 가문인 조씨 일가의 후예답게 귀티가 났으나 그다지 활력은 없어 보였다.

연혜가 말하기를, 형 현순이 거주하는 사주(둔황)는 큰 도읍으로 불교도 왕성하고 다수의 서역 상인들이 드나들면서 번창하기 시작해 경제적으로도 부유한 자들이 많으나, 그에 비해 이곳 과주는 자그마한 시골에 불과하다, 자신은 형의 명령으로 이곳에 부임했지만 특별히 자랑거리로 내세울 만한 것이 하나도 없다, 단지 불교 신자인 자신은 신앙심에서는 남에게 뒤지지 않기에 많은 양의 귀중한 경전을 두세 군데 사원에 보관시켜두었다, 희망한다면 언제든지 그곳으로 안내하겠다는 것이었다.

그러나 일행 중 경전에 흥미를 가진 자는 조행덕뿐이었다. 행덕은 연혜에게 날을 잡아 자신을 그곳으로 안내해주었으면 좋겠다고 말했다. 그러자 연혜는 일행을 향해,

"서하는 최근에 문자를 갖게 되었다고 들었는데, 난 내가 갖고 있는 경전을 서하어로 번역해 서하에 선물하고 싶소. 물론 경전 번역은

이미 홍경에서도 하고 있을 테지만, 부처님에 대한 개인적인 보은의 뜻을 담아 그 작업을 했으면 하오. 이에 드는 비용은 내가 일체 부담할 테니 협력해줄 수 없겠소?"

라고 말했다. 이번에도 역시 행덕 이외에는 그 누구도 대답을 하는 자가 없었다. 주왕례는 술이나 식사를 내오지 않는 과주의 권력자가 몹시 불만스러운 표정이었다. 주왕례는 시종 퉁퉁 부은 표정으로 의자에 걸터앉아 있었다.

그러나 연혜가 그런 눈치도 융통성도 없는 인물이라는 단정은 섣부른 것이었다. 행덕과 그 일행이 따분하기 짝이 없는 방문을 마치고 돌아가려 하자, 연혜는 일행 모두에게 거주할 숙소와 우전(于闐)*의 특산물인 옥을, 그리고 대장인 주왕례에게는 이에 더해 특별히 시중 드는 첩을 내리겠다고 제안했다. 이 말을 듣자 비로소 주왕례의 표정이 밝아졌다. 순식간에 대장의 위엄과 생기를 되찾은 그는 모든 일에 협력할 생각이니 무엇이든 사양 말고 말해달라고 연혜에게 전했다. 그러고는 곁에 있던 조행덕을 정식으로 소개하며 말했다.

"불교에 관해 나는 잘 모르지만, 아마 이자가 도움을 드릴 수 있을 테니 뜻대로 상의하여 일을 추진하시지요."

주왕례의 숙소는 원래는 위구르 상인이 살던 성 동쪽의 저택으로, 넓은 뜰과 장방형의 샘물이 있는 성대한 규모였다. 집 내부에는 호화로운 가구가 갖추어져 있었고, 유달리 장식용 액자와 족자가 많이 걸려 있었다. 주왕례는 이곳에서 생애 최고의 나날을 보내게 되었다.

---

* 한나라 때부터 송나라 때까지 존재한 서역 국가. 예부터 이곳에서 생산되는 옥은 특히 유명했다(옮긴이).

조행덕에게 제공된 집도 성 동쪽에 위치하고 있었다. 주왕례의 저택에 비하면 꽤 작았으나, 일찍이 아육왕사(阿育王寺)*라는 절이 있었던 곳에 바로 인접해 있어, 집을 나와 조금만 걸으면 한적한 숲 속 곳곳에서 오래된 탑들의 흔적을 더듬어볼 수 있었다. 아육왕사 외에도 부근에는 같은 시대에 폐쇄된 몇몇 사찰들의 흔적이 남아 있었다. 그렇듯 유서 깊은 지역에 위치한 자신의 거처에 행덕은 나름대로 충분히 만족스러웠다. 그는 이곳에서 두 명의 부하 병사와 함께 기거하면서, 음식은 그때그때 병사들이 부대에서 날라다주는 것을 먹었다.

새 숙소로 옮기고 난 뒤 행덕은 수차례 연혜의 관저를 찾아갔고, 그와 급속히 친해졌다. 언젠가 우연히 행덕의 필체를 본 연혜는 현재 사주나 과주에 행덕만큼 훌륭한 필체를 지닌 자는 한 명도 없을 거라고 칭찬을 아끼지 않았다. 행덕은 불교를 지극정성으로 신봉하는 이 권력자에 대해, 경전이나 불교의 가르침 모든 면에서 감명을 받고 있었다.

몇 번째였던가 행덕이 연혜의 관저를 방문한 어느 날, 연혜는 처음 만났을 때 언급했던 경전 번역 이야기를 재차 꺼냈다. 지난번에 말한 것처럼 이미 홍경에서는 이런 작업을 하고 있을지도 모르나, 자신의 신앙과 관련된 일로서, 다시 말해 부처에 대한 공양의 의미로 그 작업을 하고 싶다는 것이었다. 행덕은 홍경에서 그런 번역 작업을 하고 있으리라고는 보지 않았다. 서하 문자가 만들어진 지 얼마 되지 않았고, 홍경에 있는 불교 경전 또한 뻔한 숫자였으며, 현재로서는 나라의 기틀을 다지는 데 급급한 서하 입장에서 이것 말고도 먼저 해야 할 일이

---

* 아육왕(아소카 왕)의 이름을 따서 세워진 절. 아소카 왕은 기원전 3세기에 인도를 통일한 후 스스로 불교에 귀의하여 불교를 보호한 인물이다.

산적해 있었기 때문이다. 따라서 서하 입장에서 연혜의 제안은 크게 환영해야 마땅한 것이었지만, 그렇다고 협력하겠다고 선뜻 대답하기도 어려운 엄청난 작업이었다. 행덕이 그런 상황을 설명하자 연혜는,

"그대의 상관은 이 일에 협력하겠다고 하지 않았는가?"

라고 말했다. 행덕은 왠지 연혜라는 인물이 마음에 들었다. 정치적으로는 분명히 무능력한 인물로, 강대해진 서하에 위협을 느껴 즉각 복속을 맹세하지 않으면 안심하고 지낼 수 없다고 판단한 소심하고 예민한 성격의 소유자였으나, 한편으로는 순수하고 한결같은 면이 있었다. 행덕은 특히 연혜의 웃는 얼굴이 좋았다. 늘어진 피부가 서서히 움직이면서 이내 눈가와 입 주위로 그의 마음속 기쁨의 감정이 여과 없이 드러났다. 때 묻지 않은 어린아이의 천진난만한 미소 같은 것이 느껴졌다.

불현듯 행덕은 연혜가 희열을 머금은 특유의 표정을 지을 수 있도록 그의 소망을 이뤄줘야겠다고 마음먹었다.

행덕이 부대로 돌아가 그 이야기를 주왕례에게 전하자,

"들어주도록 해라."

라고 즉석에서 대답이 돌아왔다.

"난 그 작업이 어떤 것인지 모르겠으나, 그렇게 나쁜 일이 아니라면 해주어라."

"그러나 한다고 해도 나 혼자 힘으로는 도저히 불가능하오. 상당한 교양을 지닌 협력자가 몇 명 필요하오."

"네 생각이 그렇다면 그런 인물을 데리고 와서 협력시키면 되지 않느냐?"

"그런 인물은 홍경 외에는 없을 거요."

행덕이 말하자, 주왕례는 대수롭지 않게 대답했다.

"그럼 홍경에 가서 데리고 오면 되겠군."

홍경으로 가는 것은 쉽지 않은 일이었지만, 홍경에 가기만 하면 한족의 말로 된 경전을 서하어로 바꿀 수 있는 인물이 몇 명인가 있음을 행덕은 알고 있었다. 행덕은 그런 인물들의 면면을 바로 머릿속에 떠올릴 수 있었다. 모두 예전에 함께 서하 문자 작업에 종사하던 한족들이었다.

행덕이 서하의 수도 홍경으로 떠날 채비를 마친 것은 5월 초의 일이었다. 연혜나 주왕례의 이름으로 제출하는 제반 서류도 작성을 마친 상태였다. 그러나 출발 날짜는 좀처럼 정해지지 않았다. 과주에서 동쪽 지방을 향해 떠나는 부대가 나타날 때까지 행덕은 인내심을 갖고 기다려야 했다.

그달 중순에 접어든 어느 날, 조행덕은 연혜의 호출을 받아 그의 관저로 찾아갔다.

"사주의 무역상으로 위지광(尉遲光)이란 자가 있네. 그자가 홍경으로 간다고 하니 함께 가면 어떻겠나."

연혜가 말했다. 위지광이 어떤 인물인지 모르지만, 서하와 토번이 교전 중인 상황에서 과주에서 홍경으로 상단을 꾸려 간다는 것은 누가 봐도 무모한 일이었다. 그러나 행덕은 일단 그 무역상을 만나보기로 했다. 연혜도 그자에 관해 자세히는 알지 못했다.

다음 날 행덕은 남문 근처 여관으로 위지광을 찾아갔다. 위지광은 마침 외출 중이었으나, 머지않아 돌아온다는 말에 너저분하고 비좁은 골목 모퉁이에 서서 그가 돌아오기를 기다렸다.

이윽고 행덕 앞에 한 사람이 나타나더니 자신을 위지광이라고 소개했다. 마른 체격에 키가 크고 피부색이 검으며 눈빛이 날카로운, 불과 서른 전후의 젊은 남자였다. 처음에 그는 조행덕이 자신을 찾아온 이유가 짐작이 되지 않는지 빈틈을 보이지 않으려는 듯 조심스럽게 입을 열었다.

"보아하니 주둔 부대에 있는 사람 같은데 무슨 일로 날 찾느냐?"

"태수에게서 그대 이야기를 듣고 왔네."

행덕이 말하자, 그는 퉁명스럽기 짝이 없는 말투로 대꾸했다.

"아무리 태수라 해도 난 놀라지 않는다. 우리는 정식 절차를 거쳐 통행허가증을 발급받았으니까. 볼일이 있어 온 거면 빨리 달해라. 난 지금 몸이 열 개라도 모자랄 정도로 바쁘니까."

행덕은 상대가 성미 급한 사람임을 간파하고 자신을 흥경까지 가는 상단에 동행시켜주었으면 한다고 간단히 용건만 말했다.

"그건 서하군의 명령이냐, 아니면 태수의 명령이냐?"

"양쪽 모두이다."

행덕이 대답하자 위지광이 말했다.

"난 이제까지 내 상단에 단원이 아닌 외부 사람은 한 사람도 집어넣은 적이 없다. 한데 태수나 서하군 한쪽의 명령이라면 단호하게 거절하겠으나, 양쪽 모두라면 거절하기도 어렵군. 성가시지만 데리고 가도록 하지. 같이 갈 거면 모레 아침 일찍 출발할 테니 내일 밤 달이 뜨는 시각에 채비를 해서 이리로 와라."

이어서 위지광은 자신의 상단에 참가하는 이상, 모든 것은 자신의 명령에 따라야 함을 명심하라고 무뚝뚝한 말투로 덧붙였다.

다음 날 조행덕은 흥경으로 떠나기에 앞서 주왕례의 거처로 작별인사를 하러 갔다. 주왕례는 행덕의 얼굴을 보자마자 "너 때문에 20명분의 무기를 빼앗겼다"고 말했다. 처음에 행덕은 주왕례의 말뜻을 알아들을 수 없었으나, 곧 위지광이 주왕례를 찾아와 행덕을 데려가는 대가로 20명분의 무기를 빌려달라고 요구했음을 알게 되었다.

"난 그 무모하기 짝이 없는 젊은 녀석이 맘에 들었다. 그래서 그 녀석의 제의를 받아들였지. 넌 이제 당당하게 가도 돼."

주왕례가 말했다.

내친걸음에 행덕은 연혜의 관저로 발길을 옮겼다. 거기서 행덕은 위지광이 연혜에게도 찾아왔음을 듣게 되었다. 연혜에게 청구한 것은 무기가 아니라 낙타 50마리였다. 연혜는 위지광에게서 공무에 쓰게 관청 소유의 낙타 50마리를 빌려달라는 요청을 받고, 결국 이를 승낙하여 담당 부서를 통해 필요한 수속을 해주었다는 것이었다.

연혜 또한 주왕례와 마찬가지로,

"그대는 이번 여행에서 아무런 불편 없이 당당하게 갈 수 있게 되었네. 위지광은 이미 낙타 50마리를 소유하고 있고, 거기에 더해 이번에 같은 수의 낙타를 무상으로 제공받았으니 그대에게 정중하게 대할 것이네."

라고 말했다. 그러나 행덕은 머릿속으로 위지광의 날카로운 표정을 떠올리며 그에게 어떤 대가를 지불한다 해도 아무도 그의 눈빛을 부드럽게 만들지는 못할 거라고 생각했다.

그날 밤 조행덕은 부하 두 명에게 짐을 지우고 약속 장소로 나갔다.

잠시 후 모습을 드러낸 위지광은 행덕의 부하에게서 짐을 넘겨받아 낙타 인부에게 건네주었다. 이어 그는 행덕을 향해,

"날 따라와라."

라고 한마디 뱉고는 앞장서 걷기 시작했다. 행덕은 부하들을 돌려보낸 후 위지광의 뒤를 따라 푹푹 빠지는 모래 위를 걸어갔다. 5월이라고는 하나 밤공기는 차가웠다.

조행덕은 걸으며 대체 위지광은 어느 나라 사람일까 추측해보았다. 그는 한족을 비롯하여 위구르, 토번 그리고 자신이 지금까지 만난 그어느 서역 출신과도 다른 용모를 갖고 있었기 때문이다. 그가 사용하는 말은 이 지역 사투리가 섞인 한족의 말이었다. 행덕은 성벽을 따라이어진 어두컴컴한 길을 걷다가 도저히 궁금증을 참을 수 없어 입을열었다.

"그대는 어느 나라 출신인가?"

그러자 위지광은 발길을 멈추고 뒤를 돌아보며,

"난 위, 지, 광이다."

라고 한 글자씩 또박또박 대답했다.

"이름은 알고 있다. 어느 나라 출신인지 묻는 거다."

그러자 위지광이 거칠게 외쳤다.

"이 멍청아! 위지를 모르느냐? 우전의 위지 왕조 외에 이 성을 가진 자는 없다. 내 아버지는 왕족이었다."

그러고는 다시 앞을 향해 걸으며 거의 호통치듯 말을 계속했다.

"위지 일족은 불행히도 이씨 집안과 싸우다 패했다. 지금은 이씨가 우전의 왕위에 올라 있지만, 우리는 그런 뿌리도 모르는 집안과는 다

르다."

그의 말이 사실이라면 그의 아버지는 우전인인 셈이었다. 그러나 위지광은 행덕이 알고 있는 여느 우전인과는 달랐다.

"그럼 어머니는 어느 나라 사람인가?"

또다시 행덕이 물었다.

"어머니? 어머니는 사주의 명문인 범씨 집안 출신이다. 어머니의 부친은 사주의 명사산(鳴沙山)에 몇 군데나 불동(佛洞)을 개간했을 정도다.*"

"불동을 개간한다는 게 무슨 뜻인가?"

그러자 위지광은 걸음을 멈추고 뒤를 돌아보더니 다짜고짜 두 손으로 행덕의 멱살을 낚아챘다.

"명사산에 불동을 개간한다는 건 보통 일이 아니란 말이다. 어지간한 명문 집안이나 큰 부자가 아니면 불가능한 일이다. 똑똑히 기억해두어라!"

행덕은 목이 졸려 숨이 막힐 것 같은 상태로 자신의 상체가 좌우로 두세 번 크게 요동치는 것을 느꼈다. 어떻게든 소리를 질러보려 했으나 헛수고였다. 이윽고 두 다리가 허공에 붕 뜨는가 싶더니 단숨에 모래 위로 내팽개쳐졌다. 그러나 마치 푹신한 짚단 위에 가볍게 내던져진 듯 아프지는 않았다.

행덕은 옷에 묻은 모래를 털며 천천히 일어섰다. 아프지 않았기 때

---

* '불동'이란 암벽을 파고 그 안에 불상 등을 조각해놓은 일종의 석굴을 가리킨다. 천불동에 석굴을 갖는 것은 둔황 사람들의 평생 염원으로, 이를 통해 더할 나위 없는 종교적 희열을 느꼈다고 한다(옮긴이).

문일까, 위지광의 처사에 특별한 증오심은 들지 않았다.

행덕은 더 이상 말을 하지 않고 잠자코 위지광의 뒤를 따라 걸었다. 스스로 밝힌 바에 따르면 위지광은 우전인과 한족의 혼혈로, 양쪽 피를 모두 갖고 있는 셈이었다. 그리고 그의 아버지는 논외로 하더라도, 하서 한족의 대다수가 타민족과의 혼혈임을 고려하면, 위지광의 몸속에는 모친의 피를 통해 몇몇 다른 민족의 피가 흐르고 있다고 보는 것이 타당했다. 그렇게 따져보니 그의 용모나 풍채가 여느 민족과 다른 이유를 비로소 수긍할 수 있었다.

성벽 밑으로 이어진 길은 끝이 보이지 않았다. 행덕에게는 마치 영원히 끝이 나지 않을 것 같은 어둡고 단조로운 길이었다. 그러던 중 두 사람은 마침내 밝은 곳으로 나오게 되었다. 그러나 행덕이 그렇게 느꼈을 뿐 등불 같은 것이 켜져 있지는 않았고, 희미한 달빛 아래 사물의 윤곽이 어렴풋이 보이기 시작했다.

눈앞으로 한 줄기 좁다란 골목길이 일직선으로 나 있었고, 골목 양쪽으로는 일반 민가와는 다른 낮은 지붕과 울타리를 두른 건물들이 들어서 있었다. 건물 앞 곳곳에 큼지막한 동물들이 움직이고 있는 것이 보였다. 그것도 몇 마리 정도가 아니었다. 행덕은 잠시 우두커니 서서 바라보다가 문득 주위를 둘러보았다. 순간 함께 있던 위지광의 모습이 보이지 않았다. 잠시 후 조행덕은 직감적으로 그곳에서 몸을 피해야 한다고 느꼈다. 건물에서 나오는 것으로 보이는 동물들의 수가 시시각각 불어나면서, 엄청난 규모의 동물들이 무리를 지어 서서히 자신이 있는 쪽을 향해 이동을 시작했기 때문이다.

조행덕은 자연스레 동물 무리에 쫓기는 신세가 되어 성벽을 따라 펼쳐진 넓은 광장에 이르렀다. 성에 이런 광장이 있으리라고는 상상하지 못했던 일이었다. 광장에는 수많은 낙타들 사이로 이국적 풍채의 남자들 10여 명이 저마다 여기저기 부산하게 움직이며 낙타 등에 짐을 싣고 있었다.

그러던 중 행덕은 귀에 익은 목소리를 접하게 되었다. 위지광이었다. 사람과 낙타 들 사이를 뛰어다니며 외쳐대는 특유의 짧고 신경질적인 목소리가 간간이 들려왔다. 행덕은 그쪽을 향해 걸어갔다. 행덕은 두 번 다시 위지광을 놓치지 않기 위해 그의 곁에 착 달라붙었다. 위지광의 입에서 나오는 말소리는 다양했다. 그가 위구르어나 토번어, 서하어를 쓸 때는 알아들을 수 있었으나, 나머지는 어느 나라 말인지 전혀 알 길이 없었다. 행덕은 모르는 말이 나올 때마다 어느 나라 말이냐고 위지광에게 물었다. 위지광은 처음에는 우전, 용족(龍族), 아샤족의 말이라고 일일이 대꾸를 해주었으나 이내 귀찮아졌는지,

"시끄럽다. 입 좀 다물고 있어라."

라고 호통을 치고는 행덕의 멱살을 잡았다. 아까와 마찬가지로 행덕의 몸이 공중으로 뜨는가 싶더니 짐짝처럼 모래 위에 내던져졌다.

어느새 광장에는 달빛이 환했다. 백 마리의 낙타와 10여 명의 남자들이 회색 모래 위로 시꺼먼 그림자를 드리우며 밤새워 짐 싣는 작업을 계속했다.

행덕이 할 일은 아무것도 없었다. 위지광 곁에서 떨어져 이곳저곳 사람과 낙타 사이를 서성서성 돌아다니며 짐을 점검하였다. 인부들에게 짐의 내용물을 묻기 위해서였다. 인부들과는 말이 쉽게 통하기도 했지만, 행덕이 모르는 언어가 나오면 전혀 소통이 불가능한 경우도

있었다. 그런 와중에 행덕은 상단이 동쪽 지방으로 가져가는 품목이 옥이나 페르시아 비단, 동물가죽, 혹은 서역에서 생산된 직물과 향료, 수목의 씨앗 등 다양한 종류의 것임을 알게 되었다.

한바탕 소동이 끝나고 적재 작업이 마무리될 무렵, 출발을 외치는 위지광의 목소리가 들려왔다. 상단 일행은 평상시에는 닫혀 있는 남문을 통해 성 밖으로 빠져나가기 시작했다. 백 마리의 낙타가 일렬로 긴 대열을 이루고 있었고, 군데군데 사람들이 무장한 채 말을 타고 있었다. 조행덕은 상단 행렬의 끝쪽에서 낙타를 타고 전진했다.

"내 짐은 어디 있는가?"

행덕이 앞에서 낙타를 타고 가는 위지광에게 물었다.

"네가 타고 있는 낙타에 실려 있다. 앞으로 자신의 짐에 대해 내게 물으면 용서하지 않겠다!"

위지광은 버럭 고함을 질렀다. 날이 밝기에는 아직 조금 이른 시간으로, 중천에 뜬 달이 은은하게 벌판 전체를 비추었다.

위지광이 이끄는 상단이 과주를 떠나 홍경에 도착하기까지는 50일 가까운 시일이 소요되었다. 과주에 있을 때는 전혀 예상할 수 없었던 일이었으나, 하서 지역 도처에서 서하군과 토번군 간에 소규모 충돌이 벌어지고 있었다. 충돌 지역을 지날 때마다 상단은 그것이 끝나기를 기다리거나, 이를 피해 우회하면서 시간을 소모해야 했다.

행덕이 위지광에 대해 가장 놀란 것은 그가 토번군과 서하군 양쪽 모두와 친분관계가 있다는 점이었다. 전투가 한창인 때에는 그도 전장을 피해 갈 수밖에 없었지만, 양쪽 군대가 대치 상태에서 교전이 없을 때에는 태연하게 두 진영을 가로지르거나, 양쪽 진영 사이의 중간 지역을 지나갔다. 그때마다 위지 가문의 수호신인 비사문천(毘沙門 天)*을 상징하는 붉은색 '毘' 자가 새겨진 깃발을 펄럭이며 자신들의 통과를 당당히 알렸다. 그런 상단 행렬을 보고 양군은 그들이 완전히 통과하기를 기다렸다가 다시 전투에 돌입하곤 했다.

위지광은 상단 행렬을 가로막는 토번과 서하 간의 소규모 충돌에는 크게 개의치 않는 모습인 반면, 도중에 여러 성읍을 통과할 때는 골치를 썩는 기색이 역력했다. 위지광은 숙주와 감주, 양주 등을 지날 때마다 잔뜩 불편한 심기를 드러내며 연신 호통을 쳐댔다. 문제는 통행세였다. 통행세 때문에 상단은 이삼일 동안을 꼬박 기다려야 했다. 게다가 위지광의 말을 빌리면 서하 점령 전에는 통행세를 위구르 쪽에만 지불하면 됐으나, 현재는 서하 쪽은 물론 여전히 실권을 장악하고 있는 위구르 관청에도 이중으로 내야 한다는 것이었다. 이로 인해 낙타 등에 싣고 떠난 50개의 옥 상자 중 5분의 1 정도가 도중에 통행세로 사라졌다.

조행덕은 이 길고 긴 여행을 통해 출발 당시에는 전혀 알지 못했던 이 젊은 상단 책임자의 성격이나 마음씨에 대해 완벽하게 파악할 수 있었다. 위지광은 돈벌이를 위해서라면 어떤 일도 마다하지 않는 인물이었다. 그의 직업을 표현하자면 무역상이 분명했지만, 그의 행동거지는 도적이나 공갈단이라고 해도 무방했다.

---

* 수미산 중턱에 거처하면서 야차와 나찰이라는 두 귀신을 거느리고 세상 사람들에게 복을 가져다준다고 일컬어지는 북방 수호신. 당시 서역의 한 기록에 따르면 우전에서는 비사문천이 자신들을 보호해준다고 믿었다고 한다.

그는 도중에 소규모 상단을 만나면 부하 두세 명과 함께 상대 진영을 찾아갔고, 돌아올 때는 어떻게 교섭을 했는지 반드시 상대가 가진 물품들을 모조리 낚아채 왔다. 행덕은 그의 특별한 수완을 피부로 느낄 수 있었다. 그의 수하들 중에는 노상강도 짓을 일삼는 것으로 유명한 사주 남쪽 산악 지대에 본거지를 둔 용족이나, 서방의 아샤족 사람들이 몇 명 섞여 있었다.

　또한 위지광은 이 세상에 두려운 게 전혀 없는 사람처럼 보였다. 그의 화를 돋우거나 신경을 거슬리게 하는 것은 있어도, 그에게 공포의 대상은 하나도 없다는 태도였다. 마치 마지막 죽음의 순간에도 이 세상에 자신을 죽음으로 몰아넣는 것은 존재하지 않는다고 여길 오만함 같은 것이 느껴졌다.

　행덕은 이 오만방자한 젊은이의 온갖 행동을 지배하는 것은 출생에 대한 그의 자부심이라고 여겼다. 위지 왕조라는, 지금은 이 땅에서 사라져버린 우전 왕족의 눈부신 혈통은 그를 순간순간 다양한 모습으로 변모시켰다. 혈통에 대한 자부심이 있기에, 그는 더할 나위 없이 용감해질 수 있었고 또한 냉혹할 수 있었다. 사막에서 다른 상단을 습격할 때조차 그의 마음 한구석에는 위지 왕조의 긍지가 꿈틀거렸다. 마치 자신의 조상들이 누렸던 영광과 권세를 떠올리면 상대의 물건을 모조리 차지해도 시원치 않다는 식이었다.

　흥경은 조행덕이 있던 3년 전과는 비교할 수 없을 정도로 변해 있었다. 성에는 유독 사람들이 늘어난 느낌이었다. 상점가에는 활기가 넘쳐흘렀고 규모가 큰 상점들이 속속 새로 들어서면서, 3년 전까지만 해도 느낄 수 있었던 오래된 도읍으로서의 차분함은 온데간데없었다.

성 안은 물론 성 밖까지 사람들로 붐볐고, 11층짜리 북탑이 솟아 있는 지역 부근까지 새로 거리가 조성되고 있었다. 서탑이 있는 성 서부와 행덕이 거주하던 사원이 위치한 북서 외곽 지역도 사정은 비슷했다.

서하가 급격히 대국으로 성장한 것에 부응이라도 하듯 홍경 또한 빠르게 팽창 중이었다. 그러나 행덕의 눈에 비친 이곳 사람들의 복장은 전체적으로 궁핍하고 검소했다. 토번과의 전쟁에 충당하기 위해 무거운 세금이 부과되고 있기 때문인 듯했다. 3년 전 행덕이 이곳에 머물던 무렵에는, 성 서쪽 80리 지점의 하란산 기슭에 절이 많이 들어설 것이라는 소문이 떠돌기도 했으나 현재는 잠잠한 상태였다. 사원 건축에 드는 비용을 군비로 충당한 모양이었다.

행덕은 3년 전과 마찬가지로 성 북서쪽 외곽에 위치한 사원을 숙소로 정했다. 커다란 가람을 거느린 사원으로, 이전보다 학교다운 외관을 갖추었고 교사와 학생도 제법 많아진 모양이었다. 한족 교사도 늘어, 그중에는 3년 전 서하 문자 관련 작업을 함께 했던 인연으로 낯이 익은 자도 몇 명 포함돼 있었다. 행덕이 이 사원에 와서 가장 놀란 것은 자신이 완성한 서하 문자와 한자의 대조표가 한 권의 책자로 엮어졌고, 나아가 이를 바탕으로 몇 권의 필사본까지 만들어져 사용되고 있다는 사실이었다. 오래전부터 이 사원에 거주하면서 서하 문자 작업에 종사해온 삭(素)이란 이름의 예순 살가량의 노인이 행덕에게 필사본 한 권을 들고 와서는 책자에 쓸 제목을 정해달라고 요청했다. 삭 노인은 비록 서하 문자 작업에 관여하고 있었지만, 학자라기보다는 관리에 가까운 인물로, 해당 부서에서 제일 연장자였고 직위도 가장 높았다. 우연히 행덕이 이곳에 왔다는 소식을 접하고, 이 소책자에 제목을 붙여야겠다고 생각한 모양이었다. 저자로는 해당 부서와 관계있는 서하인의 이름을 쓸 수밖에 없었으나, 이 작업에 행덕이 누구보다도 헌신적으로 임했으므로, 적어도 제목을 정하는 권리만은 행덕에게 맡기려는 의도였다.

조행덕은 소책자를 한 장 한 장 넘겨보았다. 그가 추렸던 말들이 한눈에 들어왔다. 벽력(霹靂), 양염(陽焰), 감로(甘露), 선풍(旋風) 등 자연현상에 관한 어휘들이 한 줄로 적혀 있었다. 그 오른쪽에 각각의 단어에 대응하는 서하 문자가 덧붙어 있었고, 서하어에는 한자 발음이, 한자어에는 서하 문자의 발음이 부기돼 있었다. 학생에게 필사를 시켰는지 글씨체는 조잡했지만, 어찌 됐든 행덕에게 이 소책자는 애착이 가는 것이었다.

다른 장을 넘기니 이번에는 묘아(猫兒), 구저(狗猪), 낙타(駱駝), 마우(馬牛)와 같은 동물 이름이, 다음 장에는 두목(頭目), 정뇌(頂腦), 비설(鼻舌), 치아(齒牙), 구순(口脣)과 같은 신체에 관한 어휘들이 나타났다.

행덕은 한동안 책장을 넘기며 그곳에 적힌 단어들을 응시하다가, 마침내 붓을 들어 먹을 듬뿍 묻히고는 책자 표지에 붙어 있는 가늘고 긴 백지 부분에 '번한합시장중주(番漢合時掌中珠)'*라고 써 넣었다.

"이러면 되겠습니까?"

---

* 이 한자어 어휘는 실존하는 서책의 제목으로, '시대에 맞게 한자어와 서하어로 지은 주옥과 같은 존재'라는 뜻이다. 1908년 러시아의 코즐로프 탐험대가 서하 북쪽 변방의 옛 고을인 하라호토에서 수집한 막대한 분량의 고문서 가운데 한 권으로, 이듬해 그 존재가 학계에 처음으로 발표되었다. 이 책의 저자는 서하인 골륵무재(骨勒茂才)이다(옮긴이).

행덕은 붓을 놓으며 삭 노인 쪽으로 책자를 내밀었다. 노인이 고개를 끄덕이자, 행덕은 같은 글자를 몇 장의 종이에 똑같이 적었다. 나머지 필사본에도 붙이도록 하기 위해서였다.

행덕은 흥경에 도착하자마자 예전 상사였던 삭 노인을 통해 자신이 멀리 과주로부터 온 목적을 이루기 위한 절차를 밟았다. 한 달 정도 지나 서하 조정에서 허가가 떨어졌다. 행덕이 희망한 한족 여섯 명이 연혜가 초빙하는 형태로 과주에 파견될 예정이었다. 그중 두 명은 승려였다. 한결같이 한자와 서하 문자 양쪽에 조예가 깊고, 불교적 소양을 갖춘 인물들이었다. 승려들은 50대, 나머지 사람들은 40세 전후의 연령으로, 모두 예전에 행덕과 함께 작업을 했던 자들이었다. 연혜의 요청이 신속하게 받아들여진 것은 흥경에서도 불교 경전 번역은 아직까지 손을 대지 못하는 실정이었고, 심지어는 번역의 바탕이 되는 경전조차 없었기 때문이었다. 송나라 조정으로부터 『일체경(一切經)』*을 얻기 위해 머지않아 사신이 출발할 것이라는 소문이 돌고 있었다.

이야기가 매듭지어지자 행덕은 그들보다 한 발 앞서 과주로 돌아가기로 결정했다. 함께 과주로 떠나는 것이 바람직했으나, 다들 나름대로 준비할 시간적 여유가 필요하다는 판단에 따라, 가을에 접어들 무렵 흥경을 출발하는 것이 좋겠다는 결론에 도달했다.

더위가 기승을 부리던 7월 어느 날, 행덕은 흥경에서의 용무를 마치고 서쪽으로 돌아가는 위지광 일행을 따라 과주로 향했다. 위지광은 흥경에 도착했을 때보다 몇 배나 많은 짐을 싣고 있었다. 짐이 불

---

* 석가의 설교와 고승들의 저술을 집대성한 불교의 대경전.

어난 탓에 낙타 수도 올 때보다 서른 마리 정도 늘어나, 낙타 인부 중에는 혼자서 열 마리를 다루어야 하는 자도 있었다. 짐의 대부분은 비단이었고, 그 밖에 붓과 종이, 먹, 벼루, 그림, 골동품과 같은 자질구레한 것이 약간 섞여 있었다. 행덕은 이미 위지광의 성품을 익히 알고 있었기에 특별한 용무가 없는 한 가급적 그의 곁에는 접근하지 않았다. 위지광의 자존심과 긍지는 보통 사람이 상상할 수 없을 정도로 유별났으므로, 적절히 대응하여 그의 비위를 맞추기란 쉽지 않은 일이었다. 그저 건드리지 않는 것이 상책이라고 행덕은 생각했다. 반면에 위지광은 걸핏하면 행덕을 찾았다. 무지하고 천박한 자들뿐인 일행 중에 그나마 자신과 대등하게 대화가 가능한 자는 행덕뿐이라고 여겼다.

그러나 위지광과 함께하는 여정은 평온하지 못했다. 양주성을 떠난 지 이틀째, 일행이 샘물가 풀밭에서 야영을 하던 날 밤의 일이었다. 행덕이 다섯 명의 낙타 인부들과 함께 막사에서 쉬고 있을 때, 위지광이 찾아왔다. 여느 때와 마찬가지로 그가 나타나자 막사 안은 순식간에 긴장된 공기에 휩싸였고, 인부들은 두 사람에게 등을 돌린 채 막사 한구석으로 피했다.

위지광은 인부들의 움직임에는 눈길조차 주지 않고 행덕에게 다가오더니, 무슨 얘기를 하려는지 대뜸,

"어차피 위구르 여자들은 위아래 할 것 없이 죄다 창녀뿐이지."

하고 말하는 것이었다. 행덕은 다른 때 같으면 위지광의 이야기를 잠자코 흘려들었겠지만, 이번만은 그냥 지나칠 수가 없었다.

"그렇지 않네."

행덕은 다소 상기된 어조로 말했다.

"위구르 여인에게도 정조는 있다."

"웃기지 마라."

"신분이 미천한 경우라면 혹시 몰라도, 버젓한 왕족 여인은 자신의 정조를 증명하기 위해서라면 목숨까지 버린다."

행덕이 말하자,

"시끄럽다. 말이 많구나."

위지광은 언성을 높이더니 행덕을 노려보며 말했다.

"버젓한 왕족이라고? 위구르 왕족 따위 어디서 굴러먹던 개뼈다귀인지 알 게 뭐냐."

위지광은 버젓한 왕족이란 오로지 우전의 위지 일족에게만 통용되는 것임을 말하고 싶은 것 같았다. 그런 위지광의 마음을 모르는 바아니었으나, 행덕도 지지 않았다. 행덕은 여태껏 매사에 안하무인인이 젊은이에게 줄곧 양보해왔지만, 위구르 왕족 여인의 정조에 관한 문제라면 물러설 수가 없었다.

"근본도 모르는 자들이 아니란 말일세. 왕족이란 고귀한 정신을 대대로 계승해온 일족을 말하네."

"시끄럽다."

순식간에 위지광이 양손으로 행덕의 멱살을 잡고 목을 졸랐다.

"지금 뭐라 했냐? 어디 그 말 같지 않은 소리 다시 지껄여봐."

위지광은 두 팔로 행덕을 들어 땅에 깔려 있는 짚단 위에서 허공을 향해 올렸다.

"어서 말하라니까."

말을 하려 해도 소리가 나오지 않았다. 목을 조르고 있던 위지광의 손이 약간 느슨해지는가 싶더니 행덕은 짚단 위로 내던져졌다. 그러고는 도망칠 겨를도 없이 재차 들어 올려져 바닥에 내동댕이쳐졌다. 위지광의 이런 폭력은 이미 몇 번이나 경험한 바 있었지만, 이번만은 행덕도 지지 않았다. 바닥을 구르면서도 행덕의 입에서는 "왕족이란" "고귀한" "정신의"와 같은 말들이 계속 튀어나왔다.

"좋다."

위지광은 끝까지 반항을 멈추지 않는 행덕에게 졌다는 듯, 폭력을 멈추고 잠시 뭔가를 생각하더니,

"따라와라."

라고 말하며 앞장서 막사를 나갔다. 행덕도 뒤를 따라갔다. 밤공기는 한겨울처럼 차디찼다. 한낮에는 타서 문드러질 정도로 뜨거운 열기를 내뿜던 모래도 이제는 완전히 식어 있었다. 어스레한 불빛 속으로 수십 개의 막사가 일정한 규칙에 따라 배치된 것처럼 가지런히 이어져 있었다.

위지광은 한동안 아무 말 없이 막사를 지나 들판 쪽으로 걸어가다가 발길을 멈춘 후 행덕에게 말했다.

"자, 왕족이라 할 만한 것은 우전의 위지 가문밖에 없다고 말해. 그럼 사지가 온전하게 보내줄 테니. 자, 어서 말하라니까."

"못하겠다."

행덕이 대답하자 위지광은 잠시 잠자코 있다가 입을 열었다.

"어째서 못한단 말이냐. 좋아, 말 못하겠다면, 이 돼먹지 못한 놈아, 위구르 여자는 모두 창녀라고 말해. 그 정도는 말할 수 있겠지. 말해,

어서."

"못해."

"못한다고? 왜 못해?"

"위구르 왕족의 여인은 자신의 정조를 증명하기 위해서라면 성벽에서 몸을 던지는 것도 마다하지 않는단 말이다."

"좋다."

말이 끝나자마자 위지광은 행덕에게 덤벼들었다. 순식간에 행덕의 몸을 들어 올리더니 흡사 나무막대를 돌리듯 지면과 평행을 이루며 자신의 주위로 빙빙 돌렸다.

잠시 후 행덕은 자신의 몸이 지금까지 원을 그리고 있던 중심축에서 벗어나, 캄캄한 공중을 날아 밤이슬에 젖은 축축한 풀밭 위로 내던져지는 것을 느꼈다. 저 멀리 한 장의 평평한 판자 같은 밤하늘이 자신 쪽으로 비스듬히 기울어져 있었다. 불현듯 행덕의 뇌리에 백로(白露), 뇌박(雷雹), 섬전(閃電), 홍예(紅蜺), 천하(天河) 등의 일련의 문자가 스쳐 지나갔다. 그것은 그가 이름 붙인 『번한합시장중주』 속 어딘가에 등장하는 천체 현상에 관한 어휘들이었다.

다음 순간, 흉악스러운 상대는 또다시 몸을 날려 행덕을 덮쳤다.

"개새끼, 어서 말해."

"무엇을 말이냐?"

"위지……"

상대가 입을 연 찰나, 행덕은 본능적으로 자신을 누르는 상대의 몸을 밀어젖히기 위해 사지에 혼신의 힘을 모았다. 그러자 위지광은 행덕이 저항하려 했다는 사실에 더욱 부아가 치민 듯 했다.

"이 자식 혼이 덜 났군."

몸을 일으킨 위지광은 재차 행덕의 멱살을 잡은 뒤 그의 몸을 들어 올렸다. 그 순간 행덕은 또 한번 자신이 상대의 몸을 축으로 빙빙 돌려질 거라고 예상했다.

그러나 잠시 후 행덕은 갑자기 자신의 몸이 상대의 손에서 벗어나 자유로운 상태가 되었음을 느꼈다. 행덕은 두세 걸음 비틀대다가 풀밭에 털썩 주저앉았다.

"뭐야, 이건."

머리 위쪽에서 위지광의 말소리가 들려왔다. 위지광은 어둠 속에서 뭔가 조그만 물건을 손에 들고 열심히 살펴보고 있었다 행덕은 위지광의 행동을 아래쪽에서 올려보다가 위지광이 손에 든 것이 목걸이 같은 장식물임을 알아차리고 옷 속을 더듬어보았다. 곧 그것이 자신의 것임을 확인한 행덕은 자리에서 일어섰다.

"내놔."

지금까지와는 전혀 다른 격한 어조로 위지광에게 성큼 다가갔다.

"어디서 난 거냐?"

반대로 위지광의 말투는 차분했다. 행덕은 대답하지 않았다. 이 무뢰한에게 그것이 위구르 왕족 여인에게 받은 것임을 밝히고 싶지 않았다.

"대단한 걸 가지고 있구나. 소중히 간직해라."

위지광은 무슨 생각을 했는지, 목걸이를 그냥 돌려주고는 지금까지 행덕을 괴롭힌 일은 잊었다는 듯 행덕을 그 자리에 두고 걷기 시작했다. 겹겹이던 목걸이의 연결고리가 끊어져 한 줄이 되었지만, 다행히 구슬은 단 한 개도 빠지지 않고 온전했다.

이 일이 있은 후, 위지광은 갑자기 행덕에 대한 태도를 누그러뜨려 다소나마 부드럽게 대했다. 적어도 행덕에게만은 거친 말투를 쓰지 않았다. 그리고 이따금 행덕에게 다가와 그 목걸이를 어떻게 손에 넣었는지 알아내려고 애를 썼다.

반대로 행덕은 거세라도 당한 것처럼 급작스레 온순해진 흉악한 젊은이로부터 마땅히 자신이 누려야 할 권리를 되찾게 되었다. 행덕은 하고 싶은 대로 행동했다. 주왕례가 빌려준 20명분의 무기와 연혜가 제공한 낙타 50마리 모두 행덕이 당연히 누려야 할 권리를 말해주었다.

행덕은 위지광 정도의 악당이 자신에게서 목걸이 하나 빼앗는 것은 식은 죽 먹기라고 생각했다. 그런데도 위지광이 잠자코 있는 것은 행덕에게서 목걸이의 출처를 캐낸 후, 더 많은 장신구를 손에 넣으려는 속셈일 거라고 추측했다.

감주에서 머무는 사흘 동안, 일행은 낙타를 세워두는 헛간 같은 곳에서 지내야 했다. 어느 날 행덕은 남서쪽 구석에 있는 성벽 위로 올라가보았다. 성의 남문 너머로 저잣거리의 일부가 까마득히 눈에 들어올 뿐, 나머지는 한없이 펼쳐진 풀밭이었다. 행덕은 성벽 위에서 아래쪽 광장으로 시선을 돌렸다. 광장을 지나가는 사람들의 모습이 콩알처럼 작게 보였다. 그곳에서 행덕은 예전에 위구르 왕족 여인이 몸을 던진 서쪽 성벽을 향해 발길을 옮겼다.

조행덕은 자신 때문에 목숨을 끊은 위구르 왕족 여인을 위해 아무것도 해주지 못한 것을 떠올리자 새삼스레 가슴이 저려왔다. 행덕은 타원형으로 펼쳐진 성벽 위를 걸으며 문득 과주에 돌아가면 그녀를 위해 뭔가를 해야겠다고 생각했다. 연혜가 의뢰한 한역 경전을 서하 문자로 번역하는 작업을 위구르 왕족 여인을 공양할 목적으로 해야겠다고 결심했다.

생각이 여기에 미치자, 행덕의 눈이 갑자기 생기를 떠었다. 이전부터 한역 경전을 서하 문자로 번역하는 작업에 열정을 가지고 있었지만, 위구르 왕족 여인을 위해서라는 새로운 의미가 더해지자 전과는 전혀 다른 마음가짐이 되었다.

성벽 위를 걷고 있는 행덕의 머리 위로 따가운 햇볕이 내리쬐고 있었다. 행덕의 몸은 손과 발, 목덜미 가릴 것 없이 땀을 내뿜었다.

　　온 세상을 주관하시는 부처님, 삼가 땅에 엎드려 부처님께 귀의하고자 하나이다. 소생 지금 기원 드리옵기는, 위로는 하해와 같은 은혜에 보답하고, 아래로는 지옥의 고통을 구제하고자 하나이다. 만약 이를 듣는 자 있다면 모두 깨달음을 얻어 이 한 몸 불신(佛身)을 이루도록……

행덕의 입에서 흘러나온 것은 『금강반야바라밀다경(金剛般若波羅蜜多經)』의 「계청발원문(啓請發願文)」*이었다. 경을 외우던 행덕의 두 눈에 자신도 모르는 사이에 눈물이 맺혔다. 눈물은 흐르는 땀방울과 함께 뺨을 타고 성벽의 붉은 흙 위로 떨어졌다.

---

* 법회에 앞서 그 취지를 설명하면서 본존인 부처와 보살을 영접하기 위해 바치는 기도문(옮긴이).

6장

    명도 2년 여름부터 이듬해인 경우(景祐) 원년(서기 1033~1034년)까지, 조행덕은 부대에서 나와 과주의 권력자인 연혜 밑에서 한역 경전의 서하어 번역에 전념했다. 연혜의 관저에 딸린 건물 하나가 이 작업을 위해 제공되었고, 가을이 끝나갈 무렵부터는 흥경에서 온 여섯 명의 한족까지 합세해 아침부터 밤까지 작업이 진행되었다. 행덕을 포함한 일곱 명은 경전 전체를 열반부(涅槃部), 반야부(般若部), 법화부(法華部), 아함부(阿含部), 논부(論部)와 다라니(陀羅尼) 등으로 나누어 맡게 되었다.

    과주에는 90일간의 혹한기와 50일간의 혹서기가 있었고, 강우량은 적었다. 이곳의 명물인 바람은 겨울부터 봄까지 가장 세차게 불었고, 모래와 자갈이 며칠씩 비처럼 쏟아지는 날도 있었다. 그런 날은 밤낮

구분 없이 온 천지가 깜깜했다.

행덕은 자신이 숙주에서 처음 접했던 『금강반야경』을 전담하게 되었다. 작업은 지지부진했으나, 그 일에 몰두하는 동안 행덕은 모든 것을 잊을 수 있었다.

그해 초여름 무렵부터 주왕례의 부대는 성을 나가 부근에 출몰하기 시작한 토번 부대와 전투를 벌이는 경우가 많았다. 부대는 때때로 적군 포로를 끌고 귀환하였고, 그들 중에는 토번인 외에 의구르인도 섞여 있었다. 주왕례는 아무리 소규모 전투라 해도 항상 직접 부대를 이끌고 참가했다.

토번과의 전투가 없어 주왕례가 성을 나가지 않는 날이면, 행덕은 사흘에 한 번꼴로 그의 호화로운 거처로 발길을 옮겼다

가을에 접어든 어느 날이었다. 행덕은 수일간의 전투를 마치고 막 귀환한 주왕례를 찾아갔다. 그때마다 접하는 주왕례의 다소 흥분에 들뜬 표정과 거동 그리고 말투 모두가 행덕은 마음에 들었다. 주왕례는 결코 전투 상황이나 경과에 대해서는 언급하지 않았다. 때로는 행덕이 다소 집요하게 묻는 경우도 있었으나, 그때마다 주왕례는 애매한 답변으로 일관하면서, 그의 시중을 드는 교교(嬌嬌)라는 젊은 한족 여인을 불러 차를 내오게 했다. 주왕례는 이 젊은 여인을 사랑하고 있는 것 같았고, 그녀 또한 마음에서 우러나와 주왕례의 시중을 드는 것 같았다.

행덕은 주왕례를 찾아갈 때마다 거의 예외 없이 교교라는 여인의 이름을 부르는 그의 목소리를 들을 수 있었다. 전장어서 진격 명령을 외칠 때 주왕례의 목소리가 특이한 것처럼, 그녀를 부를 때도 목소리

에 독특한 분위기가 있었다.

그날도 행덕은 막 전투에서 돌아와 아직 갑옷도 풀지 않은 노대장과 마주 보고 앉았다. 모처럼 바람도 불지 않던 날로, 창밖 앞뜰에는 가을 햇살이 소리 없이 비치고 있었다. 차를 다 마신 주왕례는 갑옷을 한 겹 한 겹 벗기 시작했다. 교교는 주왕례의 뒤에 서서 부드러운 손길로 그가 옷을 갈아입는 것을 거들었다.

"이건 뭐지요?"

교교의 해맑은 목소리에 행덕은 시선을 돌렸다. 그때 교교는 한 손에는 주왕례의 옷을 들고, 나머지 손에는 목걸이를 들고 있었다. 행덕은 주왕례가 교교 쪽으로 천천히 얼굴을 돌리는 것을 보았다. 주왕례는 교교의 손에 쥐어진 것이 무엇인지 확인하자 돌연 표정을 바꾸며 거칠게 소리쳤다.

"만지지 마라."

행덕도 깜짝 놀랄 정도로 격앙된 말투였다. 젊은 여인은 황급히 목걸이를 탁자에 놓고는 멍한 표정으로 주왕례의 얼굴을 바라보았다. 주왕례는 목걸이를 가지고 잠시 안으로 들어갔다가 제자리로 돌아와서는 다시 원래의 온화한 표정을 지으며 예전처럼 부드러운 목소리로 교교의 이름을 부른 후 차를 내오라고 명령했다.

숙소로 돌아온 행덕은 그날 하루 종일 마음이 안정되지 않았다. 주왕례가 가지고 있던 목걸이가 자신이 가지고 있는 것과 똑같아 보였기 때문이다. 행덕은 교교의 손 안에 있던 목걸이를 얼핏 봤을 뿐이지만, 설마 자신이 잘못 봤을 리는 없다고 여겼다. 행덕은 위구르 왕족 여인이 똑같은 목걸이 두 개를 목에 걸고 있었음을 떠올리며, 그중 하나가 자신이 지금 갖고 있는 것이고, 나머지 하나를 주왕례가 지니고 있는 것이 아닐까 추측했다. 만약 그것이 사실이라면 주왕례는 그 목걸이를 어떻게 손에 넣은 것일까. 위구르 왕족 여인이 자신에게 준 것처럼 주왕례에게도 목걸이를 준 것일까, 아니면 주왕례가 그녀에게서 억지로 빼앗은 것일까.

행덕은 생각을 다른 쪽으로 돌릴 수가 없었다. 머릿속은 온통 목걸이 생각뿐이었다. 그러나 아무리 따져봐도 주왕례에게 확인하지 않고서는 달리 해답을 얻을 수 없는 노릇이었다.

그날 밤이 이슥해져서야 행덕은 목걸이 생각에서 자유로워질 수 있었다. 곰곰이 생각해보면 자신이 모르고 있는 것은 비단 목걸이에 관한 사연뿐만이 아니었다. 지금도 그녀에 대한 연정이 남아 있다고는 하나, 주왕례가 어떻게 그 여인을 열렬히 사랑하게 되었으며, 그녀와 어느 정도 깊은 관계였는지 등 자세한 사정에 대해 행덕은 아는 바가 없었다. 물론 그것을 알아야 할 권리도 자신에게는 없다고 생각했다. 자신은 그녀와 약속을 하고도 그것을 깨고 말았다. 그럼에도 그녀는 자신을 위해(행덕은 그렇게 믿고 있었다) 감주 성벽에서 몸을 던지지 않았던가. 그녀가 자신을 위해 죽음을 택한 것만으로도 충분하지 않은가. 이러쿵저러쿵 따질 필요는 없지 않은가.

행덕은 지금까지 주왕례에게 그녀와의 관계에 대해 묻지 않았던 것처럼 앞으로도 목걸이에 관해서는 전혀 입에 올리지 않을 작정이었다. 그 목걸이가 위구르 왕족 여인이 몸에 지니고 있던 것이든 아니든, 자신과 그녀 사이에는 달라질 것이 없었다.

목걸이 사건이 있은 지 보름 정도 지났을 무렵, 위지광이 불쑥 행덕의 숙소에 나타났다. 위지광은 홍경에서 돌아온 뒤 과주에는 이삼일만 체류하고 곧장 사주로 떠나 그로부터 1년간 소식을 끊고 있었다.

위지광이 찾아온 것은 저녁때였다. 해가 떨어지자 추위가 방 구석구석까지 파고들었다. 위지광은 특유의 다부진 표정에 부리부리하고 날카로운 눈빛으로 사방을 둘러보았다. 행덕이 권하는 대로 의자에 앉더니 오늘은 듣고 싶은 말을 들을 때까지 움직이지 않겠다고 작심한 듯 말을 꺼냈다.

"그 목걸이 어디서 났느냐? 내 눈은 못 속인다. 그건 아무 데나 굴러다니는 목걸이가 아니야. 그 목걸이에 달린 구슬을 우전에서는 월광옥(月光玉)이라 부르지. 지금까지 많은 월광옥을 취급해봤지만, 그 목걸이와 같은 최상품은 본 적이 없다. 물론 네가 갖고 있는 것을 달라는 것은 아니다. 그건 네가 갖고 있는 것이 좋겠지. 난 나머지 한쪽을 갖겠다."

"나머지 한쪽이라고?"

행덕은 자신도 모르게 격앙된 목소리로 물었다.

"그래, 분명히 하나가 더 있다. 그것이 어디에 있는지 내게 가르쳐다오. 난 그쪽을 손에 넣겠다. 지금까지 난 한번 마음먹은 일은 기필코 뜻대로 해왔다. 그 목걸이는 두 개가 한 쌍으로 이루어져 있지. 누구냐? 그걸 갖고 있는 자가."

"난 모른다."

행덕이 대답했다.

"모를 리가 없다. 지금 네가 갖고 있는 목걸이가 네 손에 오기 전에 지니던 자가 있을 거다. 자, 그자가 누군지 가르쳐다오. 도대체 누구냐?"

"모른다."

"모르다니 무슨 말이냐?"

위지광은 순간적으로 핏대를 세우며 험악한 표정을 짓다가 이내 마음을 고쳐먹은 듯 보였다.

"짓궂게 그러지 마라. 우린 홍경까지 함께 동고동락한 사이가 아니냐, 형제."

"모른다."

"그러면 넌 도대체 그게 어디서 났느냐? 훔친 거냐?"

"모른다."

그러자 위지광은 다시 부아가 치민 듯 얼굴을 씰룩댔다.

"날 바보 취급 하는 거냐? 이 위지광이 이렇게 머리를 숙이그 부탁하지 않느냐."

위지광은 자리에서 일어나 이번에도 폭력을 휘두를 태세로 주위를 둘러보았다.

"모르는 건 모르는 거다."

"좋다. 그러면 네가 갖고 있는 걸 내놔."

분노가 폭발한 위지광은 행덕의 멱살을 거머잡았다. 그러나 다시 뭔가 골똘히 생각하는 것 같았다. 행덕에게서 빼앗는 거라면 언제든 가능하다. 그는 언제든 꺼낼 수 있는 곳에, 그것도 누구도 예측할 수 없는 안전한 장소에 숨겨놓았을 것이다. 아무래도 하나보다는 양쪽을 한꺼번에 손에 넣는 쪽이 더 낫다. 위지광은 표정을 누그러뜨렸다.

"아무럼 그 정도 목걸이는 적당한 곳에 잘 간수해둬야지. 넌 네 것을 가지고 있어라. 난 나머지 하나를 손에 넣겠다. 우전 위지 왕조의 후예인 내가 손에 넣는다면 목걸이 입장에서도 바라는 바가 아니겠느냐. 나는 또 양주에 다녀올 것이다. 내가 돌아올 때까지 잘 생각해보아라."

그리고 나서 위지광은 어둑한 막사를 나와 찬 공기를 가르며 문밖으로 사라졌다.

양주로 간다던 위지광이 20일 정도가 지나 또다시 행덕의 숙소로 찾아왔다. 그의 말에 따르면 지난 7월 서하의 통솔자인 이원호가 마침내 국경을 넘어 송나라 영토를 침범하여, 도중에 민가를 약탈하면서 멀리 경주(慶州)까지 공격한 후 얼마 전 흥경으로 철수해 왔다는 것이었다. 이로 인해 감주 동쪽 일대의 하서 지역은 토번군은 물론 송나라 군대의 반격 또한 머지않았다 하여 큰 혼란에 빠져 있으며, 이런 정세도 모르고 태평하게 손을 놓고 있는 곳은 이곳뿐이라고 했다. 실제로 감주 동쪽 지역에서는 사막, 초원, 고원 할 것 없이 거의 매일 서하군과 토번군이 뒤엉켜 어지럽게 이동하고 있어, 아무리 수완이 좋은 위지광도 이번만은 신변에 위험을 느끼고 감주에 발이 묶여 있었다는 것이었다. 한바탕 이야기가 끝나자 위지광은 이미 수십 차례 물은 적이 있는 질문을 거듭 꺼냈다.

"목걸이 건은 잘 생각해보았느냐? 대체 그걸 누구한테 받았느냐?"

"모른다."

행덕 역시 이제까지 몇십 번 반복했는지 모르는 똑같은 대답으로 응수했다. 위지광은 어르기도 하고 달래기도 하다가 온갖 노력이 수포로 돌아가자 마지막에는 여느 때처럼 행덕에게 부드러운 말투로 다시 한 번 잘 생각해보라는 말을 남긴 채 돌아갔다. 이번에는 그창(高昌) 방면으로 상단을 이끌고 간다는 것이었다.

이듬해인 경우 2년(서기 1035년) 1월, 주왕례의 부대에 출동 명령이 내려졌다. 서하군은 토번의 통솔자인 학시라를 토벌하기 위해 그의 근거지인 청당을 공격하면서, 주왕례 부대에게 이번 작전의 선봉대를 맡겼다. 서하군은 송나라 군대와 결전을 벌이기에 앞서 본격적인 토번 공략을 감행하여 단숨에 토번의 세력을 무력화시키려는 전략을 세운 모양이었다.

주왕례의 호출을 받은 행덕이 그의 관저로 찾아가자 주왕례가 대뜸 물었다.

"가겠느냐?"

"물론 가겠소."

"살아서 돌아올지 장담할 수 없다."

"상관없소."

행덕은 죽음 따위 두렵지 않았다. 『금강반야경』의 서하어 번역이 미처 끝나지 않은 것이 마음에 걸렸으나, 그렇다 한들 어쩔 수 없는 일이었고, 만약 살아서 돌아온다면 그 일을 다시 계속할 수 있으리라 생각했다. 오랜만에 생사를 건 결전에 몸을 내맡긴다는 흥분 같은 것이 행덕의 마음에 신선한 긴장감을 불러일으켰다.

그로부터 이삼일이 지나 부대가 출발 준비에 여념이 없을 때, 행덕은 다시 주왕례의 호출을 받았다.

"역시 넌 여기 남아 네가 할 일을 하고 있는 게 좋겠다. 군사 5백 명을 줄 테니 이 성을 지키고 있어라."

주왕례가 말했다. 이에 행덕이 대구하려 하자 그는 딱 잘라 말했다.

"명령이다. 아무 말 마라."

그리고는 행덕이 수비부대를 맡는 데 필요한 제반 주의 사항을 조목조목 전달하였다.

주왕례가 4천 5백 명의 병사를 이끌고 과주성을 나선 것은 눈을 동반한 강풍이 낡은 성벽으로 비스듬히 몰아치던 날이었다. 끝을 가늠할 수 없는 낙타와 말의 행렬이 조경문(朝京門)을 빠져나가 동쪽으로 향하기 시작했다. 길게 늘어선 대열은 성문을 나서자마자 눈보라 속으로 자취를 감추었다. 행덕은 부대의 행렬이 잿빛 공기 속으로 완전히 사라진 후에도 그들을 배웅하기 위해 성문 양쪽에 5백 명의 군사를 한동안 정렬시켜 두었다.

부대가 떠나자 과주성은 허전할 정도로 정적에 휩싸였다. 주왕례의 부대를 삼켜버린 눈보라가 사흘 밤낮으로 몰아치더니 이내 잠잠해졌다. 행덕은 과주성 수비를 맡아 갑자기 분주한 하루하루를 보내게 되었다. 이전처럼 하루가 멀다 하고 연혜의 관저를 찾는 것도 불가능해졌다. 경전 번역 작업이 무척 더디지만 쉼 없이 확실하게 진행되고 있음을 확인하는 것이 고작이었고, 막사로 돌아오면 휴식을 취할 겨를도 없이 수비병들의 기강이 해이해지지 않도록 구석구석을 순시해야 했다. 게다가 행덕은 지금까지 대장으로 전투에 임한 적이 없었으므로, 무엇보다 먼저 스스로를 단련해야만 했다.

주왕례가 있을 때에는 토번군이 지칠 줄 모르고 계속 소규모 출몰을 반복해서 전투가 끊이지 않더니, 주왕례가 자리를 비우자 마치 약속이라도 한 듯 잠잠했다. 과주 부근에 있던 토번의 소부대까지 동쪽 전선에 투입된 것이 아닐까 생각했다.

　동쪽 전선의 상황이 과주성으로 전해지기 시작한 것은 주왕례의 부대가 이곳을 떠난 지 약 반년이 지난 6월 하순 무렵이었다. 주왕례가 보낸 첫번째 연락병인 세 명의 건장한 한족 병사가 한 통의 편지를 들고 행덕을 찾아왔다. 주왕례가 자신의 말을 누군가에게 받아 적게 한 것으로 보이는, 서하 문자로 된 짧고 간결한 문장이었다.

　　원호 몸소 출정하여 묘우성(猫牛城)을 공격한 지 한 달, 적들이 투항하지 않으므로 거짓으로 화친을 제의해 성문을 열게 한 후 성으로 들어가 무차별 살육. 아군 손실 5백 명. 내일 아침을 기해 학시라의 본거지인 청당을 향해 진격 예정.

　'아군 손실 5백 명'이란 주왕례 부대의 손실을 말하는 것 같았다.

　첫번째 연통이 있고 한 달 반 정도 지난 8월 중순경, 주왕례로부터 두번째 연통이 왔다. 이번에도 지난번과 같은 전황 보고였으나 한자로 적혀 있었다.

　　본진은 청당을 공격, 나머지 부대는 안이(安二), 종하(宗河)를 비롯한 각 전선에 주둔 중. 학시라의 부장 안자라(安子羅)가 병력을 이끌고 퇴로를 끊음. 우리 부대는 대성령(帶星嶺)을 공략 중. 밤낮으로 격전을 벌인 지 두 달여, 아군 손실 3천 명.

　지난번 연통이 서하 문자였다가 이번에 한자로 바뀐 것은 서하 문자를 쓰는 자가 이번 '손실 3천 명' 중에 포함된 탓인지도 몰랐다. 어찌 되었든 이 문장으로는 전황이 서하군에서 유리하게 전개되는 건지 불리한 건지 좀처럼 짐작할 수 없었다. 단지 마지막에 적힌 '손실 3천 명'은 아무래도 큰 숫자였다. 지난번 5백 명과 합치면 이미 주왕례는 부하의 5분의 4가량을 잃은 셈이었다. 이번에 편지를 가지고 온 병사는 감주에 잔류 중인 부대 소속으로, 직접 전선에서 파견된 자가 아니었기에 문건 외의 상황에 대해서는 아무런 이야기도 들을 수 없었다.

그로부터 약 석 달이 경과한 11월 초, 주왕례로부터 세번째 연통이 날아왔다. 이번에는 지난번보다 더욱 간단한 내용으로 역시 한자로 적혀 있었다.

척박한 땅에서 국지전을 벌인 지 2백여 일, 학시라 남쪽으로 후퇴. 우리 부대 귀환 중. 이어 원호가 이끄는 본진 역시 과주로 향할 예정.

행덕은 이 간략한 문장을 통해 토번과의 지루한 격전 끝에 학시라를 본거지로부터 쫓아낸 원호가 여세를 몰아 이번에는 과주와 사주 방면으로 진격하려 함을 알게 되었다.

지금까지 조용하기만 하던 성 안이 급작스레 부산해졌다. 개선해 오는 주왕례를 맞이할 채비는 물론, 이어 도착할 서하군 본진을 위한 막사 설치 등 제반 준비를 서둘러야 했다. 조행덕은 연혜를 찾아가 주왕례로부터 온 연통의 내용을 설명했다. 그러자 연혜는 특유의 늘어진 얼굴 근육을 천천히 움직이며 말했다.

"이거 보통 일이 아니군. 언젠가는 이런 날이 오리라 예상은 하고 있었지만, 결국 그날이 찾아왔군."

연혜의 표정만으로는 그가 마침내 찾아왔다는 그 날을 기뻐하는 건지 슬퍼하는 건지 분간할 수가 없었다. 그러나 행덕은 잠시 후 연혜가 슬픔과 두려움에 떨고 있음을 깨달았다. 연혜가 흥분한 듯 혼잣말처럼 우물우물 쉴 새 없이 중얼대고 있었다. 그의 목소리는 낮게 깔려 있었다.

"그러니까 내가 뭐라 했어. 사람들은 사주에 있는 내 형 현순을 꽤나 순리대로 행동하는 사람으로 여기지만, 내가 보기엔 정반대야. 이번 일이 잘 증명해주잖나. 서하가 숙주를 손에 넣었을 때 내가 그랬던 것처럼 현순도 서하에 손을 썼어야 했어."

연혜는 여기서 말을 멈추고는 우두커니 허공을 응시하며 한참 동안 표정을 바꾸지 않다가 이윽고 입을 열었다.

"생각해보면 이건 간단한 일이 아니야. 서하는 대군을 이끌고 이과주를 거쳐 사주를 공격하겠지. 탑은 불타고 사원은 무너질 거야. 남자는 병사로 징발되고 여자는 노비 신세를 면치 못할 것이며, 불교 경전은 남김없이 몰수당할 걸세. 그러니까 내가 뭐랬어. 그때 현순은 내 의견에 반대했지만, 내 방식대로 했으면 좋았을걸. 서하에 사신을 보냈어야 했어. 이제야 내 말이 옳았음을 깨닫고 있겠지."

연혜는 행덕을 앞에 두고 마치 그의 존재가 눈에 들어오지 않는 것처럼 혼잣말을 늘어놓았다.

행덕은 연혜가 절도사인 형 현순에 대해 석연치 않은 감정이 있어 이번 일을 계기로 그동안 쌓인 마음의 울분을 토로하는 거라고 생각했다. 그렇게 여길 만한 말투였다. 그러나 행덕은 곧 그것이 그릇된 판단임을 깨닫게 되었다. 자리에서 일어난 연혜는 행덕에게 다가와 말했다.

"내 형은 죽을 것이네. 사주도 짓밟힐 것이야. 명사산 동굴도 파괴될 것이며, 17개의 사찰은 불타고 그곳의 경전은 약탈당할 걸세. 한족이 서하족에게 거덜이 난단 말일세."

행덕은 연혜의 눈에서 솟아난 눈물이 몇 줄기로 나뉘어 주르륵 뺨을 타고 흘러내리는 것을 묘한 감정으로 지켜보았다.

7장

주왕례로부터 세번째 연통이 있고 열흘이 채 지나지 않았을 무렵, 그의 부대는 10개월 만에 과주성으로 돌아왔다. 그해 겨울 들어 첫 우박이 쏟아지던 11월 중순의 어느 날이었다. 손톱만 한 크기의 굵은 우박이 굉음과 함께 지면을 사정없이 때려댔다. 사람들은 무시무시한 우박이 쏟아지는 동안 문밖으로 나갈 수 없었다.

이날 이른 아침, 주왕례의 부대가 저녁 무렵 성에 당도할 것임을 전해 들은 조행덕은 그들을 맞을 채비에 여념이 없었다. 주왕례의 부대에 이어 입성하게 될 이원호의 본진을 맞이할 준비까지 동시에 서둘러야 했다. 입성 병력이 어느 정도인지 추측이 불가능한 상황이었으므로, 행덕은 우선 성에 남아 있던 병사 전원을 동원하여 과주 인근 마을에서 식량을 끌어모았다. 그러나 이 작업 또한 세찬 우박으로 인해 한동안 중단되었다.

주왕례의 부대는 성을 떠났을 때와 마찬가지로 조경문을 통해 성으로 들어왔다. 4천 5백 명에 달하던 부대는 불과 천 명 남짓으로 줄어든 상태였다. 발석기를 등에 걸친 열 마리 정도의 낙타 행렬이 통과한 뒤, 주왕례가 대장기를 좌우로 펄럭이며 낙타를 타고 입성했다. 그의 뒤를 서른 명 정도의 기마병들이 따르고 있었고, 나머지는 보병부대였다.

연혜와 함께 성문 밖까지 영접을 나간 조행덕은 백전불굴의 노대장과 감격스러운 재회의 기쁨을 나눴다. 행덕의 눈에 비친 주왕례의 모습은 더욱 젊어진 느낌이었다. 격전으로 인해 야위고 검게 탄 탓일까, 주왕례의 몸과 얼굴에서 한층 탄력이 느껴졌다. 낙타에서 내린 주왕례는 행덕과 연혜에게 다가와 온화한 표정으로 말을 건넸지만, 행덕과 연혜는 말뜻을 정확히 알아들을 수 없었다. 행덕이 주왕례 가까이 얼굴을 갖다대며 그의 입에서 나오는 말에 귀를 기울였으나, 이번에도 제대로 이해할 수가 없었다. 세번째에야 가까스로 주왕례의 목구멍 깊숙한 곳에서 나오는 낮고 가라앉은 몇 마디 말이 띄엄띄엄 행덕의 귀에 들려왔다.

"죽지 않고 돌아왔다."

행덕의 귀에는 그렇게 들렸다. 말소리를 거의 알아들을 수 없을 정도로 그의 목은 잔뜩 잠겨 있었다.

행덕은 주왕례를 대신해 개선 부대를 성 안 광장에 정렬시키고 장기간에 걸친 격전의 노고를 위로한 뒤, 병사 전원에게 술과 음식을 지급하도록 했다. 귀환을 환영하는 술자리가 끝나는 대로 그들을 숙소로 안내할 생각이었다.

주왕례는 광장이 한눈에 보이는 의자에 앉아 아무 말 없이 병사들의 움직임을 바라보다가 행덕에게 손짓을 하고는 잔뜩 쉰 목소리로 입을 열었다. 행덕은 몇 번이나 되묻고 귀를 대장 입가에 최대한 밀착시키며 그의 지시를 들었다.

"내일 낮에 전투가 시작된다. 태수인 연혜를 비롯해 성내 주민 전원을 피난시켜라."

주왕례는 좀처럼 알아듣기 힘든 목소리로 행덕에게 뜻밖의 소식을 전했다. 행덕은 재차 확인하기 위해 귀를 주왕례 입 쪽으로 가져갔다.

"내일 이원호의 부대가 성으로 들어온다. 난 그때 그놈을 해치울 거다. 내일 말고 이런 좋은 기회는 두 번 다시 없을 테니까."

조행덕은 간이 떨어질 정도로 혼비백산했다. 그러나 곰곰이 생각해 보니 그게 전혀 의외는 아니라는 생각이 들었다. 이 계획은 분명 오래전부터 주왕례의 마음속에 자리 잡고 있었으며, 마침내 그 시기가 찾아왔음을 의미할 뿐이었다. 주왕례는 예전에 단 한 번 이원호에 대해 강한 적대심을 드러낸 적이 있었다. 위구르 왕족 여인이 성벽에서 몸을 던지는 사건이 있던 다음 날, 감주에서 숙주로 향하는 행군 도중이었다. 그날 이후 주왕례는 결코 그런 자신의 의중을 입 밖에 내지 않았으나, 이원호에 대한 증오심은 조금도 사그라들지 않고 그의 가슴속에서 불타고 있었던 것이다. 그 후 숙주에서 과주로 진군해 오는 도중에도 주왕례가 자신에게는 기필코 해야 할 일이 있다는 수수께끼 같은 말을 한 적이 있음을 떠올렸다.

"그놈은 그 여인을 빼앗아 죽음으로 내몰았다. 그녀는 꼬박 사흘 밤낮을 극심한 고통에 시달리다 이원호의 첩이 되기로 하였다. 그리고 끝내 그런 비참한 죽음을 맞이했다. 이원호 이놈, 이번에야말로 네놈은 그 대가를 치러야 할 것이다."

만약 목이 쉬지 않았다면 호통을 치며 외쳤겠지만, 주왕례의 격한 보복 선언은 행덕의 귀에 나지막하게 띄엄띄엄 들려왔다.

"그 여자와 대장은 어떤 관계였소?"

이때 조행덕은 이전부터 한 번은 묻고 싶었던 질문을 용기를 내어 꺼냈다.

"좋아했지."

주왕례는 목소리를 깔며 탄식하듯 말했다.

"단지 그뿐이오? 대장이 좋아했을 뿐이란 말이오?"

행덕의 물음에 주왕례는 잠시 말이 없다가 문득 시선을 정면 한곳에 고정시키며 말했다.

"여자의 마음이 어땠는지 난 모른다. 그저 난 그녀가 좋았다. 마음속으로 그녀를 내 여자로 받아들인 후, 난 그녀 없이는 살아갈 수 없게 되었다. 지금도 그녀를 좋아한다."

주왕례의 말을 이해하기까지는 상당한 노력이 필요했으나, 행덕은 한마디도 놓치지 않고 들었다. 역시 주왕례는 그 위구르 왕족 여인을 자기 것으로 만들었단 말인가. 행덕은 지금까지 막연하게 가슴 한구석을 억눌러왔던 의문이 그제야 또렷이 그 정체를 드러냄과 동시에 치미는 분노를 느끼며 격한 말이 나오려는 걸 애써 참았다.

"그럼 그 목걸이는 어떻게 된 거요?"

행덕이 다시 물었다. 그의 몸은 부들부들 떨려왔다.

"이원호에게 빼앗기게 되었을 때 난 무엇이든 그녀의 물건 하나를 지니고 있고 싶었다."

"여자가 주었소?"

"억지로 빼앗았다. 하나 내가 그녀의 목걸이에 손을 갖다대자 그녀는 아무 말 없이 그걸 풀어주었다."

주왕례는 이렇게 말한 뒤 여태껏 정면을 향하고 있던 시선을 불쑥 행덕 쪽으로 돌렸다. 어디 불만이 있으면 말해보라는 표정으로 잠시 동안 자신의 눈을 행덕의 눈에 고정시켰다. 조행덕은 잠자코 있었다. 그러자 주왕례는,

"아무튼 난 이원호를 해치울 것이다. 그러나 네가 구슨 행동을 하든 그건 자유다. 싫으면 당장 이 성을 떠나면 된다."

라고 말했다. 행덕은 이에 대해,

"나도 이원호를 해치우겠소. 내가 이원호가 무서워 도망이라도 칠 거라고 생각하오?"

라고 말했다. 행덕의 가슴은 까맣게 타들어갔으나, 이상하게도 눈앞에 있는 주왕례에게는 어떤 증오심도 들지 않았다. 설령 그가 위구르 여인을 강제로 자기 것으로 만들었다 해도, 그런 그의 행동을 증오하고 탓할 권리가 과연 자신에게 있을까 생각해보았다. 자신은 그녀를 주왕례에게 부탁했고, 무엇보다 약속한 기일까지 돌아오지 않았다. 자신이 그녀에게 느꼈던 것보다 더 깊은 애정을 주왕례가 품었다고 해도 어쩔 수 없는 일이었다.

그러나 이원호는 이미 수많은 첩을 거느리고 있으면서 그것도 모자라 또 한 여인을 억지로 낚아채 갔다. 그리고 그 아름다운 여인을 죽

음으로 몰아넣었다. 주왕례가 해치우겠다면 자신도 협력해서 숨통을 끊어놓을 뿐이다. 어느새 주왕례의 분노는 고스란히 행덕의 가슴속에 옮아가 있었다.

단지 행덕은 주왕례보다는 다소 냉정했다. 한 나라의 군주인 이원호를 주왕례의 의도대로 간단하게 해치울 수 있으리라고는 보지 않았다. 성공할지도 모르나, 반대로 성공 못할 수도 있었다. 성공하면 좋지만, 만약 실패로 끝난다면 상상할 수도 없는 엄청난 파장을 몰고 올 것이 분명했다. 그렇게 되면 과주뿐만 아니라 사주의 한족들까지 단숨에 사건의 여파에 휩싸일 것임은 불을 보듯 뻔했다.

조행덕은 서하군 본진이 사주와 과주로 쳐들어올 것이라는 보고를 접했을 때부터 겁에 질려 병자처럼 돼버린 태수 연혜를 보살피고, 그의 공포심을 없애기 위해 거의 매일 관저를 찾다시피 했다. 그때마다 연혜는 순순히 서하 본진을 맞이할지, 성을 버리고 사주로 피신하여 그곳에서 서하의 공격을 저지할지 마음을 정하지 못하고 갈팡질팡하고 있었다. 조행덕은 한족이면서 서하군에 소속되어, 과주 태수의 상담역을 수행하는 기묘한 상황에 처해 있었던 것이다.

조행덕은 사주와 과주가 강대한 서하에 반항하는 것은 여러모로 불리하므로, 그런 상황만은 피해야 한다는 판단을 갖고 있었다. 사주 절도사로서 조씨 일족이 현재 지니고 있는 실력이란 뻔한 것이었다. 휘하의 병력을 전부 모아본들, 연이은 전투로 단련된 서하 정예군에 맞서는 것은 무모한 일이었다. 그보다는 순순히 서하군의 주둔을 허락하여 조씨 일족을 포함한 모든 한족들이 오랜 기간 영위해온 권익을 그대로 보존토록 하는 것이 상책이었다. 이제까지 감주나 양주의 경우를 보더라도 서하군이 그렇게 가혹한 정책을 취할 것 같지는 않았다.

그러나 서하의 선봉대인 자신들이 반란을 일으키면 얘기가 완전히 달라진다. 반란군이 같은 한족의 피가 흐르는 조씨 일족과 은밀히 내통하여 과주와 사주의 방어를 위해 궐기했다고 받아들일 것이 자명했다.

조행덕이 자신의 견해를 주왕례에게 설명하자, 주왕례는 잔뜩 가라앉은 목소리로,

"이 멍청아!"

라고 짧게 한 마디 뱉고는 같은 말을 반복했다.

"멍청아! 이원호는 조씨 일족을 송두리째 살육한 후 주민들 중 남자는 죄다 병사로 징발하고 여자는 한 명도 남김없이 노비로 삼을 것이다. 물론 병사로 차출된 남자들은 너 나 할 것 없이 곧 있게 될 송나라와의 전투에 내몰릴 거다. 이덕명 때와는 다르단 말이다. 사주와 과주가 저항을 하든 안 하든 결과는 마찬가지야. 이원호는 그런 인간이다. 우리의 동포인 한족들을 위해서도 그놈을 여기서 해치워야 해."

주왕례는 이에 덧붙여 말했다.

"서하군의 정벌 방식이 어떤 것인지 나와 살아남은 병사들은 1년 가까운 시간 동안 토번과 전투를 치르면서 충분히 체험했다. 청당에서 서하군은 수천 명의 아녀자를 학살했어. 이제 송과 토번 모두를 적으로 돌린 서하 입장에서는 그렇게 하지 않으면 승리를 장담할 수 없었다. 이번 전투도 다를 게 없단 말이다."

주왕례가 중얼대며 내뱉는 말을 행덕은 그의 얼굴에 귀를 바짝 갖

다대고 듣고 있었다. 이제는 처음보다 꽤 익숙해져 거의 모든 말을 알아들을 수 있었다.

성에 땅거미가 지면서 10개월 만에 성으로 돌아온 살벌한 표정의 병사들은 술에 만취해 여기저기서 소란을 피우기 시작했다. 쩌렁쩌렁한 고함과 함성이 성벽을 타고 광장 전체를 뒤흔들었다.

"귀환한 병사들은 막사에 들이지 말고 밖에서 그냥 자게 해라."

주왕례는 행덕에게 명령했다. 아직도 피비린내를 풍기는 병사들이 긴장의 끈을 놓지 않게 하려는 조치인 듯했다.

"아울러 기존의 수비병들과 연혜의 병사들 전원에게는 새벽을 기해 비상소집 명령을 내리고 완전무장 시켜라. 무기는 활이다. 원호를 향해 화살 공격을 퍼부을 것이다."

주왕례는 의자에서 일어나 무리를 지어 모여 있는 병사들 사이를 헤치고 자신의 숙소를 향해 걷기 시작했다. 조행덕은 이원호를 습격할 방법과 병사들의 전투 대열 배치에 대해 상의해둘 필요가 있었으므로 그의 뒤를 따라갔다.

주왕례가 관사 앞에 도착했을 때, 교교가 안에서 뛰어나왔다. 주왕례는 교교에게 온화한 표정으로 몇 마디 말을 건넸으나, 교교 역시 그의 말을 제대로 알아듣지 못하는 것 같았다. 행덕에게는 주왕례가 "교교"라고 그녀의 이름을 부른 것으로 들렸지만, 예전에 주왕례의 입에서 흘러나왔던 특유의 다정한 목소리는 이미 그 여운조차 찾아볼 수 없었다.

주왕례의 관사에서 나온 조행덕은 태수 연혜를 찾아가 내일 이른 아침까지 성의 모든 주민을 피난시키기 위해 적절한 조치를 강구하라는 주왕례의 명령을 전하였다. 행덕은 성 안이 전쟁터가 될 가능성이 있다는 말만 하고, 그 외의 설명은 하지 않았다. 주왕례의 명령을 전하면서 행덕은 연혜가 실신할 정도로 크게 놀랄 거라고 예상했지만, 연혜는 특별한 표정 변화 없이 천천히 고개를 한번 끄떡겼다.

"나도 그렇게 해야 할 거라고 생각했네. 그래야 서하군과 주민들 사이에 혼란이 일지 않을 테니까. 이 성도, 그리고 이 성의 절들과 경전들도 불에 타지 않을 걸세."

연혜는 지체 없이 부하를 불러 성 안의 주민 전원에게 대피 명령을 내리라고 말했다.

그때부터 밤중까지 조행덕은 분주하게 움직였다. 두기창고에서 무기를 꺼내는 작업만 해도 서른 명의 병사를 동원해서 이곳저곳으로 동분서주해야 하는 일이었다. 작업이 끝난 것은 밤이 깊은 시각이었다. 성 안은 차분했다. 조행덕은 과주성이 당연히 위아래 할 것 없이 대혼란에 빠질 거라고 예측했으나, 밤이 깊어도 여전히 조용했으므로 의구심이 들었다.

조행덕은 다시 연혜를 찾았다. 연혜의 넓은 관저 또한 개미 소리 하나 없이 정적에 싸여 있었다. 조행덕이 연혜의 방으로 들어섰을 때, 연혜는 등불로 밝혀진 방 중앙의 넓은 의자에 몸을 파묻은 채 잔뜩 상심한 표정으로 앉아 있었다. 방에는 기름 타는 냄새가 코를 찌를 정도로 진동했다. 행덕은 명령 사항을 주민들에게 전했느냐고 연혜에게 물었다.

"전부 조치를 취했네."

연혜가 대답했다.

"그런데 성이 너무 조용하오. 그 어디에도 피난 준비를 하는 주민들의 모습이 보이질 않소."

행덕의 말에 연혜는 잠시 귀를 기울이다가, 망루로 올라가보기 위해 문을 열고 바깥으로 나가더니 잠시 후에 방으로 돌아와 말했다.

"그대 말대로 거리가 너무나 조용하군. 이상한 일이네."

연혜 자신도 피난 준비를 안 하고 있지 않느냐고 행덕이 추궁하자 연혜는,

"내 몸뚱이 하나야 언제든 어디로든 떠날 수 있네. 이 넓디넓은 관저 안의 물건 중 중요한 것을 구분해 짐을 꾸리기가 어렵지. 새벽녘까지면 시간이 얼마 없지 않은가?"

이렇게 말하고는 방금 전처럼 의자에 몸을 파묻으며 기대는 것이었다.

조행덕은 연혜의 부하를 일일이 불러 주민들에게 지령을 제대로 전달했는지 확인해보았다. 지령은 분명히 몇 개의 기관을 거쳐 착오 없이 주민들에게 전달되고 있는 것 같았다. 단지 그 지령이 아직 말단까지 미치지 않았을 뿐이었다. 연혜의 관저를 나와 숙소로 돌아온 조행덕은 이대로 모든 일을 연혜에게만 맡겨둘 수 없다고 판단하고, 즉시 부하 병사를 불러 주민들에게 대피 명령을 신속하게 전달하라고 명령했다.

그러나 이 또한 모든 주민에게 완벽하게 전달하기에는 역부족이었다. 무엇보다 연혜의 명령이 아니었으므로, 전달 사항을 듣고도 반신반의하는 경우가 많았다.

새벽녘 동쪽 하늘이 밝아올 무렵이 돼서야 비로소 거리가 어수선해

지기 시작했다. 집에서 거리로 뛰쳐나와 하늘을 향해 두 손을 쳐들며 땅바닥에 주저앉거나, 소리를 지르고 골목골목을 누비며 달리는 사람들의 모습이 보였다.

조행덕은 귀환부대가 주둔 중인 광장과는 별도로 성 북서쪽 광장에 수비부대를 비상소집한 후, 병사 전원에게 즉각 무장을 갖추라고 명령했다. 같은 시각 성내는 피난 가는 주민들로 북새통을 이루고 있었다. 성내 모든 거리와 골목 구석구석까지 사람들과 그들이 갖고 가는 가재도구들로 넘쳐나, 흡사 벌집을 쑤셔놓은 것 같았다

날이 완전히 밝았을 무렵, 수비부대와 귀환부대는 대부분 전투 태세를 갖추게 되었다. 일부 군사들이 성의 서문을 열어 성을 떠나는 피난민들을 돕고 있었다. 그러나 오전 중에 가재도구를 챙겨 성문을 빠져나간 주민의 수는 그다지 많지 않았다. 여전히 성 안 도처는 가재도구와 사람들 그리고 얼마 안 남은 말과 낙타로 들끓었고 이 소란이 언제 잠잠해질지 알 수 없는 노릇이었다.

오후에 접어들자 성 동문 봉화대에서 연기가 피어올랐다. 성 동쪽 10리 지점에 도착한 이원호 부대에 언제든 입성해도 좋다는 것을 알리기 위한 신호였다. 성에 있는 2천 명의 병사들은 각자 자신들이 앞으로 해야 할 일을 알고 있었다. 이원호의 부대는 조경문을 통해 입성할 예정이었다. 조경문 쪽 성벽 밑에는 활로 무장한 병사 3백 명이 배치돼 있었다. 병사 1인당 50개의 화살이 지급되었고, 따로 2만 개의 화살이 비축된 상태였다. 화살은 모조리 연혜의 무기창고에서 반출된 것이었다.

봉화 연기가 피어오르던 시각, 행덕은 연혜의 관저에 있었다. 연혜

의 가족과 호위무사를 합친 30명 정도의 대식구를 독려하여 성 밖으로 나가기 위해 관저를 출발하려는 순간, 느닷없이 연혜가 정신 나간 사람처럼 여기저기 돌아다니기 시작했다. 특별히 가져갈 짐을 챙기는 것도 아니면서 몇 번이나 관저 안으로 발길을 돌리거나 부하를 안에 들여보내며 시간을 지체했다. 그의 가족을 한곳에 모으는 것만 해도 보통 일이 아니었다. 행덕은 교교를 연혜의 가족들과 함께 피난시킬 작정이었으나, 연혜 일행이 언제 출발하게 될지 알 수 없는 상황이었으므로 병사를 붙여 따로 행동하도록 조치를 취했다.

　행덕이 연혜 일행을 피난 보내는 것을 포기하고 그의 관저를 물러났을 때, 입성부대를 환영하는 봉화 연기가 모처럼 바람 한 점 없는 겨울 하늘을 향해 높이 올라가고 있었다. 행덕이 말을 달려 조경문에 도착해보니 주왕례가 멀찌감치 성벽 위쪽에서 여느 때처럼 느긋한 걸음으로 내려오고 있었다. 행덕이 그에게 다가가자 주왕례는 결연한 표정으로 말했다.

　"자, 시작이다."

　"병사들도 알고 있소?"

　행덕이 확인차 물었다.

　"그들은 오늘 과거의 그 어느 전투보다도 용감하게 싸울 것이다."

　주왕례는 짧게 대답한 뒤 행덕에게 원호의 목을 벨 때까지 죽지 말라고 말했다. 잠시 후 그는 군사 백 명을 이끌고 서하군을 맞이하기 위해 성을 나갔다.

　같은 시각 조행덕은 활로 무장한 병사들을 지휘하는 군관 두 명과 함께 성벽 위로 올라갔다. 한 명은 몸집이 크고 뚱뚱했고 나머지 한 명은 자그마했으며, 두 사람 모두 주왕례와 함께 크고 작은 전쟁터를 누비면서 살아남은 역전의 용사들이었다.

평원은 고요했다. 조용한 평원 너머 아직까지는 꽤 멀리 떨어진 지점에서 역시 조용히 행진해 오는 서하군 대열이 행덕의 눈에 들어왔다. 햇빛에 반사돼 눈이 부실 정도로 펄럭이는 수십 개의 질서정연한 깃발 무리는 지금까지 행덕이 본 여느 부대의 행진과는 다른 인상을 주었다. 서하의 국왕 이원호를 수행하는 의장대의 일부인 것 같았다.

부대는 정지한 것은 아니었으나, 소걸음처럼 느릿하여 좀처럼 성과 거리를 좁히지 못하고 있었다. 그러는 사이 성을 나간 주왕례의 기마부대가 서하군 본진 쪽으로 빨려들듯 다가가는 것이 보였다. 그들의 움직임도 느리기는 마찬가지였다.

조행덕과 두 사람의 군관은 긴장감과 무료함을 동시에 느끼며 성벽 위에서 오랜 시간을 보내야 했다. 세 사람은 약속이나 한 듯 입을 다문 채 말이 없었다. 입을 열면 왠지 이제부터 수행해야 할 닥중대사가 외부로 새어 나갈 것 같은 야릇한 심리상태에 빠져 있었다. 얼마 후 평원 한복판에서 마침내 서하군의 선봉부대와 주왕례의 기마부대가 맞닿자, 두 부대는 서로 뒤섞였고 한동안 사람과 말 들이 그 자리에 정지해 있는 것처럼 보였다. 그러나 잠시 후 부대 행렬은 성문을 향해 다시 움직이기 시작했다. 이번에는 속도도 제법 빨라진 것 같았다.

선봉부대에는 백 명 정도의 서하군 기마병들이 배치되어 있었고, 조금 떨어져 주왕례의 부대가 뒤를 따랐다. 이어 동일하게 약간의 간격을 두고 군기를 앞세운 부대가 보였고, 뒤에는 30명 정도의 기마병들이 있었다. 원호는 그 속에 있는 것 같았다. 그 기마병 뒤로 이번에

도 일정한 간격을 유지하며 보병부대와 낙타부대, 기마부대 들이 각
각 작은 집단을 형성하면서 움직이고 있었다. 행덕이,

"5천 명인가?"

하고 처음으로 말을 하자,

"3천 명입니다."

라고 몸집이 작은 군관 또한 처음으로 입을 열어 행덕의 추측을 바
로잡아주었다. 부대가 성으로 접근해 오자 큰 체구의 군관이 작은 몸
집의 군관에게 눈짓으로 신호를 보낸 후, 자신이 맡은 부서로 복귀하
기 위해 성벽을 내려갔다.

조행덕은 이번 전투에서는 직접 수행해야 할 아무런 역할도 없었
다. 자신의 부대와 연혜의 부대는 주왕례의 지휘 아래 놓여 있었다.
따라서 조행덕은 만약 자신이 원한다면 성벽 위에서 앞으로 일어날
상황이 어떻게 전개되고 어떤 결말로 끝날지 시종 관망할 수 있는 입
장이었다.

행덕은 서하의 선봉부대 백 명이 조경문을 통해 입성하는 모습을
지켜보았다. 성벽 위에서 내려다본 부대의 표정은 퉁퉁 부어 있었고
심드렁해 보였다. 말은 대부분 흑마였고, 이들을 포함해 병사들은 연
일 계속된 전투 탓에 대체로 몹시 지쳐 있는 것 같았다. 그들이 성문
으로 들어오고 뒤를 이어 주왕례의 부대가 입성하기까지는 상당한 시
간이 걸렸다. 선봉부대가 성 안에 들어오자 앞서 성벽을 내려갔던 큰
체구의 군관이 선두에 서서 그들을 성 안 깊숙한 곳으로 안내해 말을
달렸다. 긴장한 탓일까, 그들의 말발굽 소리가 거슬릴 정도로 크게 들
려왔다.

행덕은 숨을 죽인 채 주왕례의 부대가 조금씩 성문으로 접근하여 속속 성 안으로 들어오는 것을 지켜보았다. 드디어 맨 끝의 마지막 병사가 성문 안으로 모습을 감추는 순간, 성의 묵직한 철문이 양쪽에서 닫혔다.

그 순간 행덕의 옆에 있던 작은 체구의 군관이 대체 어디서 저런 목소리가 나올까 믿어지지 않을 정도로 우렁차게 외쳤다. 포효하듯 함성을 질러대는 것이었다. 이를 신호로 성벽 아래에서 대기 중이던 화살부대 병사들이 일제히 성 위로 오르기 시작했다.

행덕은 평원 쪽으로 시선을 던졌다. 이때 행덕의 눈에 온갖 색채가 지워지고 소리가 멈춰버린 것 같은 적막한 평원과, 그 위를 쥐 죽은 듯 소리 없이 움직이는 서하군 대열의 광경이 들어왔다. 시선을 가까이로 돌리니, 성문으로 접근하던 의장대 역시 찬물을 끼얹은 것처럼 조용했다. 의장대와 성문 사이의 거리는 수백 보에 불과했다. 이원호의 소재를 나타내는 수십 개의 군기가 통솔자의 바로 앞을 뒤덮고 있었다. 그러나 그런 광경이 행덕의 눈에 비친 것은 한순간이었다. 뒤이어 이변이 일어났다.

행덕은 보았다. 성문 근처에 의장병들이 탄 말들이 우두커니 서 있고, 주위로는 뿌연 모래 먼지가 피어오르며, 성벽 위에서 비처럼 쏟아지는 무수한 화살들이 마치 자석에 이끌리듯 그들을 향하는 것을.

혼란에 빠진 부대를 향해 화살이 꼬리를 물고 날아들었다. 병사들의 절규와 말들이 울부짖는 소리가 모래 먼지 속에서 끓어올랐다. 그러나 이변은 그곳에서만 일어나고 있을 뿐, 평원은 적막에 싸여 있었다. 맑고 푸른 하늘에는 군데군데 솜을 찢어놓은 듯한 하얀 조각구름이 점점이 걸려 있었고, 평원에는 겨울 햇살이 소리 없이 내리쬐고 있었다. 화살은 쉴 새 없이 쏟아졌다. 얼마나 시간이 흘렀을까. 갑자기 우레와 같은 함성이 성벽 아래쪽에서 들려오자, 행덕은 아래로 뛰어 내려가 무의식적으로 말에 올라탔다. 정신을 차려보니 자신도 주왕례 기마부대의 일원으로서 사방을 휘저으며 정신없이 달려대고 있었다. 행덕의 좌우로는 기마병들이 긴 칼을 휘둘러대고 있었다. 이윽고 행덕은 자신이 탄 말이 공중으로 솟구쳤다가 아래로 고꾸라진 후 다시 뛰어오르는 것을 느꼈다. 서하 병사들과 그들이 탄 말의 시체가 뒤엉켜 일대를 뒤덮고 있었다.

평원은 꽤나 광활한 지역에 걸쳐 온통 시체들로 넘쳐났다. 가까스로 그곳을 벗어나자 멀리 저 앞에서 서하 기마부대의 패잔병들이 평원을 메우며 뿔뿔이 도주하는 모습이 보였다.

"이원호는 어디 있느냐, 이원호를 찾아라."

주왕례의 잔뜩 쉰 목소리가 불쑥 행덕 귀에 들렸다. 행덕은 말을 세웠다. 주왕례의 기마부대는 추격을 멈추고 수백 명의 서하군 사상자들이 나뒹구는 지점으로 돌아왔다.

"이원호는 어디 있느냐, 이원호를 찾아라."

주왕례는 사상자들이 즐비한 벌판 위로 말을 몰아 사방을 누비며 외쳐댔다. 수십 명의 병사들이 말에서 내려 사상자를 일으켜 얼굴을 확인하면서 이원호를 찾고 있었다. 수색 작업은 제법 오랜 시간 계속되었으나, 시체로 뒤덮인 벌판에서 끝내 이원호의 모습은 발견되지 않았다.

이원호의 시체가 이곳에 없다고 판단한 주왕례는 지체 없이 부대를 성 안으로 이동시켰다. 전투에 능한 원호가 곧 새로 부대를 이끌고 역습해 올 것이라고 예상했기 때문이다. 살아서 도망친 기마부대만 해도 2천 명 이상인 데다. 이원호 부대의 후발대로서 대규모 병력이 일정한 간격을 두고 행군해 오고 있음이 확실했다.

행덕이 성 안으로 돌아왔을 때. 성에 진입한 서하군 선봉부대 백 명이 일으킨 소요 사태는 이미 진압된 뒤였고, 서하군 포로들은 무장 해제를 당한 채 성 한구석에 모여 있었다.

주왕례는 부하 병사들로 하여금 아직까지 성에서 북적대는 피난민들이 서둘러 성을 빠져나가도록 독려하게 했다. 부대는 주민들을 성 밖으로 내보내고 퇴각할 작정이었다. 그러나 이 작업은 얼마 안 있어 별다른 성과 없이 중지할 수밖에 없게 되었다. 동쪽과 남쪽 방면에서 수십 개의 소규모 병력 집단이 출몰하기 시작했다는 척후병의 보고가 들어왔기 때문이다.

조행덕은 성벽 위로 올라가보았다. 척후병이 말한 대로 부대의 존재를 알리는 모래 먼지가 지평선 곳곳에서 피어올랐다. 분명 사람과 말의 집단이었다. 주왕례도 성벽 위로 올라왔으나, 그다지 신경 쓰지 않는 기색이었다.

"필시 저놈들은 일정 지점까지 와서 멈춘 후, 이쪽으로는 접근해 오지 않을 것이다. 그러고는 밤이 되기를 기다리겠지. 놈들은 밤이 되면 밀려올 거다. 우리도 밤까지 기다렸다가 놈들이 쳐들어올 때 이 성을 버리면 된다."

물론 이번에도 행덕은 주왕례의 입 가까이에 자신의 귀를 갖다대고 이야기를 들어야 했다.

"명줄이 긴 놈이군. 하지만 그놈을 해치울 때까지 난 죽지 않아. 너도 죽지 마라."

주왕례의 눈은 이글이글 타오르고 있었다. 주왕례의 말대로 평원 여기저기에 흩어져 있는 엄청난 수의 부대는 그것이 사람과 말의 집단임을 뚜렷이 구분할 수 있는 지점에 다다르자 더 이상 다가오지 않았다.

무섭도록 짧은 하루해가 지고 땅거미가 몰려왔다. 주민들은 밤을 기해 일시적으로 중단했던 피난을 재개하기로 돼 있었다. 그러나 밤이 되기도 전에, 주왕례가 예상했던 것보다 다소 일찍 서하군의 공격이 시작되었다.

먼 곳에서 쏜 화살이 성을 향해 날아들었다. 강도는 약했으나, 성 안 곳곳에 쉴 새 없이 화살이 떨어지기 시작했다. 화살의 대부분은 바람을 타고 수평으로 땅바닥이나 건물 위에 떨어졌다. 주민들은 혼란에 빠져들었다. 아녀자들은 울부짖으며 어렵게 집결한 지점에서 벗어나 우왕좌왕했다.

어둠이 깊어지면서 서문이 개방되고, 이곳을 통해 주민들이 빠져나가기 시작했다. 때를 전후하여 성 밖에서 불화살이 날아들기 시작했다. 이쪽이 밤까지 퇴각을 늦출 수 없는 것처럼 상대도 밤까지 공격을 기다릴 수 없는 것 같았다.

한번 불화살이 날아들기 시작하자, 공격은 시시각각 강도를 더해갔다. 성 밖의 모든 서하 부대가 조금씩 성벽 가까이 접근해 오는 것이 뚜렷하게 느껴졌다. 서문 부근은 성 밖으로 나가려는 주민들로 북새통을 이루고 있었다. 서쪽 방면에만 유일하게 적군이 없었으므로, 피난을 가려면 이 문을 이용하는 것이 유일한 방법이었다.

2천 명이 채 안 되는 성내 병사들은 각기 분산되어 세 곳의 성문을 굳게 걸어 잠근 채 불화살이 발사되는 지점을 향해 화살 공격을 퍼부었지만, 기껏해야 적군이 빠르게 성벽으로 몰려드는 것을 견제하는 것에 불과했다.

주왕례는 세 곳의 성문을 차례로 돌며 전투를 지휘했고, 즈행덕은 서문에서 주민들을 대피시키는 작업에 매달려 있었다. 그때 행덕은 불현듯 성 안을 감싸고 있던 어둠이 걷히는 것을 느꼈다. 건둘의 윤곽이 선명해지면서, 기다란 골목이 모습을 드러내는 동시에 그곳에서 허둥대는 주민들이 보였다. 낮에 서하군 의장대를 향해 화살이 비 오듯 날아간 것처럼, 이번에는 하늘 곳곳에서 불화살이 화염을 뿜어내며 성 안으로 쏟아져 들어왔다.

"아, 과주가 타고 있다. 집이 타고 있다. 성이 타고 있다."

행덕은 반사적으로 소리가 나는 쪽으로 얼굴을 돌렸다. 하늘을 올려다보고 있는 태수 연혜의 축 늘어진 얼굴이 마치 화상이라도 입은 듯 붉게 달아올라 있었다.

"아직도 이곳에 계셨단 말이오?"

행덕은 자기도 모르게 호통을 쳤다. 지금쯤은 당연히 성을 빠져나갔을 것이라고 여겼던 연혜가 여태껏 어디서 무엇을 하고 있었는지 빈손으로 군중 속에 섞여 있었다.

"아아, 절이 탄다. 경전이 불타고 있다."

그 말을 들은 행덕은 갑자기 연혜의 관저 안에 있는 석경당(釋經堂)이 생각났다.

"석경당에 있던 사람들은 어찌 되었소이까?"

연혜는 그 말에는 아무런 대꾸도 없이 같은 말을 반복해서 외쳐댔다.

"아아, 성이 타고 있다, 집이 타고 있다."

행덕은 서문을 벗어나 연혜의 관저를 향해 달리기 시작했다. 경전 번역에 종사하고 있던 여섯 명의 한족과 그들이 번역한 몇 권의 경전이 걱정이었다. 골목 안은 훤했다. 성 군데군데에서 불길이 치솟고 있었다. 불화살 때문인지 불똥이 튀어서인지 알 수 없었으나, 바닥의 모래알이 하나하나 또렷하게 보일 정도로 밝았다. 그런 골목길을 두세 군데 지나자 사람들의 모습은 더 이상 보이지 않았다.

잠시 후 건너편에서 기마병 수십 명이 달려와 행덕의 옆으로 지나갔다. 퇴각 명령에 따라 서문으로 향하는 병사들 같았다. 기마대는 20명 또는 30명 단위로 계속 이어졌다. 병사들의 얼굴은 하나같이 벌겋게 상기되어 있었다.

조행덕은 이미 사람의 흔적은 찾아볼 수 없는 연혜의 관저 정원을 가로질러 석경당 안으로 뛰어 들어갔다. 밖은 밝았으나, 건물 안은 어두웠다. 물론 아무도 보이지 않았다. 행덕은 곧장 이곳 사람들이 각자 담당해왔던 경전과 그것을 번역하여 필사 중이던 서책들을 보관한 서고로 돌진하였다. 서고 문을 열어보니 그곳에 있어야 할 20여 권의 책자가 보이지 않았다. 모조리 반출된 상태였다. 이 상황에서 한역 경전을 눈앞의 적인 서하의 문자로 번역하는 작업을 챙기다니 야릇한 일이었다. 아울러 그런 작업에 집착하는 행덕의 마음 또한 얄궂기는 마찬가지였다. 그러나 행덕 자신은 전혀 모순을 느끼지 않았다. 애초부터 서하를 위해 시작한 일이 아니었다. 연혜는 부처님 공양을 위해서라고 말했지만, 지금 조행덕의 입장에서는 그 누구도 아닌, 감주에서 만난 젊은 여인을 위한 것이었다.

행덕은 숨 돌릴 겨를도 없이 허겁지겁 그곳을 나왔다. 연혜의 관저에도 불이 붙었는지 사방으로 온통 불똥이 튀고 있었다. 돌아오는 도중 행덕은 몇 군데의 골목을 우회해야 했다. 거리 도처에서 시뻘건 불길이 하늘을 삼켜버릴 기세로 타오르고 있었다.

행덕이 가까스로 서문에 당도했을 때, 백 명 정도의 부대가 마지막 피난민들과 함께 성문을 막 빠져나가려던 참이었다. 행덕은 한 병사로부터 말을 건네받아 올라탄 후 성문을 나섰다. 성문을 나서자마자 마지막 피난민들은 네댓 명씩 한 조가 되어 뿔뿔이 흩어졌다. 성을 벗어나 말을 움직이는 동안 평원은 마치 저녁 햇살이 비치듯 훤했다.

다음 날 아침 조행덕은 어느 건천 자락에 부대를 집결시키고 있던 주왕례를 발견했다. 피난민들은 한 명도 눈에 띄지 않았다. 전원 과주성 부근에 흩어진 몇 군데의 마을로 대피했다는 것이었다.

주왕례는 퇴각할 때 과주성 외곽에 비축해두었던 갓 수확한 식량을 몽땅 소각하고 왔으므로, 서하의 대군이 즉각 공격해 올 리는 절대로 없다고 보았다.

부대가 집결을 하고 있을 때, 행덕은 말을 탄 연혜가 10명 정도의 시종을 거느리고 오고 있는 것을 발견했다. 그는 가족들을 과주성 북쪽의 어느 마을로 피난시킨 뒤, 자신과 시종들만이라도 주왕례 부대와 행동을 같이하기 위해 찾아온 것이었다. 이런 점은 연혜의 성격 중 행덕이 호감을 느끼는 부분이었다. 특유의 무표정 속에서도 연혜의 얼굴은 격앙돼 보였다. 그는 사주를 구하라, 절을 지켜라 하고 혼잣말로 외처대고 있었다.

집결을 마친 주왕례의 부대는 비로소 전투부대답게 강행군 태세를
갖추고 서쪽의 사주로 향했다.

8장

부대는 거의 휴식도 없이 행군을 계속했다. 과주에서 사즈(둔황)까지는 3백 리 길로, 대부분이 사막지대였다. 보통 속도의 행군이라면 7일이 소요되었으나, 주왕례는 단 하루라도 일정을 단축하려 했다. 한시라도 빨리 사주성에 들어가, 절도사 조 씨와 머리를 맞대고 서하의 대군을 맞아 싸울 준비를 해야 했다. 과주성이 불탄 것처럼 사주 역시 같은 상황에 처할 것임은 이미 기정사실에 가까웠다.

행군 이틀째와 사흘째, 꼬박 사막지대를 지나게 되었다. 도처에 사막을 여행하는 사람들을 위한 우물과 흙으로 지은 헛간이 있었다. 부대는 이런 장소에 도착했을 때만 잠시 휴식을 취하고 서둘러 다음 우물까지 강행군을 계속하였다. 우물의 물맛은 한결같이 약간 쓴 편이었다. 쉬지 않고 걷는데도 몸에는 한기가 느껴졌다. 서쪽에서 불어오는 겨울 칼바람이 사정없이 부대로 휘몰아쳤다. 부대는 이 음산한 바람을 가르며 행군을 거듭했다. 주위의 풍경이라고는 붉은빛을 띤 톱날 모양의 산, 그 산의 반을 뒤덮은 모래 퇴적물 그리고 파도처럼 이어지는 모래언덕과 폐허로 변한 성이 전부였다.

나흘째 아침, 부대 앞쪽으로 커다란 염호가 나타났다. 멀리서 바라다본 염호는 마치 눈이 쌓인 것처럼 하얗게 빛나고 있었다. 부대는 염호를 향해 전진하였다. 접근해보니 꽁꽁 결빙된 상태였다. 다소 위험했지만, 10여 리를 단축하기 위해 부대는 그날 밤 낙타들을 앞세워 얼어붙은 염호를 가로질러 건넜다.

닷새째 아침, 부대는 나지막한 언덕을 오르게 되었다. 언덕 위에서 주위를 둘러보니 넓디넓은 사막이 바다처럼 이어져, 멀리 북서 방향 한 지점에만 미미하게나마 수목이 모여 있었다. 조행덕은 연혜를 통해 그곳이 사주성임을 알게 되었다. 불과 40리 정도 떨어져 있었으므로, 앞으로 하루가 채 안 걸리는 거리였다.

부대는 과주를 출발하고 나서 처음으로 휴식다운 휴식을 취할 수 있었다. 병사들은 제각기 낙타나 말 몸뚱이에 자신의 몸을 밀착시켜 체온을 유지하면서 잠을 청했다. 병사들뿐 아니라 주왕례와 연혜, 행덕도 같은 자세로 잠에 빠져들었다.

얼마나 지났을까, 행덕은 무심코 잠에서 깨어나 눈을 떴다. 사방에는 병사들이 여전히 말이나 낙타에 기대어 잠을 자고 있었다. 행덕의 눈에는 그런 병사와 말의 무리가, 마치 수백 년 아니 수천 년 전부터 같은 자세로 이곳 사막의 한구석에 방치된 석조 조각상의 무리처럼 느껴졌다. 미동조차 하지 않는 인간과 낙타, 말 들은 도저히 살아 있는 생명체로 여겨지지 않았다. 행덕 또한 피로와 수면부족으로 몸도 제대로 가누지 못한 채, 얼굴을 말 목에 의지하여 간신히 눈만 뜨고 있는 상태였다. 그러나 얼마 안 있어 행덕은 힘없이 얼굴을 움직였다. 한 줄기 쇠사슬처럼 대오를 이루어 사막을 가르며 이쪽으로 접근해 오는 백 마리 정도의 낙타 무리를 발견했기 때문이다. 행덕은 같은 자세로 멀리 조그맣게 보이는 그 집단에 시선을 고정시켰다. 비록 멀리 떨어져 있었지만, 한눈에 상단 행렬임을 알 수 있었다.

행덕은 그저 상단 하나가 다가오는 정도로만 여기며, 물끄러미 그쪽을 바라보았다. 상단은 서서히 접근해 왔으나, 거리는 좀처럼 좁혀지지 않았다. 얼마나 시간이 흘렀을까. 상단이 언덕의 그림자 속으로 긴 자태를 감추는가 싶더니, 놀랄 정도로 가까운 지점에서 불쑥 머리 부분을 드러냈다.

행덕은 여전히 멍한 표정으로 가까이에 나타난 몇 마리의 낙타 쪽을 바라보았다. 그러나 그중 한 마리의 낙타 등에 꽂혀 있는 깃발을 보고 눈이 휘둥그레졌다. 분명 본 적이 있는 깃발이었다. 비사문천을 상징하는 '毘' 자를 큼지막하게 새겨 넣은 것이었다.

위지광의 상단이었다. 행덕은 몸을 일으켜 상단 쪽으로 걸어갔다. 때를 같이하여 행렬을 멈춘 상단 대열로부터 남자 셋이 이쪽으로 다가오는 것이 보였다. 순간 행덕은 큰 소리로 외쳤다.

"위지!"

그러자 남자 셋 중 하나가 총총걸음으로 다가왔다. 틀림없는 위지광이었다. 큰 키에 허리를 꼿꼿이 세우고 걸어와,

"야, 이게 누구냐."

라고 인사말을 건네고는,

"사주로 이동 중이냐?"

라고 물었다. 행덕은 물음에는 대꾸하지 않고 도대체 어디로 가는 길이냐고 물었다.

"우리 말이냐? 우린 과주로 간다."

위지광은 여느 때처럼 오만한 태도로 대답했다.

"과주성은 모조리 불에 타 잿더미가 되었네."

이어 행덕은 반란이 일어난 후부터 지금까지의 경위를 대략 설명해 주었다. 위지광은 눈 한번 깜빡거리지 않고 행덕의 이야기를 들었다.

"그럼 그쪽으로는 못 가겠군."

위지광은 신음하듯 중얼거리고는 대뜸 행덕을 노려보며 말했다.

"참으로 바보 같은 짓을 했군. 세상에 이보다 더 어리석은 일이 없다는 것을 곧 알게 될 거다. 내 말 잘 들어라. 서역에서 회교도들이 반란을 일으켰다. 내 나라 우전에서는 위지 가문을 대신해 실권을 잡고 있던 이씨 집안이 회교도 때문에 망하고 말았다. 내친 김에 회교도들은 사주까지 공격해 올 것이다. 앞으로 한 달 후면 사주성은 회교도가 이끄는 코끼리 군대에 짓밟히고 말 거다. 사주 놈들은 멍청해서 내 말을 믿지 않지만, 그렇게 될 것이 내 눈엔 보인단 말이다. 그래서 우리는 전 재산을 챙겨 사주를 떠난 거다."

위지광은 잠시 중단하고 침을 삼키더니 말을 이었다.

"그러나저러나 참으로 한심한 짓을 했구나. 이제 우리는 어디로 가야 한단 말이냐. 서쪽에서는 회교도들이 쳐들어오고, 동쪽에서는 서하군이! 대체 어디로 가면 좋단 말이냐. 이 얼간아!"

마치 이 모든 사태의 책임이 행덕에게 있기라도 한 것처럼 위지광은 행덕을 계속 노려보았다.

행덕에게 서역 회교도의 움직임은 금시초문이었다. 그러나 서역 각국을 안방처럼 드나들며 그곳 사정에 정통한 위지광의 말이므로 전혀 근거 없는 이야기라고 여겨지지는 않았다.

위지광이 잠시도 지체할 겨를이 없다는 태도로 발길을 자신의 상단 쪽으로 돌리자, 행덕은 행덕대로 이 소식을 전하기 위해 주왕례를 찾았다. 병사들 중에는 잠에서 깬 자도 있었고, 아직까지 깊은 잠에서 헤어나지 못하는 자도 있었다.

주왕례는 대열을 약간 벗어난 곳에서 연혜와 이야기를 나누고 있었다. 조행덕은 위지광이 한 말을 두 사람에게 전했다. 그러자 주왕례는 무슨 뚱딴지같은 소리냐는 표정으로 행덕을 힐끗 쳐다볼 뿐, 곧이곧대로 들으려 하지 않았다. 그러나 연혜는 이야기를 듣는 순간 안색이 변했다.

"사람이 한번 몰락의 길로 접어들면 나쁜 일은 항상 아무런 예고 없이 찾아오는 법이오. 그것도 두 가지 일이 함께 찾아오지. 하나가 오면 반드시 나머지 하나가 그 뒤를 쫓아오는 식이지. 아마도 위지광의 이야기는 사실일 것이오. 동쪽에서는 서하군의 갈발굽이, 서쪽에서는 회교도의 코끼리 떼가…… 충분히 생각할 수 있는 일이오."

냉정하리만큼 침착한 말투였다.

"코끼리 대군이 밀려오오! 난 어렸을 때 코끼리란 놈을 본 적이 있소. 서역에서 송나라로 보내던 코끼리 한 마리가 시주를 통과하는 광경을 본 적이 있소. 산처럼 거대한 코끼리 수십, 아니 수백 마리가 악마처럼 무시무시한 표정의 병사들을 태우고 땅을 뒤흔들며 돌진해 온단 말이오!"

연혜는 두 손으로 머리를 감싸며 땅바닥에 주저앉았다. 그리고 상심에 찬 얼굴로,

"우린 대체 어디로 가야 한단 말인가!"

라고 얼이 빠진 듯 외친 후, 갈 곳은 저 하늘밖에 없다는 표정으로 허공을 쳐다보았다. 그러자 옆에 있던 주왕례가 얼굴이 시뻘게져서 쉰 목소리를 짜내듯 고함치기 시작했다.

"회교도가 뭐란 말이냐. 코끼리는 또 뭐냐. 그런 것들 오든 안 오든 별거 아니다. 우리의 적은 서하군이다. 이원호야. 한족을 몰살하고 사주성을 흔적도 없이 쳐부수기 위해 놈들이 쳐들어온단 말이다."

말을 마친 주왕례는 즉각 부대에 출발 명령을 내렸다.

조행덕은 주왕례와 함께 부대 선두에 섰다. 부대는 언덕을 내려가 사막 한복판에 접어든 뒤, 아득히 지평선 근처에 모습을 드러낸 오아시스를 향해 행진했다. 전방으로 수백 보 거리를 두고 위지광의 낙타 대열이 전진하고 있었다. 위지광 상단의 대열이 시야를 가리자, 주왕례는 그들을 앞지르기 위해 행군 속도를 높였다. 그러나 아무리 속도를 내도 이상하게 위지광 상단과는 좀처럼 거리가 좁혀지지 않았다. 멀찌감치 보이는 위지광 상단의 황색 깃발은 줄곧 주왕례 부대와 일정한 간격을 유지하면서 언덕을 오르내리고 있었다.

찬 공기는 어제에 비해 상당히 누그러진 상태였다. 정오 직전 무렵, 사막을 통과한 부대는 키 작은 갯버들이 군데군데 수풀을 이루고 있는 황무지에 접어들었다. 이때부터 행군이 수월해져 부대는 속도를

높일 수 있었다. 얼마 후, 길은 사주성을 에워싼 광활한 경작지의 한 귀퉁이로 이어졌다.

위지광은 변함없이 선두에 서 있었다. 이 모습을 멀리서 바라본다면 필시 위지광이 위지 왕조의 깃발을 곧추세운 채, 2천 명에 이르는 자신의 일족을 거느리고 행군하고 있다고 느낄 정도였다.

경작지에는 수십 개의 관개수로가 일정한 간격으로, 그것도 부대의 전진 방향과 직각으로 교차하는 형태로 형성돼 있어, 부대는 마치 바둑판 눈금의 가장자리를 따라 걷는 것처럼 수시로 방향을 틀어야 했다.

부대는 당하(黨河) 기슭에 이르게 되었다. 강가에는 수양버들이 자라고 있었고, 강물은 얼어붙은 상태였다. 그곳을 건너자 마침내 앞쪽에 사주 성벽이 모습을 드러냈다. 그것은 지금까지 행덕이 본 성벽 중 가장 훌륭한 것으로, 장식 등이 행덕이 태어나 자란 송나라의 그것과 흡사했다.

이윽고 부대는 남문 밖에 위치한 외곽 마을로 들어섰다. 거리에는 갖가지 물건을 파는 가게들이 늘어서 있었고, 울퉁불퉁한 돌이 깔린 길에는 한족 남녀노소들로 붐볐다. 머지않아 대혼란이 이곳을 덮칠 것이라는 사실은 꿈에도 모른 채, 거리는 활기가 넘치고 평화로웠다. 사람들은 부대에게 길을 비켜주면서, 낯설지만 자신들과 비슷한 용모에 피로한 표정의 병사들이 성으로 들어가는 것을 구경거리라도 되는 듯 지켜보았다. 순간 행덕은 송나라 땅에 온 것 같은 착각이 들었다. 눈에 보이는 광경 모두가 추억 속의 정겨운 것들이었다.

성문으로 들어선 부대는 바로 근처 광장에서 길고 고된 행군을 멈쳤다. 행덕은 주왕례와 함께 연혜의 안내로 성 중심부에 위치한 절도사 조현순의 관저로 향했다. 관저는 호화롭기 짝이 없는 건물이었다.

조현순은 쉰 살가량에 체구는 작았으나, 눈빛이 빛나고 의지가 강해 보이는 무인이었다. 그는 구부정한 자세로 의자에 걸터앉은 채, 동생 연혜의 보고를 무표정하게 다 듣고 난 후 입을 열었다.

"언젠가는 서하의 침략을 받게 될 것이라고 생각했다. 단지 그 시기가 앞당겨졌을 뿐이다. 장의조(張議潮)* 이래 이곳을 지켜온 사주 절도사의 명예를 걸고 싸우지 않으면 안 된다. 그러나 유감스럽게도 현재 사주에는 서하 대군에 대항할 만한 병력이 없다. 내 대에 조씨 가문이 멸망하게 되었으나, 이것 또한 도리 없는 일이다. 이 나라는 지금까지 종종 토번에 정복당해 오랜 기간 한족들은 평상시에는 토번 복장을 하다가 제사 때만 한족 복장을 하고 하늘을 우러러보며 통곡하곤 했는데, 결국 같은 상황이 벌어지게 되겠군. 그러나 하나의 민족이 영원히 이 땅을 정복할 수는 없다. 토번이 이 땅에서 떠나갔듯이 서하도 언젠가는 사라지게 될 것이다. 그때 이곳에는 우리 후손들이 잡초처럼 끈질기게 살아남아 있을 것이다. 그것만은 의심의 여지가 없다. 왜냐하면 이곳은 그 어떤 민족보다 많은 한족의 영혼이 잠들어 있으니까. 이곳은 한족의 땅이다."

흥분된 기색 없이 침착한 말투로, 과연 지금으로부터 20년 전인 대중상부(大中祥符) 9년(서기 1016년)에 부친인 종수(宗壽)의 뒤를 이어 송나라 조정으로부터 절도사 직위를 제수받은 이래, 오늘날까지

---

* 당나라 말기, 하서 지방을 지배하던 토번에 대항하여 사주를 탈환한 공로로 사주절도사 직위를 제수받은 인물.

왕으로서 사주를 통치해온 인물다운 위엄을 갖추고 있었다.

현순은 미소를 지으며 말했다.

"마지막 연회를 조용히 열도록 하지. 그리고 연회가 끝나면 최후까지 싸울 뿐이다."

그러고는 세 사람의 손님을 위해 술과 음식을 내오도록 너관에게 명령했다.

행덕은 사람을 보내 위지광을 관저로 오도록 했다. 얼마 지나지 않아 위지광이 연회 자리에 나타났다. 행덕이 위지광으로 하여금 서역의 정세를 현순에게 설명하도록 했으나, 현순은 전혀 놀라는 기색이 없었다. 그는 위지광의 이야기가 끝나기를 기다린 뒤 입을 열었다.

"회교도가 침입해 올 수도 있다. 그러나 그것은 우리가 알 바 아니다. 이 사주성은 그 전에 서하에게 멸망당할 것이다. 아무런 걱정도 하지 마라. 위지 가문의 젊은 후예여."

위지광은 멀뚱멀뚱 사주 통치자의 얼굴을 응시하다가 그에게 물었다.

"그럼 회교도는 서하와 싸우게 되는 겁니까?"

"아마 그렇게 되겠지."

현순이 대답했다.

"어느 쪽이 이길 것 같소이까?"

"그건 모르지. 회교도도 서하도 이곳 사주와는 달리 강대한 병력을 지니고 있으니, 송과 거란의 싸움처럼 서로 승패를 나눠 가지며 함께 타격을 입게 될 것이다."

그러자 생에 대한 의욕이 왕성한 이 젊은이는 잠시 생각에 잠겼다가 입을 열었다.

"그래도 난 살아남을 것이오. 신명 나는 시대가 올 때까지 살아남아야 하오. 위지 왕조의 깃발은 전란의 와중을 헤쳐 나갈 깃발이오."

어떤 시대가 찾아온들 이 무모한 젊은이는 그의 말대로 끝까지 살아남을 것이라고 행덕은 생각했다. 그는 낙타 대신에 코끼리로 상단을 꾸리고 변함없이 비사문천 깃발을 펄럭이며 사막을 누비고 다닐 것이 확실했다.

연회가 끝나자 현순은 주왕례에게 서하군이 공격해 오기까지는 사나흘 정도 걸릴 테니, 그때까지 부대가 충분한 휴식을 취하게 하라고 말했다. 그동안 자신의 부대는 전투 배치를 끝내고 성 밖 도처에 적의 말들을 함정에 빠뜨리기 위한 구멍을 파놓겠다고 덧붙였다.

주왕례와 행덕, 위지광 세 사람은 현순에게 작별을 고하고 연회 자리에서 물러났다. 관저에서 나온 후, 주왕례와 행덕은 위지광과도 헤어졌다.

부대로 돌아온 주왕례는 현순이란 자가 무인으로서 훌륭한 사람인지는 잘 모르겠으나, 아무튼 그의 말대로 부대가 충분한 휴식을 취하도록 할 것이며, 자신과 병사들은 사흘 동안 꼬박 쉬다가 서하군 진영에서 북소리가 들려올 때 잠에서 깨면 될 것이라고 말했다. 행덕에게는 주왕례의 말이 농담처럼 들렸지만, 그의 표정은 진지했다.

주왕례 부대를 위해 성에 있는 17개의 사찰 중 5개가 숙소로 제공되었다. 그날 조행덕은 자신의 숙소로 정해진 절의 방 한 칸에서 저녁부터 잠에 빠져들었다.

한밤중에 행덕은 잠이 깼다. 북소리가 났기에 서하군의 내습이 아닐까 하여 밖으로 나가보았다. 그러나 그런 기색은 없었고, 절 앞 골목으로 차가운 겨울 달빛이 쏟아지는 가운데, 무장한 소규모 집단의 병사들이 꼬리를 물고 지나가는 것이 보였다. 전투 배치 중인 현순의 부대 같았다.

새벽 무렵 행덕은 또다시 잠에서 깨어 눈을 떴다. 이번에는 멀고 가깝고 할 것 없이 도처에서 꽤 많게 느껴지는 사람들의 소리가 들려왔다. 사람 소리 외에, 말들이 내는 소리도 들려왔다. 행덕은 이번에도 문밖으로 나가보았다. 사방에는 이미 하얀 빛이 감돌고 있었다. 행덕은 절 앞을 지나 성 밖으로 피난 가는 사람들의 모습을 끊임없이 볼 수 있었다. 온통 아녀자와 노인뿐이었다. 이 성에서는 모든 것이 계획대로 순조롭게 진행되고 있는 것 같았다. 조행덕은 그때부터 식사 때만 잠시 자리에서 일어났을 뿐, 나머지 시간에는 잠을 잤다. 일어날 때마다 성 안의 소란은 점점 심해졌지만, 그 소리로 인해 잠에서 깨는 일은 더 이상 없었다.

조행덕이 더 잠을 자려 해도 잠이 오지 않을 정도로 충분한 휴식을 취하고 자리에서 일어난 것은 사주성에 들어와 하루가 지난 다음 날 저녁 무렵이었다. 병사들은 약속이라도 한 듯 전원 기상을 마친 상태였고, 누가 명령을 내린 것도 아닌데 각자 숙소에서 나와 광장으로 모여들었다. 주왕례도 모습을 드러냈다. 2천 명의 병사 중 약 절반이 광장에 집결하여, 군데군데 피워놓은 모닥불 주위에 모여 있었다.

"벌써 일어났느냐?"

주왕례가 행덕을 발견하고 물었다.

"이젠 더 이상 자려 해도 잠이 오질 않소."

행덕이 대답하자 주왕례가 말했다.

"병사들은 하룻밤 더 재워라. 그리고 내일 아침 일찍 이곳에 집합시켜라. 아마 내일 저녁이나 모레 아침부터 서하군과 전투가 시작될 것이다."

그러고 나서 그는 다시 자신의 숙소로 돌아갔다.

행덕은 근처에 있는 모닥불 쪽으로 다가갔다. 병사들이 모여 있다고 여기고 가보니 위지광과 그 수하들이었다. 위지광은 행덕을 보자마자 벌떡 일어서더니 턱을 쳐들어 따라오라는 신호를 보낸 후, 모닥불에서 약간 떨어진 곳으로 앞장서 갔다. 행덕이 따라가자,

"어제부터 너를 찾고 있었다. 너는 이번 싸움에서 죽을 작정이냐, 살 작정이냐?"

라고 말하는 것이었다.

"특별히 죽고 말고 생각해보지 않았다. 지금까지 임했던 전투와 다르지 않다. 내게 어떤 운명이 닥칠지 알 수 없다. 물론 자진해서 죽고 싶은 생각은 없지만, 그렇다고 기필코 살아남아야겠다는 마음도 없다."

행덕이 대답했다. 실제로 행덕은 그런 심정이었다. 이 성에서 서하의 공격을 막아낼 수 있으리라고는 여겨지지 않았다. 버텨낼 수 있는 시간은 하루 아니면 고작 이틀 정도이며, 그것도 대단한 거라고 생각했다. 필시 이 사주성도 과주성처럼 잿더미로 변할 것이고, 병사들과 주민의 대다수는 목숨을 잃게 될 것이다. 설령 죽지 않는다 해도 비참한 상황에 처하게 될 것이 뻔했다.

살게 될지 아니면 죽게 될지는 전혀 알 수 없는 노릇이었다. 행덕의

눈에는 불현듯 몇 년 전에 개봉성 밖 저잣거리에서 판자에 누워 자신의 몸을 팔던 알몸뚱이 여인의 모습이 떠올랐다. 죽음을 두려워하지 않는 그 여인의 당찬 기개를 회상하던 행덕은 자신도 모르게 어떤 용기 같은 것이 몸속에 충만해져옴을 느꼈다.

"네 말대로 사느냐 죽느냐는 운명이지. 그러나 어느 쪽이든 네가 갖고 있는 목걸이만은 내가 맡아둬야겠다. 살아남았을 때 그거 하나만 있으면 돈 걱정은 안 해도 될 테니까. 싸움터에 지니고 다니면 위험할 거다. 성 안 놈들은 재산을 숨길 곳이 없어 위아래 할 것 없이 죄다 전전긍긍하고 있지. 어차피 이곳은 잿더미가 될 거다. 성을 나간들 사막이고, 동쪽에서는 서하군이, 서쪽에서는 회교도들이 몰려오고 있다."

위지광은 무표정하게 비수를 꽂듯이 잘라 말했다. 저녁 햇살 아래로 보이는 그의 무표정한 얼굴은 잔혹하기까지 했다. 행덕은 잠자코 있었다.

"성 안을 돌아보았느냐? 아주 재미있어. 모두들 어찌 할 바를 모르고 그저 넋이 나가 있더군. 개중에 과감한 놈은 낙타나 말에 전 재산을 싣고 성을 빠져나가지만, 나가본들 결국 무일푼이 되고 말 뿐이야. 회교도에게 습격을 당하기 전에 사막 도처에서 만반의 준비를 갖추고 매복 중인 아샤족이나 용족을 만나게 될 테니까. 그들에게 이런 좋은 기회는 두 번 다시 없지. 말과 짐을 몽땅 약탈당한 뒤 알몸으로 쫓겨날 뿐이야."

이어 위지광은 갑자기 목소리를 깔며 말했다.

"하나 나만은 무슨 일이 일어나든 걱정 없다. 보물을 숨겨둘 만한 곳을 알고 있으니까. 서하군이 오든 회교도가 오든 절대로 안전한 장소다."

위지광은 행덕의 대답을 기다리며 빤히 행덕의 얼굴을 바라보았다. 그러나 행덕은 아무 말도 하지 않았다. 그러자 위지광이 재차 입을 열었다.

"어떠냐. 내가 가장 안전한 장소에 보관해주겠다. 결코 너에게서 목걸이를 빼앗겠다는 게 아니다. 네가 살아남는다면 반드시 돌려줄 것이다. 자, 목걸이를 내놔라."

행덕은 위지광에게 목걸이를 맡길 생각이 추호도 없었다. 행덕의 마음이 요지부동임을 알자 위지광은 거듭 달래는 투로 말했다.

"숨길 장소를 네게 가르쳐줄 수도 있다. 같이 가서 내가 그것을 파묻을 때 입회하면 되지 않느냐. 그래도 싫으냐?"

"파묻는다고?"

행덕이 되물었다.

"그렇다. 보물 전부를 어떤 장소에 파묻어둘 것이다. 전란이 진정될 때까지 말이다. 네 보물도 함께 묻어주겠다고 이렇게 친절하게 가르쳐주고 있는 거다."

"어디에 묻을 건가?"

"그건 지금 가르쳐줄 수 없다. 네가 목걸이를 함께 묻겠다고 한다면 그때 가르쳐주마. 그렇지 않다면 어찌 가르쳐줄 수 있겠느냐? 나밖에 아무도 모르는 장소다. 그곳에 묻어두면 절대로 안전하다. 설령 사주 전체가 전장으로 변해도 내가 숨겨둘 장소만은 안전하단 말이다. 수십 년 동안 전투가 계속돼 꺼내러 가지 못한다 해도, 그곳에 묻은 것은 온전한 상태로 남아 있을, 그런 은닉 장소다."

위지광은 기왕 말이 여기까지 나온 이상 모든 것을 다 설명해주겠다는 표정을 지었다.

"어젯밤에 부하를 그곳에 보내 커다란 구멍을 파게 했다. 조씨 일족에게도 만약 그럴 의사가 있으면 함께 보물을 보관해주겠다고 말해두었다. 그놈들은 아직 내 말을 믿지 못하는지 모처럼의 내 제안에 응하지 않고 있지만, 결국 나중에 가서는 내게 울며불며 매달릴 게 뻔하다. 우리 상단은 내일 아침 일찍 출발하니까, 그때까지는 필시 내게 부탁하러 올 것이다. 너도 그때까지 잘 생각해보아라. 그래도 결심이 서지 않는다면 나중에 후회한들 내 알 바 아니다."

말을 마친 위지광은 어깨를 으쓱대며 부하들 쪽으로 돌아갔다.

위지광의 말 중 어떤 날이 찾아오더라도 보물은 안전하게 영원히 그곳에 있을 것이라는 한마디가 행덕의 뇌리를 맴돌았다. 정말로 그런 장소가 있기는 할까? 만약 정말 있다면 그 장소가 어딘지 알고 싶다는 욕망이 행덕의 마음을 사로잡았다. 왠지 그곳에 넣어둘 만한 무언가가 있는 것 같았다. 그것이 무엇인지 지금의 행덕에게는 분명하지 않았으나, 여하튼 그런 장소에 보관해두고 싶은 무언가가 있는 것처럼 느껴졌다.

그러나 행덕은 곧바로 냉정을 되찾았다. 위지광이 지든의 혼란을 틈타 무슨 일을 꾸미고 있는지 밝혀졌기 때문이다. 물론 그가 실제로 그런 장소를 알고 있을지도 모른다. 하지만 그는 분명 그곳에 엄청난 보물을 숨겨두었다가 나중에 고스란히 차지해버릴 속셈인 것이다.

필시 위지광은 자신만은 대다수의 한족들이 맞게 될 운명과는 무관하다고 확신하고 있었다. 다른 사람들이 다 죽는다 해도 자신만은 살아남을 거라고 철석같이 믿고 있는 것이다. 그러나 따져보면 위지광만 예외일 리가 만무했다. 언제 쏟아지는 화살에 맞을지, 또 언제 적에게 붙들려 죽임을 당할지 알 수 없는 노릇이었다. 자신만은 죽지 않는다고 무턱대고 믿고 있을 뿐이었다. 그렇게 생각하니 행덕은 자신감만은 그 누구에게도 지지 않는 이 악한에 대해 지금까지 갖지 못했던 친근감을 갖게 되었다.

행덕은 사람들이 모닥불을 에워싸고 있는 쪽으로 다가가, 조금 전 위지광이 그랬던 것처럼 턱을 놀려 그를 불러내었다. 한걸음에 달려온 위지광은,

"그래, 그렇게 하기로 마음먹었느냐? 역시 내게 맡기는 게 가장 안전하지."

라고 말했다. 행덕은,

"목걸이를 맡기겠다. 대신 장소를 알려다오."

라고 말했다.

"내일 나와 함께 현장에 가면 알 수 있다. 내일 아침 일찍 이곳으로 오너라."

"아침에는 갈 수가 없다. 나중에 갈 것이다. 그러니 지금 장소를 가르쳐다오."

그러자 위지광은 잠시 생각하더니 입을 열었다.

"너를 믿고 알려주겠다만, 결코 입 밖에 내서는 안 된다. 만약 비밀이 새어 나가면 네가 발설한 걸로 알겠다. 음, 그 구멍은 명사산 천불동(千佛洞)*에 있다. 천불동 석굴 깊숙한 곳에 은닉하기에 적당한 구

명을 두세 개 파두었다."

위지광은 득의양양한 표정으로 행덕의 얼굴을 정면에서 힐끗 쳐다보았다.

"그곳이라면 서하군도 손을 대지 않을 것이다. 이원호는 불교 신자가 아니냐. 불에 타거나 파괴되는 일은 없을 거다. 현재 그곳에는 3백여 개의 석굴이 있다. 그중 몇 개는 내부에 이미 반 정도 구멍을 파놓은 상태다. 거기에 보물을 숨긴 뒤, 흙으로 덮으면 된다. 만약 회교도의 침입으로 천불동이 훼손당한다 해도, 석굴 내부의 구멍까지는 찾지 못할 거다. 놈들은 불교와 관련된 것에는 접근조차 꺼리지. 석굴을 숙소나 마구간으로 쓰는 일도 없을 것이다. 설령 그렇게 되더라도 구멍만은 안전하다."

위지광이 입에 올린 명사산 천불동이란 이름은 행덕에게도 전혀 생소한 곳은 아니었다. 송나라 땅에 있을 때부터 이름 석 자는 들어 알고 있었다. 이곳 사주성에서 그다지 멀지 않은 곳에 명사산이라는 언덕이 있고, 그 기슭에 수백 개의 동굴이 존재하며, 동굴어는 저마다 화려하고 장엄한 벽화들과 함께 크고 작은 불상들이 안치돼 있다는 것이었다. 누가 그런 동굴을 파기 시작했는지는 모르나, 옛날부터 오랜 세월에 걸쳐 서서히 불교 신자들 손에 의해 동굴이 생겨났고, 그 수 또한 차츰 증가했다고 전해졌다.

물론 행덕은 한번도 이 천불동을 본 적은 없었고, 단지 서책을 통해 얻은 지식으로 그 규모를 상상할 뿐이었으나, 여하튼 이곳 변방에서

---

* '막고굴(莫高窟)'이라고도 부르며, 산비탈에 벌집처럼 천여 개의 석굴(불동)이 뚫려 있다는 데서 이 명칭이 유래되었다(옮긴이).

유일하게 명성이 있는 성스러운 영지임은 분명한 사실이었다.

그 순간 행덕은 일찍이 과주에서 위지광을 처음 만난 날 밤 그의 입을 통해 그의 외가 쪽에서 천불동 몇 곳에 감실(龕室)*을 파두었다는 이야기를 들은 기억이 났다. 필시 그런 연유로 천불동을 절호의 은닉 장소로 착안한 것이 확실했다.

"천불동은 이곳에서 어느 정도 거리인가?"

행덕이 물었다.

"40리 길이다. 말을 타고 달리면 한 식경도 걸리지 않는다."

"좋다. 내일 일몰시까지 가겠다."

"목걸이 잊지 마라."

위지광이 다짐을 받듯 덧붙였다.

위지광과 헤어진 조행덕은 숙소로 돌아가지 않고, 이제 얼마 후면 잿더미로 변해버릴 사주의 밤거리를 거닐었다. 어딜 가든 피난 가는 주민들로 넘쳐나고 있었다. 낙타와 말 들의 모습도 보였다. 사주성은 행덕이 지금까지 보아온 하서의 여느 곳과는 달랐다. 도로의 폭도 넓고, 가로수가 가지런히 심겨 있었으며, 길 양쪽으로는 오래된 점포들이 당당하게 처마를 나란히 하고 있었다. 그러나 상점들은 뻔질나게 사람들이 드나들어 하나같이 부산하기 짝이 없었다.

상점가를 벗어나 주택가로 접어들자, 흙벽으로 둘러싸인 커다란 민가들이 즐비하게 자리 잡고 있었다. 이곳 또한 소란스럽기는 상점가와 매한가지였다. 거리 전체가 한바탕 소동이 일어나 발칵 뒤집힌 상

---

* 석굴이나 고분 등의 벽 가운데를 깊이 파서 석불을 안치해둔 곳(옮긴이).

태로, 어둡고 무거운 그림자가 흐르고 있었다. 이따금 소요가 잦아들며, 순간적으로 한없는 적막감에 빠져들기도 하였다. 하늘에는 피가 끓어오르듯 충혈된 붉은 달이 떠 있었다.

행덕은 절이 밀집된 지역으로 들어섰다. 주왕례의 부대가 숙소로 쓰고 있는 성 동쪽 지역보다 한층 더 큰 규모의 절들이 모여 있는 구역이었다. 절마다 넓은 경내에 똑같이 생긴 커다란 가람이 배치돼 있었다. 시끌벅적한 거리와는 달리 이곳은 조용했다. 가람 안에서는 피난을 위해 예외 없이 한바탕 소동이 벌어지고 있음이 분명했지만, 적어도 건물 밖으로는 아무 소리도 들려오지 않았다.

어느덧 행덕은 몇 개의 절을 지났다. 절들의 이름은 일일이 알 수 없었으나, 그중 가람의 규모가 가장 큰 절의 경내로 들어가보았다. 문 안으로 들어서니 오른쪽에 높다란 탑이 있었고, 탑 어깨 위로 붉은 달이 걸려 있었다. 경내 모래 바닥에는 탑을 비롯한 가람들의 그림자가 짙게 새겨져 있었다. 행덕은 그림자를 일일이 밟으며 안쪽으로 계속 들어갔다. 그때 어느 건물에서 새어 나오는 불빛을 발견했다. 주위가 몹시 고요하여 절 사람들은 이미 성 밖으로 탈출했을 거라고 여겼던 터라, 등불이 켜져 있는 것은 뜻밖이었다.

행덕은 등불이 있는 곳으로 향했다. 낮은 계단에 발을 올려놓은 순간, 불빛이 새어 나오는 곳이 경전을 보관하는 서고임을 알게 되었다. 덧문이 살짝 열려 있었고, 내부에 군데군데 등불이 켜져 있는지 제법 밝았다.

실내를 들여다본 행덕의 눈에 맨 먼저 들어온 것은 방 안을 빼곡히 메운 수많은 경전과 종이 뭉치 들, 그리고 어림잡아 스무 살 전후로 보이는 젊은 세 승려의 모습이었다. 세 사람 중 둘은 서 있었고, 나머지 하나는 웅크리고 있었다. 그들은 행덕이 안을 엿보고 있다는 사실을 전혀 눈치 채지 못한 채, 자신들의 작업에 여념이 없었다.

처음에 행덕은 그들이 무엇을 하고 있는지 몰랐으나, 얼마 후 경전을 선별하고 있음을 알게 되었다. 손에 든 경전을 한참 살펴보기도 하고, 들자마자 다른 경전으로 눈을 돌리기도 했다. 행덕은 무심코 그들의 작업에 한동안 정신이 팔려 있다가,

"도대체 지금 뭣들 하고 있소?"

라고 말을 걸었다. 젊은 세 승려는 화들짝 놀라며 일제히 행덕 쪽으로 시선을 돌렸다.

"누구시오?"

한 사람이 외쳤다.

"놀라지 마시오, 이상한 자가 아니니까. 대체 무엇을 하고 있는 거요?"

입구에서 한 발짝 안으로 들어서며 행덕이 물었다.

"경전을 골라내고 있소."

조금 전의 승려가 대답했다.

"선별해서 어쩔 셈이오?"

"만일의 경우를 대비하고 있는 거요. 만약 절에 불이 나는 상황이 오면, 선별한 것만 가지고 도망칠 작정이오."

"불이 날 때까지 여기 있을 셈이오?"

"물론이오."

"피난은 안 가오? 피난 명령이 내려오지 않았소?"

"아무리 피난 명령이 내려졌다 해도 이 경전들을 그대로 두고 도망칠 수 있겠소? 다른 사람들은 모르나, 우리는 전투가 시작돼드 이 서고에 남아 있을 것이오."

"다른 승려들은 어찌 되었소?"

"피난 갔소. 그러나 그 사람들이 뭘 하든 우린 관심 없소. 우린 우리의 의지로 이러고 있는 거니까."

"주지 스님은 어디 계시오?"

"절을 어떻게 할 것인지 상의하려고 어젯밤 왕궁으로 가셨소이다."

"어째서 경전을 두고는 피난할 수 없다는 말이오?"

행덕이 묻자, 승려들의 얼굴에는 경멸의 기색이 역력했다. 지금까지 잠자코 있던 제일 젊은 승려가 말했다.

"우리가 읽은 경전은 극히 미미한 숫자에 불과합니다. 아직 읽지 못한 것이 너무나 많단 말입니다. 읽기는커녕 펼쳐보지도 못한 경전이 헤아릴 수 없을 정도예요. 우린 경전을 읽고 싶습니다."

그 말을 듣는 순간, 행덕의 몸에는 머리끝까지 뜨거운 전류 같은 것이 흘렀다. 그 열기로 인해 행덕은 한동안 온몸이 저려옴을 느꼈다. 몇 년 전인가, 자신도 승려와 같은 말을 몇 번이나 뱉은 적이 있었다.

서둘러 서고를 빠져나온 행덕은 당장 연혜를 만나야겠다고 마음먹었다. 연혜는 현순의 관저 어딘가에 있을 것이었다. 그곳에서 왕궁까지는 상당히 먼 길이었다. 성 안은 여전히 극도의 혼란에 빠져 있었다. 현순의 관저로 가는 길에 행덕은 도처에서 피난민 행렬과 마주치게 되었고, 그때마다 그들을 피해 길을 우회해야 했다.

왕궁에 도착한 행덕은 호위병을 통해 연혜에게 면회를 청했다. 잠시 기다린 후 그는 한 번 와본 적이 있는 넓은 관저 속의 미로처럼 구불구불한 길을 지나 안채로 안내되었다.

연혜는 예전 과주성 자신의 관저에서처럼, 넓은 방 한가운데 놓인 의자 깊숙이 몸을 파묻고 앉아 있었다. 단지 다른 점이 있다면, 지금은 불타버렸을 예전 방과는 비교가 안 될 정도로 호화롭다는 점이었다. 방 구석구석에 놓인 장식품과 바닥에 깔린 융단 모두 고급스러웠고, 방을 밝히는 촛대들 또한 화려하기 짝이 없었다.

"무슨 일인가?"

말은 하지 않았지만, 연혜는 그렇게 묻는 듯한 표정으로 고개를 들고 무기력한 눈빛으로 행덕을 바라보았다. 행덕은 이 성의 통치자인 현순이 지금 무엇을 하고 있느냐고 물어보았다. 그러자 연혜는 모든 것을 체념한 투로 말했다.

"뭐 뾰족한 수 있겠나? 전투 준비에만 정신이 팔려 다른 일은 완전히 손을 놓고 있지. 답답한 노릇일세."

"절은 어떻게 되나요?"

"불에 탈 뿐이지."

"승려들은요?"

"대부분 성을 빠져나갔다고 하더군."

"경전은 어쩔 겁니까?"

"잿더미가 되겠지."

"그래도 괜찮습니까?"

"방법이 없지 않은가? 현순은 그런 일에 조금도 신경 쓰지 않으니 말일세."

"왜 태수께서 직접 명령을 내리시지 않는 겁니까?"

"내가 명령을 내린들, 어차피 결과는 마찬가지일세. 지금 안쪽 방에 이곳 17개 사찰의 대표들이 모여 회의를 하고 있네. 어젯밤부터 논의를 하고 있지만, 각자 자기 의견만 주장할 뿐 뭐 하나 정한 게 없다네."

연혜는 그제야 의자에서 일어나 천천히 방 안을 배회하다가, 혼자 중얼거리듯 말했다.

"아무리 논의해본들 소용없는 일이네. 17개의 절 서고에 쌓여 있는 경전의 숫자가 엄청난 데다가, 그것을 밖으로 끄집어내는 데만 며칠이 걸릴 테고. 짐을 꾸려 낙타 등에 매다는 데 또 며칠. 그리고 수백 수천의 낙타들을 도대체 어디로 끌고 갈 건가, 동쪽? 서쪽? 남쪽? 아니면 북쪽? 어디로 가야 무사히 보관할 수 있단 말인가?"

연혜는 잠시 말을 멈추고는 다시 자신의 의자로 돌아갔다.

"과주는 불탔어. 마찬가지로 이곳 사주 또한 불에 타겠지. 성도 타고 절도 탈 거야. 그리고 경전도 불더미에 휩싸이고 말겠지."

행덕은 방 한구석에 우두커니 서 있었다. 실제로 연혜의 말처럼 이 사주의 17개 절에 쌓여 있는 경전들은 엄청난 양에 이를 것이다. 이 위급존망의 시기에 아무리 발버둥친들, 경전들을 어찌해볼 방도는 없었다.

행덕은 연혜를 대신해 방 안을 서성대고 있었다. 행덕의 눈에, 지금도 산더미처럼 쌓인 경전과 씨름을 하고 있을 젊은 세 승려의 모습이 쓸쓸하게 떠올랐다.

9장

　연혜와 헤어진 조행덕은 왕궁에서 자신의 숙소로 돌아온 후에도 경전 선별 작업에 여념이 없던 젊은 승려들의 모습이 눈앞에서 아른거렸다. 연혜가 탄식한 대로 이 사주성도 얼마 안 있으면 불에 탈 것이고, 절도 재물도 경전도 모조리 화염에 휩싸여, 과주와 같은 운명에 처하게 될 것이 뻔했다. 그러나 지금으로서는 마땅히 묘책이 없었다.

　행덕은 침대에 누워 눈을 감았다. 졸음기를 느낀 것은 아니었으나, 부대가 출정하는 새벽까지 이렇게 누워 있을 작정이었다. 자신의 생애에서 이렇게 아무것도 하지 않고 누워서 휴식 시간을 갖는 것도 어쩌면 오늘이 마지막이 아닐까 생각했다. 막연하지만 그런 기분이 들었다. 밤은 고요했다. 여태까지 지내온 그 어느 밤보다도 조용한 밤의 적막이 뼛속까지 스며들 기세로 행덕의 온몸을 파고들었다.

그때 행덕의 머릿속에 불현듯 송나라 수도 개봉의 활기찬 거리 풍경이 떠올랐다. 중앙 대로는 화려한 복장의 남녀와 인력거, 수레 등으로 붐비고, 길 양쪽 느릅나무에는 모래알 하나 섞이지 않은 신선한 바람이 불었다. 거리에는 각양각색의 물건들을 파는 가게들이 즐비하고, 수많은 술집들이 저마다 갖가지 만남의 장소를 제공하며 늘어서 있었다. 활기 넘치는 동각루 일대와 의류와 서화, 보석 따위의 고가품부터 양의 머리에 이르기까지 없는 것이 없는 저잣거리, 50여 극단이 모여 북적대는 광대들의 거리. 황궁으로 통하는 길인 어가(御街), 최고의 상점가인 반루가의 산조문.

아아! 행덕의 입에서 자신도 모르게 나지막한 신음이 흘러나왔다. 개봉이 그리워서도, 그 땅을 다시 한 번 밟아보고 싶어서도 아니었다. 이곳에서 수천 리나 떨어진 아득한 그곳을 떠올린 순간, 현기증 같은 것이 느닷없이 행덕을 엄습해왔기 때문이다. 도대체 지금 자신은 개봉에서 얼마나 멀리 떨어진 곳에 와 있는가. 왜 이 지경이 되었단 말인가.

그런 생각을 하며, 행덕은 이 순간에 이르기까지 지난 시간들을 하나하나 더듬어보았다. 그러나 아무리 생각해도 자신의 의지에 부자연스러운 움직임이 개입된 적도 없었고, 원하지 않는 일을 강요당한 적도 없었다. 물이 높은 곳에서 낮은 곳으로 흐르듯, 극히 자연스럽게 오늘에 이르렀다. 개봉을 떠나 변방으로 흘러들어, 서하군의 일개 병사로 각지를 전전하다가 마침내 반란부대의 일원이 되었으며, 지금은 사주의 한족들 사이에서 서하군과 최후의 일전을 남겨두고 있었다. 만약 새로 인생을 시작한다고 해도, 지금과 동일한 조건이 주어지는 한, 자신은 역시 같은 길을 걷게 될 것이다. 그런 의미에서 행덕은 이곳에서 사주성과 함께 생의 종지부를 찍게 되어도 조금도 후회스러울 것 같지 않았다. 후회할 만한 것도 없었다. 개봉에서 사주까지 수천 리 길을, 그 완만한 경사면을 기나긴 세월에 걸쳐 떠돌다가 지금 이곳에 있었다. 단 한 번도 개봉으로 돌아가야겠다는 마음을 먹은 적이 없었다. 스스로 그러기를 원하면서 이루지 못했다면 아쉬움도 있겠지만, 자신이 원해 변방으로 온 것이고, 변방에 머무르는 것이 가장 자연스럽다고 판단해 남게 된 것이었다.

그런 생각에 사로잡혀 있던 행덕의 귀에 방문을 두드리는 소리가 들렸다. 행덕은 상념을 뿌리치며 침대에서 몸을 일으켰다. 방으로 들어온 병사는 주왕례가 자신을 부른다는 말을 전한 후, 곧 물러갔다.

행덕이 자신의 숙소에서 두 골목 정도 떨어진 노대장의 숙소를 찾았을 때, 주왕례는 완전무장 상태였다. 숙소에서 행덕이 서 있는 중앙 뜰 쪽으로 나온 주왕례는 그를 바라보며 단호하게 말했다.

"전방에 나가 있는 현순이 서하의 선봉부대가 근접했다는 연통을 보내왔다. 나는 곧 성내의 병력을 이끌고 출동할 것이다. 병력 면에서 보면 현순의 군대와 내 군대를 합쳐본들, 구름같이 많은 서하 본진의 상대가 못 되겠지만, 승패란 뚜껑을 열어보기 전엔 아무도 모른다. 왜냐하면 난 이번에야말로 죽기 살기로 이원호의 본진을 칠 작정이니까. 무슨 일이 있어도 이원호의 목을 베어야 한다. 이원호를 잃으면 서하군은 궤멸될 게 분명하다."

주왕례는 행덕의 눈을 지그시 바라보았다.

"넌 나를 위해 비석을 세워야 한다. 사람들이 우러러볼 수 있는 큼지막한 비석을 세워다오. 몇 년 전에 너와 한 약속을 난 잊지 않았다.

비석을 만드는 영예는 여전히 네 몫이다. 내 비석을 세우기 위해서라도 기필코 살아 있어라."

"그럼 난 전투에 나갈 수 없다는 말이오?"

조행덕이 물었다.

"네가 전투에 참가한들, 아무런 힘이 되질 못한다. 너에게는 병사 3백 명을 붙여줄 테니 이 성에 남아 첩보가 오기를 기다려라."

"난 성에 남기보다 전투에 참가하고 싶소. 대장이 목숨을 걸고 싸우는 모습을 보고 싶소이다."

행덕이 말했다. 실제로 행덕은 이 용맹한 대장이 펼칠 일생일대의 분전을 자신의 두 눈으로 직접 확인하고 싶었다.

"난 이제까지 제법 많은 전투에 임해왔으나, 단 한 번도 비겁한 짓을 한 적이 없소."

"이 바보야!"

주왕례가 특유의 잔뜩 쉰 목소리로 호통을 쳤다.

"이번 전투는 이제까지의 전투와 전혀 다르다. 네가 죽음을 두려워하지 않는다는 것은 나도 잘 안다. 너는 나 이상으로 죽음을 초개같이 여기는 인간이지. 그런 너를 보고 나도 몇 번이나 혀를 내둘렀는지 모른다. 하지만 이번 전투에는 참가시킬 수 없다. 성에 남아라. 이건 이 주왕례의 명령이다."

말을 마친 주왕례는 걷기 시작했다. 조행덕도 주왕례와 나란히 걸으며, 성에 남을 건지 전투에 참가할 건지에 대해서는 더 이상 언급하지 않았다. 주왕례는 한번 말을 뱉으면 절대로 무르지 않는 성격이었기 때문이다. 원하든 원하지 않든, 행덕은 자신이 성에 남아야 한다는 것을 깨닫고 있었다.

벌써 명령이 내려진 것일까. 두 사람이 걸어가는 길 앞뒤로 집합장소인 광장을 향해 발길을 재촉하는 병사들의 모습이 눈에 띄었고, 광장이 가까워지면서 차츰 그 수도 늘어났다.

집합에서 출정까지는 극히 짧은 시간이 소요되었다. 주왕례는 고작 천여 명 남짓한 병력을 이끌고 사주성 동문을 통해 출발하였다. 행덕은 자신에게 남겨진 3백 명의 병사와 함께 출정하는 부대를 성문까지 배웅했다. 출진하는 부대의 분위기는 왠지 생기가 없어 보였다. 일찍이 서하의 선봉대로서 활약한 주왕례 부대의 본래 모습이 아니었다. 병사의 반 이상은 연혜의 부하 병사로, 훈련도 제대로 받지 못했고 게다가 전투에 참가한 적도 없는 자들이었다. 그들에게는 지난 과주성 전투에서 서하군의 불화살 공격을 받으며 살아남은 것이 거의 유일한 전투 경험이었다. 주왕례는 자신과 함께 오랫동안 생사고락을 같이해온 부하들을 중심으로 기마부대를 꾸린 후, 과주성 병사들은 보병부대에 편입시켰다. 가까이 가보니 병사와 말 들은 입에서 하얀 입김을 내뿜고 있었다. 성문을 빠져나간 부대는 잠시 후 새벽어둠 속으로 자취를 감추고 말았다.

주왕례의 부대를 배웅한 조행덕은 자신의 부하인 3백 명의 병사들을 동문에 집결시킨 후, 그곳에 본부를 설치하고 병력을 조금씩 나눠 여섯 개의 성문에 골고루 배치시켰다.

이어 행덕은 연혜에게 사태의 위급함을 알리기 위해 지체 없이 왕궁으로 향했다. 왕궁으로 가는 도중 보이는 민가들은 이미 피난을 마친 상태였다. 집이란 집은 전부 비어 있었고, 사방 어디에서도 사람들의 모습을 발견할 수 없었다. 왕궁 문에 들어섰을 무렵 동쪽 하늘이 밝아오면서, 갑자기 폐허로 변해버린 왕궁의 널따란 뜰에는 새벽녘 하얀 햇살이 드리우고 있었다.

연혜는 어젯밤과 마찬가지로 방 안 커다란 의자에 파묻혀 있었다. 표정만으로는 잠을 잤는지 못 잤는지 읽을 수가 없었다. 단지 어제와 동일한 위치에서 똑같은 자세를 취하고 있는 것으로 보아 밤새도록 의자를 벗어나지 않은 것 같았다.

행덕은 서하군의 접근 사실과, 이에 맞서기 위해 조금 전 주왕례의 부대가 출동했음을 알리고, 조씨 일족도 모두 이 성을 떠나야 할 시간이 임박했음을 상기시켰다. 연혜는 위기가 닥쳤음을 깨달았을 때마다 늘 그랬던 것처럼, 이번에도 무언가에서 튕겨 나오듯 의자에서 벌떡 일어서며 마치 스스로를 타이르듯 무거운 말투로 입을 열었다.

"참으로 쉽지 않은 일이지."

이어서 자신의 부하인 과주 병사들은 어찌 되었냐, 성내 주민들은 무얼 하고 있느냐는 둥, 마치 치매 환자처럼 엉뚱한 질문을 연달아 던져댔다.

"병사란 병사는 모조리 출동하였고, 주민들은 전원 피난하여 이제 이 성 안에는 아무도 남아 있지 않소이다. 현재 성에 남아 있는 자들은 나와 내 부하 병사 3백 명, 그리고 이 왕궁에 있는 태수님과 태수님의 일족들뿐이오."

이번에는 행덕이 연혜에게 아직까지 왕궁에 남아 있는 자가 몇 명인지 물어보았다. 그러자 연혜가 말했다.

"아마 많지 않을 걸세. 조금 전에 왕궁을 둘러보았더니, 내관들도 눈에 띄게 줄었더군. 확실하게 남아 있다고 할 수 있는 것은 조씨 일족 외에 안쪽 방에서 언제 끝날지 모르는 회의를 계속하고 있는 17개 사찰의 승려들 정도겠지."

"태수께서는 어쩔 작정이시오?"

행덕이 물었다.

"어쩌고 말고 할 게 있나? 뾰족한 방법이라도 있는가?"

연혜는 행덕을 나무라기라도 하듯 되물었다.

"과주 전투 때만 해도 이곳 사주라는 피난처가 있었네. 하나 이 사주에서는 아무 데도 도망칠 곳이 없지. 동쪽에서는 서하가, 서쪽에서는 회교도들이 쳐들어오고 있어. 이 의자에 그냥 앉아 있는 것 말고 내게 무슨 방도가 있단 말인가?"

듣고 보니 연혜의 말이 옳았다. 연혜에게는 최근 이삼일 동안 줄곧, 그리고 지금도 앉아 있는, 필요 이상으로 큰 이 의자 하나가 아마도 하늘 아래에 유일하게 자신의 몸을 의탁할 수 있는 마지막 공간임이 분명했다.

행덕은 연혜의 방을 나온 뒤, 궁중 안 깊숙한 곳으로 발길을 돌렸다. 연혜의 방과는 달리, 방마다 가져갈 가재도구와 재물을 챙기느라 몹시 혼란스러웠다. 짐 꾸리기 작업에 혈안이 된 사람들 가운데에는 조씨 일가의 모습도 섞여 있었다.

행덕은 그중 한 명에게서 그들이 오늘 저녁 북서쪽에 위치한 고창국을 향해 출발할 것이라는 이야기를 듣게 되었다.

행덕은 다시 연혜가 있는 방을 찾았다. 그러자 연혜는 예언자라도 된 양 떨리는 목소리로 말했다.

"그대는 방금 내 일가 사람들이 생명과 재산을 잃지 않으려고 발버둥치는 모습을 보고 왔을 거네. 그러나 그건 다 부질없는 짓이지. 대체 도망칠 곳이 어디에 있단 말인가. 설령 도망을 친다 한들, 목숨이 뭐며 재산이 다 무슨 소용이란 말인가. 조씨 일족은 멸망하고, 경전은 불타고, 성은 잿더미로 변해버릴 것이네. 저 과주성을 태워버렸던 불길이 이 성까지 휩쓸고 말겠지. 과주성을 뒤덮었던 시뻘건 화염을 기억하는가? 활활 하늘로 치솟던 붉은 불꽃을 말이야."

그러자 행덕의 눈앞에 불현듯 과주성을 탈출할 때 본 시뻘건 불길이 선명하게 떠올랐다. 그것과 똑같은 불길이 당장 오늘 밤에 사주를 덮쳐, 조씨 일족을 멸망시키고, 경전을 태우고, 성을 잿더미로 만들 것이다. 주왕례가 이원호를 해치우는 기적 같은 행운을 바랄 수는 없었다. 성은 불타고, 재물은 사라지며, 조씨 일족은 멸망을 피하지 못할 것이다. 그건 어쩔 도리가 없는 일이었다. 순간 어떤 생각이 행덕의 뇌리를 스쳤다. 다름 아닌, 경전만은 이곳에 닥칠 운명으로부터 구해낼 방도가 있을지도 모른다는 것이었다. 다른 것은 불가능하겠지만, 경전만은 구해낼 수 있을지도 모르는 일이었다.

재물과 목숨, 권력은 한결같이 그것을 소유하는 자의 것이었으나, 경전은 달랐다. 경전은 그 누구의 것도 아니었다. 불에 타지 않고 그저 존재하는 것만으로도 족했다. 아무도 경전을 빼앗아 갈 수 없으며, 그 누구의 소유물도 될 수 없었다. 타지 않고 지금 그 자리에 있어주는 것만으로 충분한 가치가 있었다.

불쑥, '영원'이라는 글자가 행덕의 마음을 사로잡았다. 콱받쳐 오르는 감동에 행덕의 가슴은 크게 요동쳤다. 경전을 톱길로부터 지킬 수

있다면 그래야겠다고 생각했다. 설령 전부가 아닌 일부라 해도 건져
낼 수 있는 만큼의 경전을 화마의 붉은 혓바닥으로부터 구해야 한다.
젊은 세 승려를 위해서라도 자신은 그 일을 해야 한다고 결심했다.

행덕은 결연한 표정으로 서 있었다. 그때 문득 위지광이 말한 천불
동의 은닉 장소가 생생한 의미를 지니며 행덕의 뇌리를 스쳤다. 황급
히 연혜의 방에서 나온 행덕은 왕궁을 벗어나 얼마 전에 주왕례의 부
대가 집결했던 광장을 향해 발길을 재촉했다. 광장에 도착한 행덕은
이번에는 안쪽으로 비스듬히 가로질렀다. 잠시 후 위지광과 그 일행
이 어제 저녁과 동일한 장소에 머물고 있는 것을 발견했다. 그는 모닥
불 근처에 앉아 있는 위지광 쪽으로 다가갔다.

위지광은 잔뜩 심드렁한 표정이었다.

"꼭두새벽부터 부대가 호들갑을 떠는 통에 일찍 눈을 뜨고 말았다.
아무리 발버둥쳐본들, 그 병력으로는 도저히 승산이 없다. 이제 이 성
도 임종 직전이다."

대뜸 이렇게 독설을 퍼붓고는 행덕에게 물었다.

"왕궁에 있는 놈들은 대체 뭘 하고 있느냐?"

그는 아직까지 왕궁에서 재물을 보관해달라는 의뢰가 없어 단단히
부어 있는 상태였다.

"짐을 싸느라 정신이 없다."

행덕이 말하자, 위지광의 눈이 예리하게 번득였다.

"짐을 싸?"

"짐을 싸고는 있지만, 아무도 그대에게 짐을 맡길 생각이 없더군.
조씨 일족은 오늘 저녁 고창국을 향해 떠난다고 한다."

"뭐라고!"

자리를 박차고 일어난 위지광은 눈초리를 치켜세웠다.

"이 위지광을 못 믿겠단 말이냐? 죽일 놈들. 좋아, 그렇게 나온다면 우리는 우리대로 생각이 있다. 성을 한 발짝 나서기만 하면 그때부터는 사막이란 말이다."

아샤족이나 용족의 습격을 기다리고 말고 할 것도 없이, 그전에 자신이 사막의 약탈자가 될 수 있다는 기세였다.

"그렇게 흥분하지 말고 내가 하는 말을 끝까지 들어봐. 사막에서 조씨 일족의 재물을 빼앗는다 해도, 그 후에는 그대의 상단이 서하의 공격을 받을 차례야. 서하군은 이미 성 주위를 멀찌감치 포위하고 있고, 동쪽은 물론, 북쪽, 서쪽, 남쪽 죄다 서하군이 포진하고 있지. 잘 듣게. 그보다는 그대가 조씨 일족의 중요한 재물을 보관할 수 있도록 해주겠네."

그러자 위지광은 돌연 굳은 표정으로 물었다.

"정말로 그것이 가능하냐?"

"가능하니까 하는 말이지. 오늘 저녁 이곳으로 짐을 운반해 오겠네."

"저녁이라고? 좀 더 빨리 안 되겠나?"

"그건 안 되네. 아무리 서둘러도 저녁은 돼야 해."

행덕은 단호하게 말했다. 행덕은 어젯밤 자신이 발을 들여놓았던 대운사(大雲寺)*의 경전 서고와 그 안에 가득 차 있던 경전의 분량을 머릿속으로 헤아려보았다. 물론 대운사 외의 절에 있는 경전도 옮길 수 있는 만큼은 옮겨야겠다고 생각했다.

"낙타는 많을수록 좋네. 백 마리 정도는 필요할 걸세."

"지금 내게 80마리 정도 있으니, 저녁까지 20마리 정도를 융통해서 가급적 백 마리를 채우도록 하지."

아울러 위지광은 당장 사람들을 보내, 천불동에 두세 군데 은닉 장소를 더 찾아놓겠다고 말했다.

위지광과 헤어진 행덕은 일단 부대 본부로 돌아가 병사 몇 명을 데리고 곧장 대운사로 갔다. 어젯밤과 마찬가지로 세 승려는 변함없이 경전 서고에서 경전들과 씨름하고 있었다.

행덕이 병사들과 함께 서고에 들어서자, 세 사람은 반사적으로 저항할 태세를 취했다. 적이 침입한 것으로 여긴 모양이었다. 하룻밤 사이에 그들의 눈은 피로로 인해 푹 꺼져 있었으나, 눈동자만은 신기할 정도로 차갑게 빛나고 있었다. 행덕은 승려들에게 경전을 천불동 석굴 안에 있는 구멍에 숨겨 약탈과 전란의 불길로부터 지키겠다는 자신의 생각을 설명했다.

세 승려는 한동안 행덕의 얼굴을 뚫어지게 응시하다가, 행덕의 말에 아무런 속셈이나 거짓이 없음을 간파했는지 서로 얼굴을 바라본 후 자리에 앉았다. 행덕의 제안이 그들에게 바라고 바라던 것임은 의심의 여지가 없었다.

행덕은 서고의 경전 전부를 저녁 무렵까지 낙타에 싣기 수월하도록 상자에 넣을 것과, 그것들을 적재 장소로 운반할 것, 그리고 인부들에

---

* 페르시아에서 당나라로 전파된 마니교의 사찰. 측천무후 재위 시 마니교의 승려가 '대운교(大雲敎)'를 허위로 만들어 진상하자, 그 경문을 전국 각 주에 나누어 보관케 함과 동시에 각 주에 한 곳씩 대운사를 세웠다.

게는 상자에 무엇이 들었는지 절대로 발설하지 말 것 등을 지시했다. 세 승려는 추가로 몇 사람의 도움을 받아 즉시 경전을 서고에서 꺼내 하얀 겨울 햇살이 드리운 광장으로 운반하는 작업에 착수했다.

그들의 모습을 지켜보던 행덕은 혼자 절에서 나와 그 길로 다시 연혜를 만나기 위해 왕궁으로 찾아갔다. 연혜는 여전히 아무 할 일도 없다는 표정으로 의자에 파묻혀 있었다. 행덕은 그의 주선으로 벌써 며칠째 회의를 계속하고 있는 승려들의 방으로 안내되었다.

회의장 입구에서 자신을 안내해준 자를 돌려보낸 행덕은 조용히 문을 열었다. 순간 예상치 못한 광경이 눈에 들어왔다. 그곳에는 승려들이 제각기 방바닥에 쓰러져 있었다. 숨이 끊어진 것처럼 보였으나, 죽은 것은 아니었고 깊은 잠에 빠져 있었다.

행덕은 입구 근처에 누워 있는 승려 하나를 깨운 뒤, 경전 처리에 관한 자신의 계획을 설명하고 그에 대한 찬성 여부를 물었다. 일흔 정도의 노승이 행덕에게 말했다.

"보다시피 지금 모두들 잠이 든 상태로, 저녁까지 휴식을 취한 후에 회의를 다시 계속하기로 했소. 그대의 의견을 그때 회의 의제로 삼아 묻도록 하겠소. 처음에 열일곱 명이던 스님들이 지금은 다섯 명으로 줄었소. 따라서 다섯 개 사찰 대표자들의 의견에 불과하므로, 사주 사찰 전체의 의견으로 볼 수 없을지 모르니 그 부분에 대해선 미리 양해를 구하고 싶소."

다섯 명이란 개원사(開元寺), 건원사(乾元寺), 용흥사(龍興寺), 정토사(淨土寺), 보은사(報恩寺)의 주지들로, 이들 다섯 개 사찰 주지를 제외한 5백 여 명의 승려나 비구니승, 사미승 들은 이미 성을 빠져나간 뒤였다.

행덕은 노승의 잠을 깨운 것에 대해 사과하고 지체 없이 방에서 나왔다. 대운사 외에 다른 사찰의 경전 서고 문을 열기까지 앞으로 며칠이 걸릴지 모르는 노릇이었다.

그로부터 저녁 무렵까지, 조행덕은 부대 본부가 있는 동문에 머무르면서 근처의 비어 있는 민가의 방에서『반야심경』을 필사하기 위해 붓을 들었다. 위구르 왕족 여인의 영혼을 공양하기 위한 필사였다. 행덕은 그것을 대운사 경전들과 함께 천불동 석굴에 숨겨둘 작정이었다.『반야심경』을 고른 것은 시간이 너무나 촉박했기 때문이다. 행덕은 다소나마 자신의 젊은 날의 추억을 기념하기 위해『반야심경』을 서하 문자로 번역하며 옮겨 적었다.

도중에 한 번 행덕은 필사 작업을 잠시 중단하고 자리에서 일어났다. 거의 해가 저물고 있던 시각으로, 아침에 성을 출발한 주왕례로부터 첫번째 연통이 왔기 때문이다. 그 내용은, 적과 아군은 현재 50리 거리를 사이에 두고 대치 중으로, 양쪽 모두 병사를 움직이지 않고 있다. 이 상태라면 전투가 시작된다 해도 내일 새벽 이후가 될 것이며, 그때까지 사주성의 모든 비전투 인원을 대피시켜, 언제 성에 불을 지르더라도 지장 없도록 조치하라는 지령이었다. 성에 불을 놓는다는 것은 전투가 아군에 불리하게 전개되었을 때 적의 숙사가 될 곳을 일부러 태워, 적으로 하여금 엄동설한의 벌판에서 노숙하도록 만들기 위한 계책 같았다.

조행덕은 주왕례가 보낸 연락병을 돌려보낸 뒤, 또다시 붓을 들어 필사 작업에 몰두하기 시작했다. 성에 민간인이라고는 한 명도 남아 있지 않았고, 언제 전쟁의 불길이 닥칠지 모르는 어수선한 상황이었지만, 한편으로는 행덕에게 망중한의 시간이기도 했다. 경전을 필사 중인 방 창문으로 하늘 저편에 새들이 깨알처럼 무리를 지어 북쪽에서 남쪽으로 이동해 가는 것이 보였다.

행덕은 필사가 끝나자 문장 말미에 다음과 같은 문장을 덧붙였다.

때는 경우 2년 을해 12월 13일, 송나라 담주부 출신의 과거 응시생 조행덕은 하서 지역을 떠돌아다니다가 사주에 이르러, 지금 외적의 침입으로 온 나라가 소란하게 되었는바, 대운사 승려들의 경전을 둔황석굴로 운반하여 벽 속에 은닉하려 하나이다. 이에 경건한 마음으로 『반야바라다밀심경』 한 권을 필사하여 석굴에 안치하려 하옵니다. 바라옵기는 용천팔부*의 보호와 원조로 성읍이 평화롭고 백성들이 강녕하게 하소서. 두번째 소원은 감주의 젊은 여인이 이승의 선행으로 인해 암흑의 저승에 들지 않고 현세의 업보를 모두 소멸토록 하옵고 무한한 복을 내리시어 공양이 충단토록 하소서.**

조행덕은 '감주의 젊은 여인'이라는 문자를 적어 넣을 때 잠시 붓을 멈췄다. 감주의 높은 성벽에서 몸을 던진 위구르 왕족 여인의 모습이

---

* 불법을 수호하는 여덟 신장.
** 원문은 다음과 같다. 維時景祐二年乙亥十二月十三日 大宋國潭州府學人趙行德 流歷河西 適寓沙州 今緣外賊掩襲 國土擾亂 大雲寺比丘等搬移聖經於莫高靈窟 而罩藏壁中 於是發心敬寫般若波羅蜜多心經一卷 安置洞內已 /伏願龍天八部 長爲護助 城隍安泰 百姓康寧 次願甘州小娘子 承此善因 不溺幽冥 現世業障 並皆消滅 獲福無量 永充共養(옮긴이).

한순간 행덕의 눈앞에 선명하게 떠올랐던 것이다. 여자의 얼굴은 실제 생전의 모습보다 희고 머리카락은 갈색으로 빛나고 있었으며, 몸은 약간 수척해져 있었다. 세월은 행덕의 마음속 위구르 여인의 모습을 그렇게 변화시키고 있었다.

10장

    태양이 사막의 지평선 너머로 잠기고 야크의 머리 모양을 한 구름이 한동안 저녁노을에 붉게 물드나 싶더니, 이내 형태가 흐트러지며 색이 변해갔다. 금박 가루를 풀어놓은 듯 휘황찬란한 빨간빛이 차츰 노란 귤색에서 주황색으로 바뀐 후, 서서히 농도가 견해지며 보랏빛을 띠었다. 그 보라색을 녹여 삼켜버릴 것 같은 땅거미가 몰려들 즈음, 행덕은 부대 본부에서 나와 낙타에 올랐다. 아침에 위지광과 약속한 장소로 가기 위해 행덕은 광장 한복판을 가로질러 낙타를 몰았다. 땅거미 속으로 사람과 동물 들이 꿈틀대고 있었다. 적재 작업은 벌써 시작된 상태였다. 다가가보니 수많은 사람들이 분주히 낙타 주위를 움직이며 작업에 여념이 없었고, 때때로 위지광의 쩌렁대는 고함이 사방으로 울려 퍼졌다.

행덕은 곧장 위지광 쪽으로 갔다. 위지광은 무거운 짐을 주체 못해 조금이라도 비틀대는 부하가 있으면 가차 없이 호통을 치며 질타했다. 그는 행덕 쪽으로 얼굴을 돌리더니 무심코 한마디 뱉었다.

"오늘은 달밤이군."

행덕은 그 말이 무엇을 의미하는지 몰라 잠자코 있었다. 그러자 위지광이 말했다.

"이 짐만 옮긴다 해도 아무래도 한 번으로는 무리다. 달이 없었으면 도리가 없는데, 다행히 달이 떠주었다."

듣고 보니 아직 밝지는 않았지만, 흐릿하나마 둥그런 달이 중천에 떠 있었다. 부하를 향해 호통을 퍼붓는 것과는 달리, 그의 얼굴 표정을 통해 위지광의 기분이 상당히 좋은 상태임을 또렷이 읽을 수가 있었다.

"짐은 이것뿐인가?"

산더미처럼 쌓인 갖가지 모양의 궤짝들이 낙타 인부들의 손에 의해 차츰 줄어드는 것을 바라보며 행덕이 묻자,

"그건 내가 묻고 싶은 바다. 짐은 더 없느냐?"

하고 위지광이 되물었다.

"아직 남아 있다면 얼마든지 가져오너라. 이 위지광이 맡기로 한 이상, 백 개든 천 개든 짐의 안전은 보증한다. 구멍은 숫자를 늘리면 된다. 이제 남은 건 운반뿐이다."

"짐은 더 있으나, 나머지 것들은 약간 시간이 필요하다."

행덕이 말했다.

"남아 있는 것은 나중으로 돌리고, 우선 이것들을 가지고 한 번 다

녀올까?"

위지광은 이렇게 말하고는 불쑥 생각이 난 듯 물었다.

"그러나저러나 이 짐 안에는 무엇이 들어 있느냐?"

"그건 나도 모른다. 일일이 내가 입회해서 확인한 게 아니니까. 아무튼 귀중한 재물임에 틀림없다."

"보석도 있느냐?"

"물론 있겠지. 보진 않았지만, 분명 있지 않겠는가? 은갖 지역의 보석들이 잔뜩 들어 있을 것이다. 슬슬(瑟瑟)*, 호박(琥珀), 유리(琉璃), 낭간(琅玕)**. 모두 열어보지 않기로 약속한 것들이다. 손대지 마라."

"알았다."

신음하듯 위지광이 말했다. 그때 다른 궤짝을 실은 말 두 마리가 도착했다. 대운사의 젊은 승려 세 명도 함께였다. 위지광이 있는 곳에서 세 승려 쪽으로 온 행덕이 물었다.

"이게 전부인가?"

"얼추 끝났소이다."

가장 연장자인 승려가 대답했다. 처음에는 자신들이 골라낸 것만 꾸리다가, 결국 시간이 없어 그냥 닥치는 대로 집어넣어 가져왔다는 것이었다.

행덕은 세 승려에게 어떤 일이 있어도 이 궤짝에 무엇이 들었는지 발설하지 말 것을 재차 당부한 후, 이 짐들을 완전히 숨길 때까지 자신과 함께 입회하라고 말했다. 애초부터 그들은 그럴 생각이었다. 자

---

* 서역에서 생산되는 투명한 보석(옮긴이).
** '비취'의 중국식 호칭(옮긴이).

신들은 경전이 가는 곳이면 어디든 따라가겠다고 입을 모아 말했다.

행덕은 다시 위지광 쪽으로 가서 승려 세 명도 동행시키겠다고 전했다.

"안 돼. 너는 괜찮지만, 다른 자는 방해가 된다."

위지광은 거절하다가 곧 생각을 바꿨다.

"뭐, 괜찮겠지. 데리고 가라. 그곳에 도착하면 어차피 우리는 다음 운반을 위해 즉시 그곳을 떠나야 할 테니 짐이라도 지키게 하면 되겠군."

위지광 입장에서는 이번 일에 그 누구도 관여시키고 싶지 않았으나, 현실적으로 한 사람의 일손도 아쉬운 상태였다. 위지광은 언급하지 않았지만, 행덕은 그의 상단 인원이 어제보다 훨씬 줄어들었음을 알 수 있었다. 그가 자랑하던 백 마리의 낙타는 절반 정도로 줄었고, 낙타를 부리던 50명의 인부도 그 수가 반으로 감소해 있었다. 다들 도망친 것 같았다.

적재 작업이 마무리되고 출발할 시각이 다가오자, 조행덕은 일단 부대 본부로 돌아가 주왕례가 행덕을 위해 일부러 붙여준 중년의 언청이 대장에게 부대의 지휘권을 위임했다. 행덕이 자리를 비운 사이 무슨 일이 있을지 알 수 없었으나, 만일의 사태가 발생한다 해도 전투 지휘에 관한 한 이 언청이 용사가 행덕보다 우수하다는 것은 의심의 여지가 없었다.

행덕이 광장으로 되돌아왔을 때, 짐을 다 실은 낙타 대열이 오늘 아침 주왕례가 부대를 이끌고 나갔던 동문을 통해 막 출발하려 하고 있었다. 짐은 상자 몇 개만 남겨두었을 뿐, 거의 대부분 낙타 등에 실려 있었다.

위지광은 선두에서 대여섯번째 낙타를 타고 있었고, 행덕은 그 바로 뒤에서 낙타를 몰았다. 젊은 세 승려는 그보다 훨씬 뒤에 자리 잡고 있었다. 위지광은 이전보다 훨씬 더 늠름하고 대장답게 보였다. 지금 그는 오랫동안 하서 지역에서 권력을 뽐내던 귀의군절도사 조씨 집안이 몇 대에 걸쳐 축적해온 재물을 자신의 60마리 낙타 등에 싣고 있었다. 적어도 그는 그렇게 믿고 있었다. 그것이 그로 하여금 서글플 정도로 오만한 표정을 짓게 만들었다. 이때만큼 위지광이 위지 왕조의 후예답게 보인 적은 없었다.

성문을 나서자 급작스레 달빛이 훤해지며 차가운 밤공기가 살을 에듯 엄습해왔다. 대열은 쏟아지는 달빛을 온몸에 받으며 동쪽을 향해 전진하였다.

일행은 경작지를 따라 10리쯤 행진한 후, 당하 기슭에 이르렀다. 강 표면은 얼어붙은 상태로, 주위로는 마른 갈대들이 마치 수면 위로 뚫고 나온 것처럼 자라고 있었다. 강을 건너 한참을 수로를 따라 동쪽으로 전진하자, 도중에 자연적으로 남쪽으로 굽은 길이 나왔다. 이 지점부터 경작지가 끝이 나고 사막이 나타났다. 사막에 들어서면서부터 땅에 드리운 대열의 그림자가 갑작스레 짙어졌다. 위지광과 행덕은 입을 굳게 다문 채 한마디 말도 하지 않았다. 행덕은 뒤를 한번 돌아보았다. 저마다 묵직해 보이는 크고 작은 궤짝을 나누어 실은 낙타 대열이 일렬로 늘어선 채, 투명한 달빛을 받으며 묵묵히 전진하고 있었다. 낙타 등에 실린 짐의 내용물이 경전임을 새삼스레 머리에 떠올리는 순간, 자신의 뒤로 늘어선 낙타 대열이 특별하게 느껴졌다. 60마리의 큼지막한 동물들이 각기 최대한 실을 수 있는 분량의 경전을 싣고 달빛 쏟아지는 사막을 행진하는 모습을 보자 왠지 모를 감동 같은 것이 느껴졌다. 행덕은 이날 밤을 위해 이제껏 그 오랜 세월을 사막을 떠돌아다닌 것이 아닐까 생각해보았다.

이윽고 당하 지류에 당도했다. 그 강 또한 꽁꽁 얼어붙어 있었다. 이번에는 강을 건너지 않고 강줄기를 따라 상류로 향했다. 이 길을 따라 가면 자연스럽게 목적지인 천불동 앞으로 나오게 돼 있었다.

대열은 지류를 따라 어딜 봐도 풍경이 똑같은 단조로운 길을 20리 전진했다. 이때부터 칼바람이 매섭게 불어왔고, 때때로 낙타 발굽 부근에서 모래 먼지가 일기 시작했다. 밤인 탓에 모래 먼지는 잘 보이지 않았으나, 모래알이 얼굴을 때려대는 바람에 그 존재를 알 수 있었다. 바람이 휘몰아칠 때마다 낙타들이 육중한 몸집을 옆으로 돌려 바람을 피하느라 행진에는 좀처럼 속도가 붙지 않았다.

얼어붙은 광활한 강가의 모래 섞인 자갈밭을 건너게 되었다. 강줄기는 물론, 작은 돌이 깔려 있는 벌판 또한 결빙된 상태였다. 고생 끝에 마침내 천불동이 위치한 명사산 언덕에 도착했을 때, 행덕의 몸은 꽁꽁 얼어붙어 감각을 상실해갔다.

"다 왔다."

낙타가 정지하자 앞에서 위지광이 몸을 날려 낙타에서 뛰어내렸다. 잠시 후 동물가죽으로 두툼해진 그의 몸이 낙타에서 멀어지는가 싶더니, 손을 입 쪽에 갖다대고 휘파람으로 신호를 보냈다. 대원들은 일제히 타고 있던 낙타에서 내렸다.

행덕은 땅에 서서 앞쪽으로 높이 솟구친, 남북으로 길게 뻗은 언덕 경사면을 향해 시선을 돌렸다. 경사면 일대에는 북쪽에서 남쪽으로, 중턱에서 꼭대기를 향해 크고 작은 사각형 동굴들이 무수히 뚫려 있었다. 개중에는 층층이 이어진 동굴도 있었고, 어떤 것은 동굴 하나가 다른 2층짜리 동굴에 맞먹을 정도로 규모가 컸다. 동굴들이 위치한 언덕 단면은 달빛을 받아 검푸른 빛을 띠었으며, 동굴들은 하나같이 움푹 파인 눈가처럼 어두컴컴했다.

낙타 인부들은 휴식을 취할 겨를도 없이 서둘러 짐을 내리는 작업에 착수했다. 이때 위지광이 행덕을 향해,

"따라오너라."

라고 말한 뒤, 일행이 있는 지점에서 벗어나 앞장서 걷기 시작했다. 천불동은 바로 코앞이었으므로 몇 발자국 걷지 않아도 됐다. 모래 경사면은 단숨에 올라갈 수 있는 거리였으나, 모래가 무너져 내리는 탓에 걸음을 옮기기가 쉽지 않았다. 경사면 위까지 오르자 동굴 하나가 나타났다.

"이 동굴 안에 가장 큰 구멍이 있다. 입구 오른쪽에 있으니까 바로 알 수 있다. 만약 그놈으로 부족하다면 그 옆으로 다른 구멍이 서너 개 더 있다."

위지광은 이렇게 말하고는 다시 걷다가 금방 멈춰 섰다.

"다른 구멍은 지금으로서는 필요 없을 거다. 잘 들어라. 열 명 정도 인부를 이곳에 남겨두고 갈 테니, 저 중들도 작업을 돕게 해서 짐을 이곳으로 옮겨놓아라. 난 다시 출발해야 한다."

말을 마친 위지광은 곧바로 발길을 돌렸다. 행덕은 은닉 장소가 어떤 곳인지 살펴보는 것은 나중으로 미루고, 그와 함께 낙타와 인부 들

이 모여 있는 곳으로 돌아갔다. 하역 작업은 순조롭게 진행되고 있었다. 짐은 낙타 인부들이 이미 한곳에 쌓아둔 상태였다.

위지광은 열 명 정도의 인부들을 지명하여 이곳에 남아 행덕의 지시를 따르도록 명령한 후, 나머지 인부들에게는 출발 명령을 내리고 제일 먼저 낙타 등에 올라탔다. 위지광은 낙타들을 전부 끌고 가려 했으나, 행덕은 나중에 남게 될 사람들 몫으로 네댓 마리를 두고 가라고 요구했다. 그러나 위지광은 이를 거부하며 결국 한 마리만 허락했다.

위지광이 이끄는 낙타 대열은 행덕과 세 명의 승려, 열 명의 인부와 낙타 한 마리 그리고 산더미처럼 쌓인 짐을 뒤로하고 남은 짐을 가져오기 위해 천불동을 떠났다.

위지광의 대열이 언덕 중턱을 돌아 반대편 쪽으로 자취를 감추자, 행덕은 모닥불을 피우기 시작한 인부들을 그 자리에 남겨두고 세 승려와 함께 은닉 장소인 석굴을 향해 경사면을 올라갔다. 이때 알게 된 사실이지만, 그 석굴은 언덕 전체에서 보면 상당히 북쪽으로 치우친 지점에 있었고, 3층으로 이루어진 천불동 안에서 가장 아래층에 해당하며, 수많은 석굴 중에서도 규모가 큰 편에 속했다.

석굴 내부가 어두컴컴해서 네 사람은 좀처럼 안으로 들어서지 못한 채 한동안 입구에 서 있었다. 그사이 차츰 어둠에 익숙해지면서 희미하게나마 석굴 내부의 모습이 보이기 시작했다. 구조적으로 모래에 파묻혀버린 걸까, 아니면 일부러 그렇게 판 것일까. 동굴은 네 사람이 서 있는 지반보다 약간 낮게 파여 있어, 안으로 들어가려면 발을 약간 아래로 디뎌야만 했다.

행덕이 먼저 동굴 입구로 발을 들여놓았다. 모래에 파묻힌 방 같은 공터가 있었고, 막다른 곳에 안으로 통하는 길이 나 있었다. 길의 폭은 서너 명이 나란히 걸을 수 있을 정도로 꽤 넓었다. 헝덕은 그 안을 들여다보았다. 통로 왼쪽 벽면에 보살들이 나란히 그려진 벽화가 보였다. 벽화는 널따란 방을 지나 벽면 아래쪽으로 희미하게 스며드는 달빛 때문에 전체적으로 푸른빛을 띠었으나, 만약 낮이라면 설령 빛바랜 상태라 해도 갖가지 색으로 채색된 것을 알아볼 수 있을 터였다. 반대쪽 벽면은 달빛이 미치지 않아서 무엇이 그려져 있는지 알 수 없었지만, 같은 그림이 아닐까 싶었다. 헹덕은 안으로 발을 들여놓으려하다가, 한 치 앞을 분간할 수 없을 정도로 어두운 탓에 단념하고 말았다. 지금 헹덕이 들여다보고 있는 곳은 통로였으므로, 안쪽에 훨씬 더 큰 동굴이 있을 거라고 추측했다. 그때 안을 들여다보던 승려 하나가 말했다.

"여기 구멍이 있소."

그곳은 통로 북쪽 벽으로, 가까이 가보니 과연 어른 하나가 들어갈 정도의 구멍이 뚫려 있었다. 이 구멍도 내부가 캄캄해서 어떤 구조로 이루어졌는지 알 수 없었다.

헹덕은 낙타에 실어 온 짐을 내려 은닉 장소인 구멍 안에 차곡차곡 들여다놓을 수 있을 거라고 막연하게 예측했으나, 실제로 와보니 자신의 판단이 무리임을 깨달았다. 한 번이라도 구멍 내부를 사전에 답사했더라면 반드시 불가능한 일은 아니었지만, 오늘 처음 은닉 장소 앞에 서게 된 네 사람에게는 그저 희망사항에 불과했다.

"이 상태로는 방법이 없군."

헹덕이 말하자,

"그냥 들어가보지요."

가장 젊은 승려가 이렇게 말했다. 그는 몸을 구부려 첫번째 구멍으로 자신의 몸을 반쯤 밀어 넣어 안을 들여다보더니, 단숨에 온몸을 캄캄한 구멍 속으로 던져 넣었다. 잠깐 동안 숨소리 하나 들리지 않는 정적이 주위를 감쌌다.

잠시 후 젊은 승려가 구멍에서 나왔다.

"내부가 축축하지는 않아요. 경전을 그대로 쌓아놓아도 괜찮을 것 같습니다. 제법 넓은데 어떤 구조인지는 전혀 알 수가 없네요."

"인부 중에 등불을 가진 자가 있을지 모르니, 가서 물어보고 오겠소."

다른 승려 하나가 서둘러 동굴 밖으로 나갔다. 얼마 안 있어 그는 낙타 인부 둘을 데리고 돌아왔다. 인부 중 하나가 단지에 양 기름을 넣어 만든 초를 들고 먼저 구멍으로 들어가고, 뒤를 이어 승려 둘이 들어갔다. 구멍은 폭 10척 정도의 정사각형 구조로, 사방이 벽으로 둘러싸여 있었다. 북쪽 벽에만 그림이 그려져 있는 것으로 보아, 아직까지 완성되지 못한 이동(耳洞)*임을 알 수 있었다. 등불로 비춰보니 벽화에는 승려 한 명과 그의 시중을 드는 것으로 보이는 여자가 서로 마주 보며 가지를 땅에 드리운 나무 옆에 서 있었다. 몇 개의 나뭇가지에는 두 사람의 소지품인 듯한 물동이와 가방 같은 것이 걸려 있었고, 승려는 커다란 부채를, 여자는 긴 지팡이를 손에 들고 있었다.

행덕은 과연 은닉 장소로 안성맞춤이라고 생각했다. 운반해 온 경

---

* 대규모 석굴에 딸린 작은 동굴(옮긴이).

전들도 그럭저럭 수납이 가능할 것 같았고, 입구가 작아 나중에 흙을 바르기도 수월해 보였다.

이동에서 나온 행덕은 인부들을 모은 후, 신속하게 작업에 착수하였다. 인부 중 세 명은 궤짝을 열어 경전을 꺼내는 작업을, 나머지 일곱 명은 구멍으로 옮기는 작업을, 그리고 세 승려는 이동 안에서 차곡차곡 올려 쌓는 작업을 맡도록 했다. 경전들을 궤짝에서 꺼내기로 한 것은, 좁은 구멍 안으로 상자째 넣는 것이 쉽지 않은 데다가, 옮기는 데만 두 사람의 일손이 필요하여 불편하다고 판단했기 때문이다. 어찌 되었건 지금은 한시라도 빨리 안에 옮겨 넣는 것이 중요했다.

궤짝은 하나하나 해체되었다. 인부들의 손길은 거칠었다. 두 사람이 궤짝 양쪽을 잡아 들어 올렸다가 바닥에 내팽개치거나, 통나무나 돌로 상자 모서리를 내리쳐 부수기도 하였다. 상자 안의 경전들은 파손을 막기 위해 한 다발씩 묶여 있었고, 겉에는 헝겊이 둘러 있었다.

일곱 명의 인부들은 거칠게 궤짝을 부숴 책을 꺼낸 자리에서 은닉 동굴이 있는 곳까지 왕복하며 경전 다발을 옮기기 시작했다. 행덕도 그들 속에 끼어 작업을 도왔다.

경전 다발 중에는 무거운 것도 있었고 가벼운 것도 있었다. 행덕과 운반 역을 맡은 인부들은 약속이나 한 듯 건네받은 경전 다발을 가슴으로 안아 양손으로 받쳐 들고 모래 위를 걸어가서는 모래가 흘러내리는 언덕을 오른 다음 석굴 입구로 들어가 그것을 이동 안에 있는 승려들에게 건넸다. 이것이 끝나면 같은 동선으로 되돌아갔다. 인부들은 도중에 자신과는 반대 방향으로 움직이는 동료들과 마주치게 되었다. 그러나 모두들 입을 굳게 다문 채, 마치 그 일이 자신에게 부과된 하늘의 지시인 양 묵묵히 작업에 임했다.

행덕은 경전을 안고 갈 때나 빈손으로 발길을 돌릴 때 자신과 함께 모래 위를 움직이는 짙은 그림자를 응시하며 걸었다. 그들의 발걸음은 너 나 할 것 없이 느릿했다. 전원 쏟아지는 졸음에 시달리고 있었다. 비록 느린 발걸음이었으나, 그러한 움직임이 기계적으로 중단 없이 지속되면서 착실히 성과를 드러냈다. 경전과 고서류는 어림잡아 수만 권에 달하는 분량이었다.

행덕은 위지광이 돌아오기 전에 가능하면 작업을 끝내야 한다고 생각했다. 만약 위지광이 작업 중에 돌아와 지금 자신들이 은닉 장소로 운반하는 것이 무엇인지 알게 된다면 격노할 것이 분명했다. 그러나 지금은 그런 생각을 하고 있을 겨를이 없었다. 그땐 그때였다.

산더미처럼 쌓여 있던 궤짝들이 점차 줄어든 대신, 해체된 궤짝의 나뭇조각들이 새로운 산더미를 이루었다.

어느덧 구멍은 경전으로 가득 차게 되었다. 세 승려 중 한 사람이 나오고, 이어 두번째 승려가 나온 후 마지막에는 가장 연장자인 승려가 홀로 남아 마무리 작업에 들어갔다. 드디어 그가 마지막 경전 다발을 쌓은 후 구멍에서 나왔을 때, 그의 몸은 온통 땀으로 뒤범벅이 되어 있었다.

"이제 입구를 흙으로 바르면 끝이오."

행덕이 말했다. 세 승려가 그 작업을 하겠다고 나섰다.

행덕은 허리에 차고 있던 주머니에서 『반야심경』 필사본 하나를 꺼내 손더듬이로 구멍 안에 있는 경전 더미에 올려놓았다. 구멍 안은 입구 근처에 아주 좁은 공간이 남아 있을 뿐, 좌우 모두 경전으로 메워져 있었다. 행덕은 경전 다발에서 손을 떼면서, 마치 망망대해에 물건을 내던진 것 같은 불안감을 느꼈다. 동시에 한편으로는 오랫동안 자신의 몸에 붙어 떨어지지 않던 것이 떨어져 나가, 보다 안전한 장소에 자리를 잡은 듯한 안정감 같은 것이 느껴졌다.

승려 한 명이 어디에서 구했는지 나무말뚝 같은 것을 몇 개 들고 와, 구멍 입구를 받치기 시작했다. 행덕은 입구를 흙으로 메우는 마지막 작업이 어떤 식으로 진행될지 알 수 없었으나, 그 일은 세 승려에게 맡겨두고 자신은 한 발 앞서 성으로 돌아가기로 했다.

행덕이 석굴을 나와 짐을 쌓아두었던 광장까지 걸어가자, 인부들은 부순 궤짝들로 모닥불을 피우고 그 주위에서 잠을 자고 있었다. 행덕은 혼자 성으로 돌아갈지, 아니면 인부들과 함께 가야 할지 잠시 망설이다가, 결국 같이 돌아가기로 결심했다. 언제 흉악한 살인자로 돌변할지 모르는 위지광의 부하들을 승려들과 함께 남겨두는 건 위험하다고 판단했기 때문이다.

행덕은 인부들을 깨우고 즉시 출발하도록 지시를 내렸다. 낙타가 한 마리밖에 남아 있지 않았으므로, 행덕만 낙타를 타고 나머지 인부들은 성까지 걸어가야 했다. 처음에 인부들은 성으로 돌아가는 것에 불만스러운 기색이었으나, 결국 행덕의 명령을 따랐다. 그들은 자신들이 지금 크게 한몫 챙길 수 있는 일을 하고 있으며, 아직 그 작업이 완전히 끝나지 않았음을 알고 있었다.

행덕이 성으로 돌아갔을 때는 해가 중천에 뜬 후였다. 동문에 위치한 부대 본부로 가보니, 보초병들 외에는 언청이 대장을 비롯한 모든 병사들이 정신없이 자고 있었다. 행덕도 이틀 밤을 꼬박 샌 상태였으나, 쏟아지는 잠을 가까스로 참으며 위지광이 있을 광장으로 가보았다. 그러나 위지광은커녕, 단 한 사람의 부하도 보이지 않았다.

행덕은 같이 온 열 명의 인부들을 민가에서 쉬게 한 뒤, 그 길로 낙타를 몰아 왕궁으로 향했다. 왕궁으로 통하는 문에는 이미 보초병의 그림자조차 보이지 않았다. 행덕은 문 안쪽 가까이에 위치한 광장에 무리를 지어 모여 있는 낙타들을 발견했으나, 그곳에서도 위지광과 그의 대원들의 모습은 찾을 수 없었다.

궁은 텅 비어 있었다. 행덕은 서둘러 연혜의 방으로 향했다. 입구에서 보니 방 안은 썰렁하기까지 했다. 행덕은 부질없는 일이라고 여기면서도 연혜를 불러보았다.

"태수님!"

"누군가?"

연혜의 목소리가 곧바로 들려왔다.

"아직도 이곳에 계셨소이까?"

"이곳에 있는 것밖에 도리가 없지 않은가?"

"다른 사람들은 어찌 되었습니까?"

"저녁에 모두들 고창을 향해 떠났네."

"그 많은 짐은 어쩌고요?"

그러자 헛기침이라도 하는 듯한 연혜의 기이한 웃음소리가 방 안에서 들려왔다.

"어리석은 놈들! 짐을 꾸리기는 했어도 정작 출발하려고 보니 낙타한 마리, 낙타를 움직일 인부 한 명 없으니…… 참으로 멍청한 것들이야."

연혜의 웃음소리가 이어졌다.

"결국 간단한 소지품만 챙겨 떠났지. 그 얼간이들이 말이야."

"위지광은 안 왔습니까?"

행덕이 물었다.

"위지광 말인가? 그 악당은 저 안에 있네."

"뭘 하고 있습니까?"

"뭘 하고 있는지, 내가 어찌 알겠나?"

행덕은 연혜의 방 입구에서 나와 복도를 따라 안으로 들어갔다.

"위지광!"

행덕은 이따금 위지광의 이름을 부르며 걸었다. 복도 몇 개를 돌았을까, 행덕의 눈앞에 하얀 햇살이 쏟아지는 중앙 뜰이 나타났다. 이어 짙은 붉은색 꽃이 보이더니, 그 옆으로 부산하게 움직이는 여러 남자들의 모습이 시야에 들어왔다.

"위지광!"

행덕이 부르자,

"오!"

하고 대답하며 뒤를 돌아보는 자가 있었다. 위지광이었다. 행덕이 다가가보니, 위지광과 그의 부하들 주위로 엄청난 수의 짐 꾸러미들이 어지럽게 널려 있었다. 궤짝이 부수어져 내용물이 그대로 드러난 것, 반쯤 열린 것, 아직 열리지 않은 것 등이 여기저기 나뒹굴고 있었다.

"뭘 하고 있는가?"

행덕이 물었다.

"보면 모르겠냐? 여기에는 낙타 백 마리나 2백 마리가 있어도 다 실을 수 없을 정도의 짐들이 널려 있다."

위지광은 부하가 연 궤짝의 내용물을 들여다보며 그냥 버리라든가, 가져갈 짐 쪽에 넣으라든가 거친 말투로 일일이 지시를 내리고 있었다. 그런 위지광의 모습에는 생기가 넘쳤다. 그러다가 그는 행덕이 지금 자기 눈앞에 있다는 사실의 의미를 그제야 깨달은 듯 갑자기 굳은 표정을 지으며 물었다.

"짐은 어찌 되었냐?"

"전부 옮겼다."

행덕이 대답했다.

"좋아."

위지광은 고개를 끄덕이며, 이미 그 일은 자신의 머릿속에 들어 있지 않다는 듯이 목전에 닥친 작업에 몰입했다. 실제로 지금 위지광과 그의 부하들이 매달려 있는 작업은 언제 끝날지 알 수 없는 것이었다. 며칠을 걸려 겨우 꾸리고도 결국 포기한 채 떠날 수밖에 없었던 조씨 일족의 짐들이 이곳 중앙 뜰은 물론, 뜰과 이어진 복도에 가득했고, 그것도 부족하여 또 다른 건너편 건물에까지 빼곡하게 들어차 있는 것 같았다.

행덕은 잠시 인부들이 작업하는 광경을 바라보았다. 위지광은 쓸모없는 것들만 잔뜩 모아놓았다고 투덜대면서, 산적한 짐 중에서 한아름은 족히 되는 융단 꾸러미를 끄집어내고 있었다. 부하 한 사람이 그를 도와 융단을 펼쳤다. 융단은 중앙 뜰의 일부를 단번에 덮어버릴 정도로 크고 훌륭한 것이었다.

"버려!"

위지광이 소리쳤다.

행덕은 그곳에서 나와 자신의 방에서 홀로 의자에 파묻혀 있는 연혜를 다시 찾아갔다. 탐욕에 눈이 먼 열혈남과 있다가 이번에는 정반대로 욕심이라곤 눈곱만큼도 찾을 수 없는 무기력한 자에게 돌아온 느낌이었다.

"태수님!"

행덕은 이렇게 외치며 연혜의 방으로 들어갔다.

"이제 곧 전투가 시작될 텐데, 언제까지 여기 계실 작정입니까?"

"전투가 언제 시작되든 관심 없네. 난 이곳에 남을 테니까."

"어리석은 생각 마십시오. 이곳에서 당장 나가셔야 합니다."

"어째서 날 이곳에서 나가게 하려는가?"

"목숨이 붙어 있는 한 인간은 살아야 합니다."

"살아야 한다고?"

연혜가 기이한 말을 듣는다는 표정을 지으며 말했다.

"그댄 살고 싶은가? 살고 싶다는 의지가 있는 자는 살아남을 수 있겠지. 그래, 자네에게 살겠다는 의지가 있다면 이걸 그대에게 맡겨야겠군."

연혜는 자신의 등 뒤에 있던 궤짝 같은 것의 문을 열고는 서책을 한권 꺼냈다.

"이걸 맡기겠네."

"이것이 무엇입니까?"

행덕은 묵직한 서책을 받으면서 물었다.

"절도사 조씨 집안 대대로 전해 내려오는 것일세."

"이걸 맡아 어쩌라는 것입니까?"

"그저 맡아주기만 하면 되네. 살겠다는 의지가 있는 자네에게 모든 것을 맡기겠네. 태우든 버리든 마음대로 하게."

"그렇다면 이곳에 두어도 마찬가지 아닙니까?"

"아닐세, 그건 곤란해. 난 이걸 형에게 건네받고 처치곤란이었네. 자네에게 넘기겠네. 이제 내 알 바 아니야."

연혜는 성가신 일에서 벗어나 홀가분하다는 표정을 짓고는 다시 의자 깊숙이 몸을 파묻었다. 그리고 서책 쪽으로는 두 번 다시 눈길도 보내지 않았다. 행덕 또한 귀찮은 짐을 억지로 떠맡은 듯한 곤혹스러운 기분이었지만, 되돌려주려 해도 상대가 결코 받지 않을 것이라는 느낌을 받았다. 행덕은 도리 없이 그것을 들고 연혜의 관저를 물러났다.

부대 본부 옆에 위치한 자신의 숙사로 돌아온 행덕은 그저 초연한 심정으로 그냥 그 자리에 쓰러져 잠이 들었다. 얼마나 시간이 흘렀을까, 행덕은 주왕례가 보낸 연락병 때문에 잠이 깨었다. 행덕은 숙사 문밖으로 나가보았다. 해가 중천에 떠 있었다. 햇살도 주위의 정적도 공허한 느낌이 들었다. 연락병의 전언 또한 그러한 공허한 상황에 어울리는 간단하고 짧은 내용이었다. 조현순이 전사했다는 내용뿐이었다. 연락병의 입을 통해서는 주왕례의 부대가 아직까지 전투를 벌이지 않고 있다는 것 말고는 그 어떤 소식도 전해 들을 수가 없었다.

조행덕은 다시 잠을 청했다.

선잠이 든 상태에서 행덕은 꿈을 꾸었다. 그는 쏟아지는 저녁 햇살을 정면으로 받으며 모래언덕 낭떠러지 위에 있었다. 바다처럼 펼쳐

224

진 모래사막이 한눈에 들어오는 곳이었다. 나지막한 모래언덕이 삼각형 모양의 파도처럼 솟았다 가라앉았다 하고 있었다. 그중 조행덕이 서 있는 모래언덕이 가장 높았다. 발밑으로 깎여나간 걸개지 밑을 내려다보니 나무 몇 그루가 자그마하게 보였다. 그 나무가 자라는 곳까지 거리가 얼마나 되는지는 가늠할 수 없었다.

조행덕은 그곳에 혼자 서 있는 게 아니었다. 그는 아까부터 자기 쪽으로 몸을 돌린 채, 자신의 눈을 응시하고 있는 주왕례의 얼굴을 질리도록 바라보고 있었다. 주왕례의 얼굴은 석양을 받아 붉게 빛났다. 행덕은 여태껏 이토록 벌겋게 물든 노대장의 얼굴을 본 적이 없었다. 그의 붉게 물든 얼굴에서 커다란 두 눈이 타오르듯 이글거렸다.

주왕례는 다정한 눈빛으로 행덕에게 말했다.

"너에게 전해주려던 물건이 있다. 그것을 찾아보았으나 도대체 어디다 두었는지 알 길이 없다. 그건 위구르 왕족 여인이 목에 걸고 있던 목걸이다. 전투 중에 어딘가에 떨어뜨린 모양이다. 그 목걸이를 잃어버렸다는 것은 내 목숨이 다했음을 말하는 것 같다. 이원호의 목을 베는 것도 이 상황에서는 어렵게 되었다. 유감이지만 어쩔 수 없다."

그때 비로소 느낀 것이지만, 주왕례의 몸 곳곳에는 화살이 박혀 있었다. 행덕이 그것을 빼주려 하자,

"빼지 마라!"

주왕례는 다소 근엄한 말투로 말하고는 이어서,

"난 오랫동안 이런 최후를 생각해왔다. 그냥 보고 있어라."

라고 한 뒤, 칼을 뽑고는 양손으로 칼날을 쥔 채 칼끝을 입 안에 찔러 넣으려는 자세를 취했다.

"이게 무슨 짓이오!"

행덕이 외치는 순간 주왕례의 몸이 허공으로 솟구치는가 싶더니 곧장 머리를 땅으로 향한 채 낭떠러지 아래로 떨어졌다.

행덕은 자신의 목소리에 놀라 꿈에서 깨었다. 뭐라고 외쳤는지는 알 수 없었으나, 자신이 소리를 지른 것만은 확실했다. 격렬한 심장 박동과 함께 겨드랑이 밑으로 식은땀이 흥건했다. 그때 행덕의 귀에 예사롭지 않은 소란이 문밖에서 들려왔다.

행덕은 황급히 문을 열어보았다. 여러 병사들이 불을 붙인 마른 갈대 다발을 들고 미친 사람처럼 제각기 뭐라고 외쳐대며 숙사 앞길을 달려가고 있었다. 그들이 지나가자 또 다른 무리가 뒤를 이어 지나갔다.

행덕은 부대 본부로 달려갔다. 언청이 대장이 본부 앞에서 역시 정신 나간 사람처럼 무언가 외쳐대고 있었다. 어디서 나타났는지, 건너편 골목에서 손에 횃불을 든 병사들이 꼬리를 물고 나오더니 본부 앞에 이르러 각자 뿔뿔이 흩어지고 있었다.

"무슨 일이냐?"

행덕이 언청이 대장에게 다가가 묻자, 그는 가만히 있어도 흉물스럽기 짝이 없는 입을 쩍 벌리며 씽긋 웃고는 잘 알아들을 수 없는 목소리로 말했다.

"성을 태워야 하오, 성을……"

"주왕례는?"

행덕이 떨쳐버릴 수 없는 불안을 느끼며 물었다.

"대장은 전사했소. 방금 소식이 왔소. 성을 태워라, 성을! 그리고 모두들 피해라!"

언청이 용사는 행덕이 무슨 말을 해도 대꾸를 못할 정도로 격양돼 있었다. 그는 미친 듯이 손을 휘저으며 병사들을 향해 끊임없이 고함을 쳐댔다.

"불을 질러라, 성을 태워라!"

행덕은 혹시라도 전투 상황을 볼 수 있을지 모른다는 생각에 성벽 위로 올라갔다. 그러나 그곳에서는 아무것도 보이지 않았다. 당장이라도 석양을 삼켜버릴 것 같은 평원은 그저 고요했다. 귀를 기울이니 어디선가 아득히 먼 곳에서 성 안의 소란과는 별개로 전투의 함성 같은 것이 들려왔다. 시선을 성 밖에서 성 안으로 옮기자, 군데군데 연기가 피어오르기 시작하고 있었다.

불은 이미 성 안 곳곳으로 번지기 시작한 모양이었으나, 대낮이라 정확히 알 수 없었다. 검은 연기는 시시각각으로 사주성 상공을 덮으며 번져나갔다.

행덕은 성벽을 내려오면서 지금 자신이 할 수 있는 것은 아무것도 없다고 생각했다. 주왕례가 전사했다는 소식을 들은 순간부터, 행덕은 그동안 자신을 정신적으로 지탱해온 버팀목이 무너져 내림을 느꼈다. 노대장이 살아 있다면 자신도 살아야 할 의미가 있겠지만, 그가 죽어버린 지금은 살아야 할 이유도 삶에 대한 흥미도 없는 것 같았다. 성벽을 다 내려와 지상에 발을 디디자, 때를 같이하여 성을 태우는 불길이 차츰 거세지더니 물건들에 불이 붙어 튕겨나가는 소리가 주위를 울리기 시작했다.

북문 쪽으로 이동한 행덕은 돌 하나를 발견하고 그 위에 걸터앉았다. 사방 어디를 둘러봐도 사람의 모습은 보이지 않았다. 소리를 질러

대던 언청이 대장도 없거니와, 병사들의 모습도 찾아볼 수 없었다. 그러나 행덕의 눈에는 한 장수의 모습이 지금 실제로 자신 앞에 있는 것처럼 선명하게 떠올랐다. 칼을 입에 문 채 낭떠러지 아래로 몸을 던진 주왕례의 모습이었다. 그는 칼이 부러지고 최후의 화살이 떨어질 때까지 혼신의 기력을 다해 싸우다 마침내 장엄한 죽음을 맞이했을 것이다. 아마도 그에게는 스스로 목숨을 끊는 것밖에 방법이 없었을 것이다.

행덕은 돌 위에 앉아 한동안 멍하니 생각에 잠겨 있었다. 그러는 동안 느닷없이 얼굴에 뜨거운 바람이 덮쳐 와 비로소 제정신이 들었다. 불길이 바람을 일으킨 것인지, 조금 전까지만 해도 불지 않던 바람이었다. 연기가 땅바닥을 기어가듯 번지며 행덕 쪽으로 밀려왔다. 정신을 차려보니, 그 연기 속에서 사람 하나가 비틀대며 이쪽으로 다가오는 것이 보였다.

"위지광!"

자신도 모르게 소리를 지른 행덕은 앉아 있던 돌에서 몸을 일으켰다. 위지광의 뒤쪽으로 반쯤 연기에 휩싸인 낙타들이 졸졸 따라오는 것이 보였다.

위지광은 행덕이 있는 곳으로 다가왔다.

"멍청한 놈들 때문에 하루 걸려 한 작업이 엉망이 되었다. 적이 쳐들어온 것도 아닌데 스스로 불을 지르다니 제정신이냐? 빌어먹을!"

마치 행덕이 불을 지른 장본인인 것처럼 원망하는 말투였다. 그러고는 호통치듯 명령했다.

"너에게 아직 볼일이 남아 있다. 날 따라와라."

"어디로 가느냐?"

"어디로 가냐고? 그럼 넌 여기 있을 작정이냐? 불에 타 죽어도 좋으냐?"

위지광은 앞장서 성문 밖으로 나갔다. 성문을 나서자 뒤를 따라오던 20여 마리의 낙타 가운데 한 마리를 턱으로 가리키며 말했다.

"타라."

행덕은 위지광의 지시에 따랐다. 실제로 딱히 갈 곳도 없었다. 주왕례가 살아 있다면 전선으로 나가겠지만, 주왕례가 없는 전쟁터로, 게다가 패주하고 있을 게 뻔한 부대에 참가해야겠다는 마음은 없었다.

성문을 나오면서부터 전투의 함성이 이전보다 훨씬 가깝게 느껴졌다. 서쪽에서도 동쪽에서도 들려오는 것 같았다.

"어디로 가느냐?"

"천불동이다. 어젯밤 짐은 제대로 보관해두었겠지? 허튼 수작 부리면 가만두지 않겠다. 모처럼 계획했던 큰 건이 수포로 돌아갔으니, 이제는 어젯밤 짐이 유일한 위안거리다."

위지광은 여전히 혼자 투덜대고 있었다. 천불동이라면 행덕도 가보고 싶었다. 마무리 작업을 세 승려에게 맡기고 오긴 했으나, 그 후 어떻게 되었는지 확인해보고 싶었다. 자신이 오고 나서 바로 벽을 바르는 작업에 착수했을 테니, 입구는 어떤 형태로든 막아놓았을 거라고 생각했다.

당하를 건널 때까지 두 사람은 아무 말도 하지 않았다. 얼어붙은 강을 건너 사막에 접어들었을 때 두 사람은 비로소 이삼십 명 정도의 패잔병으로 보이는 무리가 멀리 남쪽에서 서쪽을 향해 움직이는 것을 보았다. 그것을 시작으로 같은 무리가 꼬리를 물고 지나가는 모습이 자그맣게 시야에 들어왔다. 무리는 약속이라도 한 듯 남쪽에서 서쪽으로 향하고 있었다. 간간이 함성이 바람을 타고 들려왔다.

"행덕!"

위지광이 행덕 쪽으로 낙타를 성큼 몰며 그를 불렀다. 그의 표정이 예사롭지 않았으므로, 행덕은 반사적으로 움찔 뒤로 물러섰다. 그러나 위지광은 더 이상 행덕이 물러서지 못하도록 자신의 낙타를 행덕의 낙타에 나란히 밀착시켰다.

"목걸이는 어찌 했느냐? 구멍에 같이 넣었느냐?"

행덕은 아무 대답도 하지 않았다.

"아직도 갖고 있는 모양이군. 이리 내놔라. 언제까지 고집을 부릴 거냐? 그런 걸 가지고 있어봤자 아무 소용없다. 지금은 특수한 상황이다. 사주성은 불타고, 절도사 조 씨는 전투에 패해 멸망했다. 내일 당장 무슨 일이 일어날지 아느냐? 오늘 밤 서하의 대군이 이 일대로 몰려올 것이다. 꾸물대고 있다간 굶어 죽거나, 그들 손에 죽기 십상이다."

굶어 죽는다는 말에 행덕은 갑자기 시장기를 느꼈다. 아침에 부대 본부에서 맛없는 음식으로 빈속을 달랜 이래, 지금까지 아무것도 입에 대지 않은 상태였다.

"배가 고프다. 뭐 먹을 것 좀 없느냐?"

"한가한 소리 작작 해라."

그러면서도 위지광은 가죽으로 만든 웃옷 안주머니에서 밀가루로 만든 빵 같은 것을 꺼내 행덕에게 건네주었다.

"목걸이를 내게 다오. 나쁘게 하지는 않으마."

"싫다."

"죽어도 좋으냐? 목걸이를 건네주면 네 목숨은 살려주겠다."

"무슨 말을 해도 싫다."

"뭐라고!"

위지광은 당장이라도 달려들 기세였다.

"너 따위 죽이려고 마음만 먹으면 식은 죽 먹기다. 그런 널 살려주 겠다는 거다. 너도 낙타 인부들과 같은 꼴이 되고 싶으냐? 놈들은 내 가 한 놈도 안 남기고 다 처치했다."

낙타 인부라는 말에 행덕은 문득 스무 명이 넘던 인부들은 도대체 어디 있을까 생각했다.

순간 위지광이 손을 뻗더니 다짜고짜 행덕의 가슴팍을 덥석 움켜잡 았다.

"자, 잔말 말고 목걸이를 내놔라."

위지광은 팔에 힘을 주어 행덕의 몸을 흔들어댔으나, 행덕은 그 말 에는 별다른 대꾸도 하지 않고 위지광에게 물었다.

"낙타 인부들은 어찌 되었느냐?"

"해치웠다. 왕궁 재물 창고 속에 집어 처넣었으니, 지금쯤 모두들 연기에 질식해 불에 타 죽었을 거다."

행덕은 놀란 표정으로 물었다.

"왜 그런 짓을 했느냐?"

"애초부터 그놈들은 살려둘 수 없는 자들이다. 친불동의 은닉 장소 를 알고 있으니까. 불이 나주는 덕분에 안성맞춤이었지. 이제 남은 건 너와 세 중놈들뿐이다. 하나 생각 여하에 따라 너만은 살려줄 수도 있다. 자, 목걸이를 내놓겠느냐?"

"싫다."

행덕은 잘라 말했다. 설령 죽게 된다 해도 목걸이를 목숨과 바꾸기는 싫었다. 주왕례가 살아 있는 동안 줄곧 목걸이를 몸에 지니고 있었던 것처럼, 자신도 목숨이 붙어 있을 때까지 그것을 간직하고 싶었다.

"이렇게 친절히 일러줘도 싫단 말이냐? 그렇다면 할 수 없군. 죽여주지."

위지광은 말이 끝나기가 무섭게, 행덕을 낙타에서 밀어 떨어뜨렸다. 그러나 땅으로 떨어진 것은 행덕만이 아니고 위지광도 마찬가지였다. 떨어지면서 행덕은 위지광 밑에 깔리고 말았다. 머리 얼굴 할 것 없이 정신없이 날아드는 위지광의 주먹을 행덕은 피할 길이 없었다. 손을 쓸 겨를도 없이 한참을 맞기만 했다. 얼마나 맞았을까. 위지광은 이번에는 행덕을 강제로 일으켜 공중을 향해 들어 올리더니 이어 바닥으로 내팽개치고는 몸을 날려 행덕을 위에서 덮치며 눌러댔다.

행덕은 몽롱한 의식 속에서 그가 자신의 상의를 강제로 열어젖혀 품 안에 있던 목걸이를 낚아채는 것을 느꼈다. 위지광이 목걸이를 손에 쥔 채 일어서자, 행덕은 필사적으로 몸을 일으켜 혼신의 힘을 다해 상대의 두 다리에 들러붙었다. 예상치 못한 행덕의 행동에 위지광이 옆으로 쓰러지면서 다시 격투가 시작되었다. 이번에는 위지광이 목걸이를 손에 쥐고 있었으므로, 수세에 몰린 그의 행동은 다소 둔해졌다. 행덕은 여전히 위지광이 뻗어대는 주먹을 맞고 있었으나, 그 횟수는 확연히 줄어든 상태였다.

그사이 기마 자세를 취하고 있던 위지광의 동작에 급작스레 변화가 일어났다. 그는 행덕을 누르던 손에 힘을 빼고는 무슨 이유인지 일어 나려는 자세를 취했다. 행덕은 다시 죽기 살기로 위지광의 다리에 힘 껏 매달렸다.

"놓아라!"

위지광이 외쳤다. 행덕은 온 힘을 다해 붙들고 늘어졌다.

"놓으란 말이다. 기마대가 오고 있어."

그의 말대로 멀리서 사람과 말의 무리가 지축을 흔들어대는 굉음이 들려왔다.

"놓아라, 이놈!"

위지광의 외침은 필사적이었다. 그러나 그의 다리에 찰거머리처럼 매달려 있는 행덕도 그에 못지않게 필사적이었다. 행덕은 죽는 한이 있어도 그의 다리에서 손을 놓을 수 없었다.

위지광은 미치광이처럼 날뛰기 시작했다. 주먹을 휘두르고 쉴 새 없이 발길질을 해댔다. 그러나 행덕도 젖 먹던 힘을 다해 그의 다리를 붙잡았다. 위지광이 기마대에 잠깐 정신이 팔린 사이 몸을 일으킨 행 덕은 재빨리 위지광의 손에서 목걸이를 빼앗으려 했다. 그러나 목걸 이의 한쪽 부분이 간신히 행덕의 손가락에 잡혔을 뿐, 다른 한쪽은 여 전히 위지광의 손 안에 있었다. 다음 순간, 목걸이가 허공을 향해 일 자로 튀어 올랐다. 그 바람에 줄에 걸려 있던 파란 구슬들이 빛을 발 하며 흔들렸다.

기마대의 말울음 소리와 말발굽 소리가 두 사람이 있는 곳으로 질 풍노도처럼 밀려오고 있었다.

불과 수십 보 정도 떨어진 코앞에, 언덕을 단숨에 달려 올라온 것으로 보이는 대규모 기마부대가 덜컥 모습을 드러내더니 땅을 새까맣게 뒤덮으며 돌진해 왔다. 마치 이 드넓은 사막 안에서 목표는 오로지 두 사람뿐이라고 말하는 듯한 움직임이었다.

순간 행덕은 허공을 향해 솟구쳤다가 떨어진 목걸이 조각의 감촉을 손가락에 느끼며, 물구나무서듯 뒤로 벌렁 넘어졌다. 그와 동시에 돌진해 오는 거대한 집단의 기세에 밀려 튕겨나간 뒤, 완만한 모래 경사면 아래로 두세 번 구르다가 움푹 파인 웅덩이를 만나 간신히 멈출 수 있었다. 머리 위로는 새까만 인마의 무리가 굉음을 내며 지나갔다. 그다지 긴 시간은 아니었으나, 행덕에게는 무척이나 길게 느껴졌다.

정신을 차려보니 행덕은 웅덩이 속 모래에 깊숙이 파묻혀 있었다. 일어나려 해도 몸이 도무지 말을 듣지 않았다. 말발굽에 차였는지, 구르면서 타박상을 입었는지, 온몸이 쑤셔대며 아팠다. 죽지 않고 살아남은 것이 신기할 정도였다. 행덕은 누운 채로 하늘을 보았다. 몸은 말을 듣지 않았으나, 오른팔이 간신히 움직이는 것을 발견하고 천천히 팔을 뻗어 이리저리 더듬어보았다. 그러다 행덕은 깜짝 놀라 엉겁결에 팔을 쳐들었다. 낚아챈 목걸이는 허무하게 줄만 남은 채 손가락에 감겨 있었다. 줄에는 단 한 개의 구슬도 남아 있지 않았다. 줄이 끊어지면서 사방으로 흩어져버린 것이 분명했다.

조금씩 땅거미가 밀려들었다. 하얗던 달 표면이 빛을 내기 시작하더니 이윽고 불그스름하게 광채를 발했다. 달 주위의 별들이 하나 둘 반짝이며 하늘 전체를 덮어가는 모습을 행덕은 넋이 나간 사람처럼 우두커니 바라보았다. 행덕의 머릿속에는 아무런 생각도 없었다. 어찌 된 영문인지 추위조차 느껴지지 않았다. 대신 견딜 수 없는 공복감이 밀려왔다. 행덕은 단 한 방울이라도 물 생각이 간절했다. 고개를 돌려 사방을 둘러보았으나 입에 넣을 만한 것이 있을 리 만무했다. 한 도 끝도 없이 펼쳐진 모래사막이 그를 에워싸고 있을 뿐이었다.

그때 행덕은 앞서 위지광과 격투를 벌이기 직전에 그에게 받았던 빵이 어딘가 있을 거라고 생각했다. 그것만 있으면 급한 대로 요깃거리는 될 것이다. 행덕은 억지로 몸을 일으켜보았다. 몸 마디마디가 쿡 쿡 쑤셔댔다. 순간 행덕의 눈에 그다지 멀지 않은 지점에서 사람 하나 가 땅을 기듯이 엎드린 채 움직이고 있는 것이 보였다. 다름 아닌 위 지광이었다. 그는 땅바닥을 뚫어지듯 응시하면서 이다금 손으로 모래 를 더듬고 있었다. 처음에는 그런 위지광의 동작이 무엇을 의미하는 지 이해할 수 없었으나, 얼마 안 있어 그가 사방으로 흩어진 목걸이 구슬을 찾고 있음을 깨달았다. 수십, 아니 수백의 기마대가 지나간 모 래사막에서 단 한 개의 구슬이라도 찾아내는 것은 불가능한 일이었다.

행덕은 자신이 지금 한 조각의 빵을 찾기 위해 몸을 일으켰다는 사 실조차 잊은 채, 그런 위지광의 무모한 행동을 물끄러미 지켜보았다. 마침내 위지광이 달빛을 받으며 몸을 일으켰다. 일어서기는 했으나, 무슨 이유인지 움직이지 않았다. 잠시 후 그는 무척이나 천천히 오른 발을 앞으로 내디뎠다. 그와 동시에 상체와 두 손이 흡사 용수철 달린 인형처럼 기이한 자세로 움직이기 시작했다. 위지광이 부상을 입은 것이었다.

행덕은 다시 그 자리에 드러누웠다. 어디선가 낙타의 비통한 울음 소리가 들려왔다. 그 소리를 들으며 행덕은 점점 잠인지 혼수상태인 지 알 수 없는 몽롱한 의식 속으로 빠져들었다.

11장

　서하는 말발굽으로 사막을 유린하여 절도사 조 씨를 무너뜨리고 오랜 기간 이 지역을 근거지로 삼아왔던 한족 세력을 괴멸시킴으로써, 하서 전역을 완전히 자신들의 수중에 넣을 수 있었다. 이전부터 관할해온 하(夏), 은(銀), 수(綏), 유(宥), 정(靜)의 5개 주 외에, 영(靈), 감(甘), 양(涼), 숙(肅), 과(瓜), 사(沙)의 주까지 차지하면서, 서하는 바야흐로 명실상부한 대국이 된 것이다. 서방의 우전 회교도가 동쪽 진출을 포기한 것도 서하에게는 커다란 행운이었다. 회교도는 끝내 사주로 들어오지 않았다.

　이원호는 사주를 손에 넣은 즉시 휘하 군대를 좌우 양축으로 나눈 후, 12개의 감군사(監軍司)를 설치하여 영내 각 지역의 방비를 강화했다. 원호가 국호를 대하(大夏)로 고치고 정식으로 흥경을 도읍으로

삼아 스스로를 황제로 칭한 것은 보원(寶元) 원년(서기 1038년)의 일
이었다. 때를 같이하여 원호는 송나라에 국서를 보내 자연스럽게 양
국 간의 국교 단절을 통보하였다. 이에 대해 송나라는 이듬해 원호의
사성(賜姓)*과 관작(官爵)을 박탈하고, 황제의 칙령으로 원호의 목에
현상금을 내걸었다. 아울러 송나라는 하송(夏竦)과 범옹(范雍) 두 장
수로 하여금 서하에 대항토록 하였다. 원호는 건국한 지 얼마 되지 않
았는데도, 보안군(保安軍)** 지역을 침입하기 시작하여, 송나라의 변
방 각지에 군대를 파견하는 등 기세가 강성하였다. 이로 인해 관중(關
中)*** 지역 일대의 동요는 수차례 계속되었다.

　송나라의 서하 대책은 임무를 맡은 자들의 견해 차이나 불화로 인
해 번번이 사람만 바뀔 뿐 별다른 효과를 거두지 못했다. 하송과 범옹
에 이어 한기(韓琦), 범중엄(范仲淹)이 등장하였고, 그 후에 진집중
(陳執中), 왕연(王沿), 방적(龐籍) 등으로 바뀌었으나, 그 누구도 원호
의 기세를 꺾을 수 없었다. 강정(康定) 2년(서기 1041년)에 원호는 대
규모 침입을 감행하여 군세가 위천(渭川)까지 이르렀고, 그의 기마부
대는 섬서(陝西), 위북(渭北) 지역을 종횡으로 질주했다. 경주(涇州)
와 분주(汾州) 동쪽 지역은 보루(堡壘)를 세워 자체적으로 지키는 것
외에 달리 방법이 없었다.

　이 무렵 하서 지역에는 감주와 과주 등지에 서하의 대부대가 주둔
하면서 감군사가 설치되었다. 유일하게 하서 서부 지역만 전투가 없

---

* 황제나 임금이 공이 있는 신하에게 성씨(姓氏)를 내리는 일(옮긴이).
** 오늘의 섬서성(陝西省) 지단현(志丹縣) 일대(옮긴이).
*** 감숙성(甘肅省)과 섬서성의 경계 지역에 해당함(옮긴이).

었으나, 온 나라가 전력을 다해 송나라와 일전을 벌이고 있는 터라 이 지역에 거주하는 이민족에 대한 서하의 정책은 몹시도 엄격했다. 특히 한족은 오로지 포로로만 취급했다. 사주의 한족들은 일찍이 토번 점령하에서 토번의 복장을 강요당했듯이, 이번에는 서하의 전통 복장을 입어야 했다. 그 밖에도 등을 굽혀 자세를 낮추어 걷는 등 서하족의 방식이 강요되었다.

절도사 조씨 일족의 거취는 오리무중이었다. 조현순이 전사했다는 사실만 밝혀졌을 뿐, 나머지 사람들은 마치 이 땅에서 쓸어내버린 것처럼 행방이 묘연했다. 그중 일부는 서역의 고창이나 우전 등지로 망명했을 거라는 추측이 떠돌았으나 그마저도 확실치 않았다. 고창이나 우전의 상인들은 여전히 예전처럼 하서 지역을 드나들고 있었지만, 그들의 입을 통해서도 소문조차 들을 수 없었다.

사주가 서하에 함락된 지 4년째 되던 해 여름, 조현순의 손위 처남이라는 인물이 붙잡혀 처형되었다는 소문이 항간에 떠돌았지만, 사실 여부는 확인되지 않았다. 그나마 조씨 일족에 관한 소식으로는 그것이 거의 유일했다.

천불동은 서하 시대에 접어든 후에도 오랫동안 방치되었다. 원호는 독실한 불교 신자였고 서하인들의 다수가 불교를 신봉했으나, 연이은 송나라와의 전쟁으로 인해 불교에까지 신경을 쓸 겨를이 없었다.

천불동 앞에 위치한 삼계사(三界寺)도 한때 서하군의 주둔지였던 탓에 병사들에 의해 파괴되어, 군대가 물러간 뒤에는 사람 그림자도 찾아볼 수 없을 정도로 황폐한 상태로 방치되었다.

바로 조현순의 손위 처남이 처형되었다는 소문이 항간에 떠돌고 있던 무렵의 일이다. 어느 날, 천불동 명사산 언덕 가운데 조금씩 흘러내려 사막에 파묻혀버리려 하는 어느 경사면 자락에, 상단 하나가 낙타 백 마리 정도를 끌고 홀연히 나타났다. 그들은 도착 즉시 크고 작은 갖가지 모양의 막사 10여 개를 설치하였다. 그중 가장 큰 막사 지붕 꼭대기에는 비사문천을 새긴 깃발이 세워졌다. 저녁이 되자 깃발은 사막에서 불어오는 강풍으로 인해 굉음을 내며 펄럭이기 시작했다. 밤이 되자 빗방울이 떨어지기 시작하더니 순식간에 호우로 변했다.

밤이 깊어질 무렵 쏟아지는 폭우를 견디지 못한 상단은 결국 막사를 접은 뒤, 사람과 낙타 모두 비에 흠뻑 젖은 상태로 명사산 기슭에서 철수를 시작해, 크고 작은 석굴들이 있는 절개지 쪽으로 발길을 돌렸다.

대장의 명령으로 삼계사 옆 광장에 정지한 일행은 낙타를 비롯한 동물 무리를 세워둔 채 몸을 피하기 시작했다. 그때 비가 쏟아지고 나서 처음으로 번개가 사람들의 머리 위로 번쩍거렸다. 순간, 명사산 기슭 절벽을 도려내듯 수놓았던 수백의 석굴들이 강렬한 섬광 속에서 푸른빛을 띠며 모습을 드러냈다. 절개지를 뒤덮은 거대한 돌 표면으로 빗물이 폭포처럼 흘러내리는 가운데, 언덕 자락에서 직접 올려다보이는 야트막하게 파인 석굴 안에 안치돼 있던 크고 작은 불상들이 당장이라도 석굴 밖으로 튀어나올 듯한 기세로 웅장한 자태를 드러냈다. 천불동 북쪽 지점을 향하는 낙타 인부들의 모습은 거대한 언덕에 비하면 개미처럼 작아 보였다.

두번째 번개가 쳤을 때, 한 무리의 사람들이 3층 구조의 석굴 앞 언덕을 일렬로 오르고 있었다. 삼사십 명 정도의 인원이었다.

세번째 번개까지는 다소 시간이 걸렸다. 마침내 세번째 번개가 주위를 밝힐 무렵, 사람들은 3층 석굴 맨 아래쪽 동굴 앞에 다다랐다. 각자 손에 괭이와 망치를 들고, 몇 명은 통나무를 어깨에 짊어지고 있었다.

"시작해라."

어둠 속에서 명령이 떨어진 순간, 지축을 흔들어대는 천둥소리와 번개가 재차 어둠을 갈랐다. 몇 명은 땅에 납작 엎드렸고, 몇 명은 혼비백산하여 주위로 흩어졌다. 한 남자의 몸뚱이가 허공을 향해 빙그르 회전하더니, 두 손으로 하늘을 찌르는 자세로 석굴 입구에 쓰러졌다. 동시에 어둠이 그를 삼켜버렸다.

호우는 밤새도록 명사산 언덕을 때려대다가 새벽녘이 돼서야 가까스로 그쳤다. 석굴 앞에 낙타 인부 몇 명이 벼락을 맞고 쓰러져 있었고, 그중 석굴에서 가장 가까운 곳에 쓰러진 자만 다른 인부들과 복장이 달랐다. 이들 무리의 대장으로 보였으나, 검게 탄 시신만 봐서는 그가 누군지 판단할 수가 없었다. 한 낙타 인부의 증언을 통해 그가 위지 왕조의 후예를 자처하던 인물임이 판명된 것은 그로부터 한 달 정도 후의 일이었다.

서하와 송나라 사이에 일시적이나마 화친관계가 성립된 것은 사주가 서하에 점령당한 지 6년째 되던 경력(慶曆) 3년(서기 1043년) 1월의 일이었다. 송과 서하는 수년 동안 지속된 전쟁으로 병력 손실이 적지 않았고, 그 결과 국고의 결핍을 초래하였으므로 양쪽 모두 화친이 불가피한 상황으로 내몰리고 있었다. 이번 강화 협정에는 약간의 난관도 있었다. 이원호가 왕의 호칭을 유지한 채 협정에 임하려 했으나,

송나라는 이를 수용하지 않았다. 송은 이원호가 스스로 신하라고 칭할 것과 송나라의 사신을 거란의 사신과 동일하게 대우해줄 것을 요구하는 대신, 매년 비단 10만 필과 차(茶) 3만 근을 제공하겠다는 조건을 내걸었다. 수차례에 걸친 절충 끝에 원호는 형식상 송나라에 신하로 복속할 것을 승낙하는 대신, 그 보상으로 비단과 차의 양을 송나라가 제안한 양의 두 배로 늘려줄 것을 요구했다. 이원흐는 명분을 버리고 실리를 취한 셈이었다.

경위야 어찌 되었든 이번 강화 협정으로 일단 양국 간의 전투는 중지되었다. 전쟁이 끝나 평화를 맞이하자 이원호는 즉시 불교를 부흥하는 작업에 착수하였다. 그 결과 사찰이나 승려들은 보호를 받을 수 있게 되었으나, 각지의 사찰에서 보관하던 모든 경전류가 서하 조정에 압수당해 흥경으로 실려 갔다. 사주 일대만 해도 수십 마리의 낙타가 하루가 멀다 하고 등에 경전을 잔뜩 싣고 동쪽으로 향했다. 강화협정이 맺어지던 해 여름, 삼계사가 부흥되면서 많은 승려들이 거주하게 되었고, 천불동의 복구 공사도 진행되었다.

삼계사에는 한족 승려 외에 서하족 승려도 있었다. 천불동 복구 공사가 끝난 것은 그로부터 5년이 흐른 가을의 일로, 천불동에서 가장 규모가 큰 석굴인 대불전에서 성대한 공양 의식이 행해졌다. 사주 17개의 사찰로부터 수백 명의 승려와 비구니 들이 참가했고, 이 성대한 의식을 직접 지켜보려는 구경꾼들이 하서 각지에서 구름처럼 모여들었다.

공양 의식이 있던 날, 흥경에서 파견돼 온 범씨(范氏) 성의 관리가 북쪽 지역에 위치한 석굴 일부의 복구 상태가 미흡한 것을 발견하고,

거듭 수리에 임하도록 관계자에게 지시했다.

공사는 지체 없이 추진되었다. 새로 복구 공사가 시작될 무렵, 사주
성의 승려 하나가 문서를 들고 나타나 석굴 한 곳의 보수를 자신에게
맡겨줄 것을 요청했다. 비용은 자신이 있는 사찰에서 충당할 것이며,
작업에 필요한 인원도 제공하겠다는 제안이었다. 승려의 요청이 받아
들여져 석굴 복구가 그에게 일임되었다. 그 승려가 희망한 곳은 북쪽
지역에 위치한 3층 석굴의 가장 아래쪽 불동(佛洞)이었다.

삼계사에 소장된 천불동 복구에 관한 문서에는 그 승려의 이름과
복구할 굴의 이름, 그리고 청원을 발의하게 된 의의 등이 기록돼 있
다. 이 기록에 따르면 그 승려는 서하가 침입했을 때 동료 승려 두 명
과 함께 이 석굴에 피난해 왔으나, 불행하게도 동료들이 날아온 화살
에 맞아 굴 앞에서 죽었기에, 지금까지 천수를 누려온 자신이 이번 기
회에 그들을 공양하고 싶다는 내용이었다.

경력 8년(서기 1048년)에 이원호는 45세를 일기로 생을 마감했다.
그가 하서를 수중에 넣은 지 12년, 송나라와 강화 협정이 성립된 지
6년 만의 일이었다. 원호는 타계할 때까지 국내에서는 왕이라 칭했다.

서하와 송나라 사이의 국교가 재차 단절된 것은 원호가 죽고 20여
년이 지난 송나라 신종(神宗) 때의 일이다. 인종, 영종(英宗)의 뒤를
이어 젊고 패기에 넘친 신종이 즉위하자 송나라는 때를 기다렸다는
듯 북쪽 변방 지역의 수복을 목표로 내걸고 서하와 대립했다.

하서 지역도 30년 가까이 지속된 평화의 단꿈에서 깨어나, 재차 전
란의 시대로 접어들고 있었다. 그 무렵 우전국에서 사주로 들어온 상
단 사람 하나가, 우전의 옛 왕족이 의뢰한 것이라며 삼계사로 봉납할

물품을 가지고 왔다. 기증 물품은 우전산 보석과 의류 등 금전적 가치가 높은 것으로, 천불동에 일찍이 우전왕 이성천(李聖天)이 기부한 불동이 있으니, 만약 그곳이 황폐해졌다면 복구를 해주었으면 좋겠다는 의뢰였다.

아울러 이 남자는 우전 왕족으로부터 받은 의뢰품 외에 별도의 물품을 지니고 있었다. 그가 가져온 작은 꾸러미 안에는 편지 한 통과 책자 한 권이 들어 있었다.

편지에는, 자신은 우연한 인연으로 한때 사주의 권력자였던 조씨 일족의 족보를 보관해왔으며, 이번에 마침 사주로 오는 인편을 구하게 되었기에 그 편에 이것을 기증하고 싶다는 것과, 이 기회에 조씨 일족을 위해 천도제를 지내주었으면 한다는 것이었다. 아울러 만약 조씨 일족이 예전에 권력자였다는 이유로 공개적인 천도제가 불가능하다면, 이성천이 부처에게 바친 불동에서라도 지내주길 바라며, 이성천의 딸이 조씨 집안에 출가를 했으니 이 또한 인연이라면 인연이 아니겠냐는 내용이 적혀 있었다.

편지에는 한자 외에 서하 문자와 위구르 문자가 나란히 병기되어 있었다. 당당하고 훌륭한 필적이었다. 세 종류의 문자를 같이 쓴 것은, 서하 점령 후 사주의 사정을 가늠할 길이 없어 서찰이 누구 손에 들어가든 읽을 수 있도록 하기 위한 배려 같았다. 서찰 말미에는 필자의 이름을 '송나라 담주부 출신의 과거 응시생 조행덕'이라고만 적혀 있었다.

삼계사 측은 우전의 옛 왕족이라는 의뢰인의 요구대로 곧바로 이성천이 기부한 불동을 복구하였다. 그리고 또 한 명의 의뢰인이 보내온 족보 한 권을 불단에 봉납했다. 의뢰인 조행덕의 우려대로 절 입장에서는 조씨 일족을 공양하는 공개적인 의식은 아직 꺼릴 수밖에 없는 상황이었다.

따라서 삼계사의 주지승 외에는 이때 봉납된 책자가 조씨 집안의 족보라는 사실과, 그 족보에 적힌 내용에 대해 누구도 아는 자가 없었다.

족보에는 조의금(曹議金)부터 시작하여 원덕(元德), 원심(元深), 원충(元忠), 연경(延敬), 연록(延祿), 종수(宗壽), 현순에 이르는 조씨 집안 8대 당주의 이름과 함께, 그들의 생년월일부터 살아 있는 동안 이룬 발자취에 이르기까지 상당히 상세한 내용이 기록돼 있었다. 아울러 마지막 현순에 대해서는 서하와의 전투에서 패해 전사하였고, 기일은 경우 2년 12월 13일이라고 적혀 있었다. 그리고 이들 당주와는 별도로 책자 말미에 현순의 아우인 연혜에 대해서 '불심이 깊었으며 서하 침입 시 도주를 구차하게 여겨 혼자 사주성 안에 머물다 스스로 불 속에 몸을 던짐'이라고 언급하는 한편, '방장*의 방 안은 끝이 보이지 않을 정도로 광활하며, 하나의 석굴이 마치 삼계**와 같고, 처마는 다섯 가지 색깔로 채색돼 있어 빛을 발하면서 바람을 맞이하고 있다'***라는 문장이 이어져 있었다. 기일은 경우 2년 12월 13일로 형 현순과 같았다.

조씨 족보는 하루 동안 동굴에 모셔졌을 뿐, 다음 날 사찰 경전 서고로 옮겨진 뒤 오랜 세월 햇빛을 볼 수 없었다.

---

* 주지나 고승을 가리킴(옮긴이).

** 불교에서 말하는 선계와 인간 세상, 지옥을 가리킴(옮긴이).

*** 원문은 다음과 같다. 方丈室內化盡十方一窟之中宛然三界簷飛五采動戶迎風(옮긴이).

사주 일대는 그 후 수백 년이 흐르는 동안 몇 번이나 소속과 명칭이 바뀌었다. 송나라 때 서하에 점령당해 주(州)의 명칭을 상실했으나, 원나라 때 다시 사주로 불리다가, 명나라 때는 사주위(沙州衛), 이어 청나라 건륭 연간에는 둔황현(敦煌縣)이 되었다. 둔황은 크고 성대하다는 의미로, 그 옛날 전한과 후한, 수나라 때 서방 문화가 동쪽으로 유입되는 관문으로서, 이 지역에서 찬란한 문화가 꽃을 피우던 시기에 사용되던 이름이었는데, 2천 년이 지나 부활한 것이었다.

둔황이라는 명칭의 부활과 함께, 명사산 천불동도 건륭 이후에는 둔황석굴로 불리게 되었다. 그러나 둔황석굴은 그 호칭이 무색하게도 전혀 크고 성대해지지 못했다. 둔황 부근에서만 그 존재가 알려졌을 뿐, 이 지역을 조금만 벗어나면 아무도 그 석굴군에 대해 알지 못하는 시대가 한동안 지속되었다.

1900년대 초반 왕원록(王圓籙)이라는 도인 하나가 이곳을 찾아 모래에 파묻혀 있던 석굴군을 우연히 발견하고, 그중 한 곳에 거주하면서 석굴을 돌보게 되었다. 서하가 이곳을 침입한 지 어느덧 850년의 세월이 흘렀다. 왕 도인은 작은 키에 풍채 또한 볼품없고, 교양이라곤 없어 보이는 인물이었다. 어느 날 그가 석굴 한곳에서 모래와 먼지를 긁어내다가, 우연히 동굴 통로의 북쪽 벽면 한곳이 당장이라도 무너질 것처럼 부푼 것을 발견하였다. 돌출된 부분을 깎아 평평하게 다듬을 작정으로 막대기로 흙벽을 긁어내기 시작하니, 그 부분에서만 나머지 벽면과는 다른 소리가 났다. 그곳에 뭔가 있다고 판단한 왕 도인은 둥근 나무막대를 가져와, 막대 끝을 벽면에 대고 힘껏 밀어보았다. 두세 번 밀었을 때는 별다른 느낌이 없었으나, 같은 동작을 몇 차례 반복하자 토벽이 갈라지면서 본의 아니게 구멍을 내고 말았다. 안을 들여다보았지만, 칠흑 같은 어둠뿐이고 아무것도 보이지 않았다. 그러나 벽의 흙이 반대편으로 밀려 떨어져나간 탓에 그곳에 공간이 있음을 알게 되었다.

왕 도인은 이번에는 괭이를 들고 장시간의 작업을 통해 구멍을 차츰 넓혀갔다. 그러나 여전히 내부 구조가 어떠한지는 알 길이 없었다. 그는 자신이 지내는 굴로 돌아가 초를 가져온 후, 촛불을 비춰 안을 살펴보았다. 순간, 구멍 안에서 뜻밖의 물건을 발견하게 되었다. 내부에는 수많은 경전들이 빈틈이 없을 정도로 빼곡히 쌓여 있었다.

왕 도인은 그 길로 둔황현 관청으로 달려가 자신이 발견한 물건을 신고했다. 그러나 아무리 기다려도 관청에서 연락이 오지 않았다. 기다리다 못한 왕 도인은 재차 관청으로 발길을 옮겼다. 그러나 관청으로부터는 적당히 보관해두라는 대답밖에 들을 수가 없었다.

왕 도인은 천불동으로 구경꾼들이 찾아오면 자신이 발견한 은닉 동굴과 그 속에 산더미처럼 쌓여 있는 경전들을 보여주면서, 없는 말까지 보태 그 유래에 대해 설명하곤 하였다. 그는 구경꾼들이 시주해주는 돈이나 물품으로 의식(衣食) 문제를 해결할 수 있었다.

1907년 3월 영국의 탐험가인 스타인*이 이곳을 찾아왔다. 천불동에 도착한 그는 왕 도인의 굴까지 발길을 옮겼다. 경전들은 스타인의 손에 의해 하나하나 굴 밖으로 옮겨졌다. 왕 도인은 자신조차 들어가기를 꺼렸던 음산한 구멍 속으로 벽안의 외국인이 태연하게 몸을 집

* 헝가리 태생의 영국 탐험가, 고고학자. 4회에 걸쳐 중국 신장 지역을 탐험하면서 둔황 석굴의 고문서와 둔황 고분을 발굴했다.

어넣는 것을 보고 놀라움을 금할 수 없었다.

스타인은 두루마리 형태의 경전을 조심스럽게 다루며 일일이 펼쳐 내용물을 확인하였으므로, 대략 굴속의 경전 3분의 1을 꺼내는 데만 며칠이 소요되었다. 왕 도인은 이 영국인과 협상을 벌여, 그가 끄집어 낸 경전들을 자신이 지금까지 손에 쥔 적이 없는 액수의 돈과 교환하 였다. 그는 자신이 발견한 휴짓조각처럼 여기던 경전들을 돈으로 맞 바꾸게 된 사실에 놀라지 않을 수 없었다.

이 영국 학자는 경전 전부를 갖고 싶어 했으나, 왕 도인은 관청에서 조사가 나왔을 때의 일을 생각해, 그 이상의 요구에 대해서는 완강히 거부하였다. 스타인이 사들인 6천 권의 경전들은 상자에 넣어진 후, 40마리의 낙타 등에 실려 천불동에서 자취를 감추었다.

이듬해인 1908년 3월, 이번에는 프랑스인 펠리오[*]가 석굴을 찾아 왔다. 펠리오 역시 왕 도인에게 은닉 동굴에 남아 있던 경전들을 자신 에게 넘기라고 요구했다. 자신이 신고를 한 관청이 여전히 깜깜무소 식이었으므로 왕 도인은 어떻게 처분하든 상관없으리라 여겼으나, 이 번에도 자국 관청에 대한 일종의 의리에서 전부 건네지는 않았다.

펠리오는 남아 있던 경전의 약 절반에 해당하는 5천 권의 경전을 정리한 뒤, 5월에 그것을 열 대의 마차에 나눠 싣고 떠났다.

펠리오가 다녀간 후, 왕 도인은 한동안 석굴의 경전 동굴 근처에는 얼씬도 하지 않았다. 얼마 남지 않은 경전들을 구경꾼들에게 보여줘봤 자 예전처럼 호응도 없고 왠지 께름칙한 기분이 들었기 때문이다.

---

[*] 프랑스의 동양학자로, 특히 중국학 연구의 권위자였다.

그로부터 몇 년 동안 일본과 러시아에서도 탐험가들이 찾아왔다.[*] 왕 도인은 그때마다 얼마 남지 않은 보물을 그들에게 넘겨주는 것을 꺼리면서도, 사소한 액수와 바꾸었다. 도대체 무슨 이유로 이런 것들을 경쟁하듯 사 가는지 왕 도인은 이해가 되지 않았다.

　　러시아 학자가 다녀가고 1년 정도 지났을 즈음, 북경에서 군대가 들이닥쳤다. 그들은 동굴에 남아 있던 경전 전부를 통째로 말에 싣고 가버렸다. 군대가 도착했을 때, 왕 도인은 그들에게 들키지 않으려고 몸을 숨겼다. 병사들이 전원 철수했음을 확인한 왕 도인은 석굴로 가보았다. 그러나 그곳에는 이미 종잇조각 하나 남아 있지 않았다. 왕 도인은 횃불을 들고 굴 내부로 들어갔다. 북쪽 벽에 그려져 있는 벽화가 마침내 전체 모습을 드러냈다. 벽화에 그려진 승려의 붉은 장삼과, 그 승려를 마주 보며 서 있는 여인의 파란 옷자락이 한동안 왕 도인의 시선을 사로잡았다.

　　그곳에서 나온 왕 도인은 석굴 입구 돌 위에 걸터앉았다. 천불동 앞에 우거진 나무들이 흔들리는 것으로 보아 바람이 부는 것 같았다. 그러나 서산에 뉘엿뉘엿한 해는 고요하기만 했다. 왕 도인은 저녁 풍경을 멍하니 바라보며, 불현듯 이 동굴 속에 있었던 휴지 뭉치들이 엄청나게 귀중한 물건들이 아니었을까 생각해보았다. 그렇지 않고서야 피

---

[*] 왕 도인이 처음으로 천불동의 고문서를 발견한 것은 1900년 5월 26일의 일로, 이후 각국 탐험대가 이곳을 방문하였고, 그 최초는 러시아의 오브르체프였다. 그 후 1907년에 영국의 스타인 일행, 이듬해인 1908년에 펠리오가 이끄는 프랑스 탐험대, 이어 1912년에는 일본의 다치바나 즈이초와 요시카와 고이치로로 구성된 오타니 탐험대, 이와 같은 무렵에 러시아 올덴부르크의 탐험대가 각각 이곳을 찾아, 둔황석굴의 귀중한 자료들을 가지고 돌아갔다.

부색이 다른 여러 인종의 사람들이 번갈아 나타나 그것들을 탐낼 이유가 없었다. 얼마나 귀중한 것인지 자신이 알지 못했던 것처럼, 신고를 받은 관청 관리들도 그 가치를 이해하지 못했음이 분명했다. 많은 사람들이 웬만한 것을 다 가지고 간 후에야 비로소 마지막으로 황급히 북경에서 군대가 온 모양이었다. 어찌 되었든 왕 도인은 자신이 크나큰 오산을 저지른 것이 아닐까, 아울러 지독히 밑지는 장사를 한 것은 아닐까, 일생에 한 번 있을까 말까 한 어마어마한 행운을 놓친 것은 아닐까 생각하면서 하염없이 돌 위에 앉아 있었다.

은닉 동굴 속의 보물은 왕 도인이 상상도 할 수 없을 정도로 어마어마한 가치를 지닌 것이었다. 게다가 그것을 가지고 돌아가 학계에 소개한 스타인이나 펠리오조차 그때만 해도 그 진가를 정확히 깨닫지 못했다.

경전의 종류는 무척이나 다양했다. 모두 4만여 점. 서기 3, 4세기경의 패엽범자(貝葉梵字)* 불전도 있었고, 고대 투르크어, 티베트어, 서하어 등의 불전도 있었다. 세계에서 가장 오래된 필사 경전을 비롯해, 『대장경(大藏經)』에 미처 수록되지 못한 불전도 있었다. 『선종전등사(禪宗傳燈史)』와 같은 진귀한 자료도 출토되었으며, 지리지(地理誌)로서 상당한 가치를 지닌 것도 발견되었다. 마니교, 경교의 가르침을 전하는 역사서 외에 범어, 티베트어의 서적 등 고어 연구에 획기적인 바람을 몰고 올 것도 있었다. 그 밖에도 기존의 동양학, 중국학을 근본에서 뒤흔들 갖가지 사료가 포함돼 있었다.

---

* 패엽은 패다라엽(貝多羅葉)이라고도 하여, 고대 인도에서 불경과 같은 문서를 필사할 때 사용한 다라(多羅)나무의 잎을 말한다.

이러한 소장 서적들이 동양학 분야에만 국한되지 않고, 세계 문화사 관련 여러 분야의 연구를 혁신하는 보물임이 판명되기까지는 그로부터도 조금 더 세월을 기다려야 했다.

잠자는 서역의 역사를 몽상한 낭만 서사시 『둔황』

인생의 고독과 허무를 응시한 전후(戰後) 작가

  이노우에 야스시(井上靖)의 문학세계는 소설을 비롯한 시, 수필 그리고 미술 평론에 이르기까지 다양한 영역에 걸쳐 있는 것이 특징이다. 그러나 작가로서의 본령은 소설 분야와 시에서 찾을 수 있다. 기존의 일본 작가들 중에는 시인으로 출발한 후 소설로 전향하거나 반대의 경우도 존재하지만, 전 생애 동안 지속적으로 양 분야의 작품 활동을 꾸준히 병행한 작가는 매우 드문 경우에 속한다.

  이노우에 야스시의 시는 대다수가 산문시로, 스스로 자신의 시를 가리켜 '시라기보다는 시에서 도망치지 않도록 가둬두는 작은 상자'이자 '보존용기'이며, '내 시 속에 수록된 짧은 문장은 어떤 주문을 걸면 각각 개별적인 시가 탄생하는 형태의 것'이라고 적고 있어, 시인으로서 독자적 영역을 개척하기보다는 시를 소설가로서 문학세계를 지탱하는 자양분으로 삼았음을 암시한다. 실제로 1948년에 발표한 단편소설 「엽총」을 비롯하여 적지 않은 작품들이 시의 제목을 소설 제목으로 직접 차용하거나 시 속의 부분적 모티프를 인용하는 등 특별한 혈연관계를 엿보게 한다. 결론적으로 말하면, 그에 있어 시와 소설은 서로 독립적이고 이질적 존재가 아닌 상호보완의 관계에 있으며, 시인으로서의 순화된 감수성과 소설가로서의 냉철한 문제의식과 같은 장르적 갈래에 입각한 특성을 예술적으로 적절히 조화시키고 있다고 여겨진다. 이와 같은 의도적 자세를 통해 이노우에의 문학세계는 메마르고 건조한 전후 일본 지식인의 심상풍경 속에서 인생에 대한 고독과 허무라는 중심 주제를 획득하였으며, 이를 예리하게 응시하면서도 서정성 넘치는 정감 어린 필체로 독자들에게 다가갈 수 있었다. 그가 평생 시와 소설을 병행하여 작품 활동을 한 이유를 가늠케 하는 부분이다.

고독과 허무는 근대문학 전체를 대표하는 대표적 정조의 하나로 이노우에 야스시 문학에 국한된 것은 아니다. 그러나 그의 경우는 근대사회에서 소외된 인간이 느끼는 보들레르류의 병적 감상(感傷)이나 니체의 허무주의, 불교적 무상관, 인생에 대한 소극적 체념 등 동서양의 사상을 아우르는 형태의 복합적이고도 독자적 성격을 갖고 있다. 한마디로 그의 고독이나 허무는 특별한 동기를 지니지 않고 그 자체를 즐기는 생래적 취미나 도락에 가까울 정도로 밝고 투명하기까지 하다. 인간을 고독하게 만드는 사회의 불합리성을 고발하거나 원망하기보다는 스스로를 운명적으로 그 속에 침잠시키는 가운데 자신이 영위하는 행동이나 학문, 예술 등에 대해 무상(無償)의 정열을 쏟는 다양한 인간군상을 솔직하고도 묵묵히 그려냈다.

　이러한 그의 작가적 시선은 이미 처녀작이자 출세작인 「엽총」과 두 번째 소설이자 일본에서 가장 권위 있는 문학상인 아쿠타가와상 수상작 「투우」(1950년) 등 핵심적 작품을 통해 확인된다. 두 작품은 이노우에 야스시 작품세계의 원형으로, 전자는 서정성을, 후자가 서사성을 담고 있다는 평가를 받는다. 우선 「엽총」은 주인공 중년 남자의 13년에 걸친 불륜의 사랑을 아내와 애인, 애인의 딸이 보내온 세 통의 편지를 통해 파헤친 연애 심리소설이다. 그들이 겪는 사랑의 갈등은 결실을 볼 수 없는 무상의 애정으로서, 남녀간의 치정을 다룬 대중적 연애소설에 흔히 나타나는 끈적끈적한 감정의 응어리를 제거한 채, 남녀관계로 표상된 고독한 인간관계에 대해 담담하고 절제된 시선을 보내고 있다. 한편 「투우」는 패전 직후 한 신흥 신문사의 편집국장인 주인공이 회사 홍보를 위해 사운을 건 투우대회를 기획하지만 결국 실패로 끝난다는 내용으로, 전후 고통과 희망으로 점철된 일본 사회의 단면을 묘사하며, 주인공이 겪게 되는 인간불신, 고독, 염세, 방관자적 심리는 절망적이라기보다는 야심과 정열로 점철된 행동적 인간형이 체득하게 되는 차분한 페이소스적 삶의 자각에 가깝다. 그의 소설이 전후 황폐한 일본 사회의 정서 속에 신선한 청량제로 받아들여지게 된 배후에는 제도나 인습에 얽매이기보다는 자신이 처한 입장과 역할을 분별하고 이를 바탕으로 개인과 개인 간의 신뢰관계를 중시하는, 서양의 개인주의에 가까운 냉철하고 건조한 인간관계에 대한 직시가 새 시대에 적합한 가치관으로서 공감을 불러일으켰기 때문이다.

　이노우에 야스시의 소설은 크게 나누어, 자전적 성격의 이른바 '사소설적(私小說的)’ 형식, 현대를 시대배경으로 삼은 연애소설 그리고 역사소설 등 매우 광범위하며, 그중 자전적 소설과 역사소설이 이노우에 야스시 작품세계의 중추적 존재로 언급된다. 이중 단편소설을 중심으로 시도된 사소설적 작품은 군의관인 아버지로 인해 한곳에 정주하지 못한 채 여러 곳을 떠돌아다녀야 했던 유소년 시절과 약 15년에 걸친 신문기자 생활 등 그의 문학세계만큼이나 다양한 갖가지 인생 체험이 바탕에 깔려 있다.

특히 유소년기의 특별한 성장과정은 그의 문학세계를 이해하는 중요한 단서가 된다. 아버지의 빈번한 근무지 이동으로 인해 이노우에는 일찍이 부모 슬하를 떠나 양할머니와 함께 분가하여 지냈고, 원래 증조부의 첩이었던 양할머니에 대해 가족과 일가친척은 적대의식과 질시를 숨기지 않았다. 양할머니의 집착에 가까운 사랑과 집안사람들의 애정의 틈바구니 속에서 그는 어느 한쪽에 치우치지 않는 중간자적 입장을 취하면서 인간의 선의에 입각한 사랑을 긍정적으로 바라다보는 성숙된 시선을 획득하였던 것이다. 이러한 그의 애정관은 소년기의 양할머니와의 특별한 추억을 그린 자전적 소설인 『하얀 노파』(1962년)를 통해 여실히 확인된다.

나아가 연작소설의 형태로 간행된 『내 어머니의 기록』(1975년)은 자신의 혈족을 소재로 한 일련의 자전적 작품으로 작가가 자신의 문학작품을 통해 궁극적으로 제시하려 한 메시지를 상징적으로 읽어낼 수 있다. 「꽃 아래에서」(1964년), 「달빛」(1969년), 「눈의 표면」(1974년)의 작품을 삼부작의 형태로 엮은 것으로, ‘꽃’과 ‘달’로 표상된 자신의 어머니의 생존시부터 죽음(‘눈’)에 이르는 모습을 통해 인간에게 가장 근원적 문제인 생과 사를 인간애의 견지에서 순화된 시선으로 포착한다. 언젠가는 죽게 마련인 인간의 삶을 새삼 확인하면서도 이를 비관적으로 응시하거나 격앙된 슬픔의 감정을 토로하는 대신, 덧없는 인간의 존재를 무한한 애정으로 포용하려는 차분하고 절제된 시각을 획득하는 것이다. 웅대한 자연의 질서와 유구한 시간의 흐름 속에서 보면 인간이란 극히 제한된 시간을 할애받은 초라한 존재에 불과하며, 그들이 영위하는 삶은 결국 고독하고 허무한 존재일 수밖에 없다는 필연적 인식은 이노우에 야스시 문학세계의 귀착점이 『둔황』을 비롯한 역사소설이 될 수밖에 없음을 웅변해준다.

이런 점에서 역사소설은 양적으로나 질적으로나 이노우에 야스시 작품세계의 핵심을 이루는 분야로, 그가 수상한 다수의 문학상이 역사소설을 대상으로 삼고 있는 것을 보아도 쉽게 짐작이 간다. 세부적으로 일본을 무대로 삼은 것과 중국이나 몽골 등에서 제재를 취한 서역물 등이 있으며, 『둔황』은 1958년에 발표된 『누란』과 함께, 작가가 청년기부터 지녀온 서역에 대한 동경을 본격적으로 전개시킨 서역물의 대표작으로 일컬어진다. 특히 일본에서 동서 문명의 연결통로인 서역을 무대로 한 역사물은 거의 존재하지 않는다는 점에서, 그의 서역물은 당시의 독자들에게 신선한 충격과 색다른 감동을 부여했다.

허구와 실존의 절묘한 스토리텔링 『둔황』

장편 역사소설 『둔황』은 문예잡지 〈군상〉 1959년 1월호부터 5회에 걸쳐 연재된 후, 같은 해 12월 고단샤에서 단행본으로 간행되었다. 서명인 '둔황'은 소설의 주요 무대인 중국 감숙성 서쪽 끝자락에 위치한 실크로드의 요충지로, 당시 사주로 불리던 곳이다.

『둔황』 발표 당시, 일본 사회는 이른바 1960년대의 고도경제성장기에 접어들 무렵으로, 눈부신 경제발전에 따른 국민생활의 향상이 급속하게 진행되던 시기였다. 경제적 여유는 자연스레 문화에 대한 관심을 고조시키며 지적인 것에 대한 섭취 욕구를 확산시켰고, 출판업계에서는 문학전집류가 속속 간행되는 한편, 과거를 되돌아보는 심적 여유와 함께 일반인 대상의 역사서가 붐을 이루었다. 이러한 시대 상황 속에서 발표된 『둔황』은 폭넓은 독자층의 지지를 얻으며 베스트셀러의 반열에 오른 뒤, 이듬해인 1960년 『누란』과 함께 제1회 마이니치 예술대상을 수상하게 되었고, 1988년에는 영화로 제작되기도 했다.

소설의 성공 여부는 현대소설이든 역사소설이든 탄탄한 이야기의 전개와 이를 뒷받침하는 등장인물의 다양한 캐릭터의 조화를 통해, 작가가 제시하려는 메시지나 사상을 얼마나 감동적으로 독자들에게 전달하느냐에 달려 있다. 그런 점에서 『둔황』은 수많은 이노우에 야스시 역사소설 중에서도 뛰어난 완성도를 지닌 수작으로 평가할 수 있다.

소설은 1026년 중국 송나라 때 서른두 살의 청년 조행덕이 당시의 고등 문관 임용 시험인 진사시험에 응시하기 위해 수도인 개봉을 찾아오는 것에서 시작된다. 행덕에게 진사시험에 합격하여 관리가 되는 것은 인생 최대의 목표였다. 그러나 시험 당일 차례를 기다리던 행덕은 잠시 잠이 들게 되고, 이로 인해 시험 응시는 물거품이 되고 만다. 다음 시험까지 3년을 기다려야 하는 행덕은 실의에 빠진 채 개봉 저잣거리를 걷다가 우연히 판자 위에 알몸으로 드러누워 있는 한 여인을 목격한다. 손가락이 잘려나가면서도 의연한 자세를 흐트러뜨리지 않는 그녀의 다부진 모습을 통해, 행덕은 그녀의 조국인 서하라는 신흥국가에 대해 커다란 흥미를 갖게 된다. 이 소설의 발단인 서하와 조행덕의 극적 만남을 묘사하는 한편, 이후 조행덕의 삶에 커다란 운명의 전환점을 가져온 부분이기도 하다. 조행덕은 서하 여인을 구해준 대가로 받은 서하 문자가 적힌 천 조각을 통해, 서하 문자를 익히기 위해 서하로 가야겠다는 결심을 굳히게 된다.

이어 소설에서는 조행덕의 기구한 인생역정에 지대한 영향을 미치는 두 명의 주요 등장인물이 등장한다. 양주의 서하군 한족 부대의 대장인 주왕례와 감주 성벽에서 마주치게 된 위구르 왕족 여인과의 운명적 만남이 그것이다. 무지하지만 소박하고 순수한 인간적 매력을 지닌 무장 주왕례와의 교류가 일개 서생이었던 행덕을 죽음을 두려워하지 않고 전장을 누비는 용사로 탈바꿈시켰다면, 위구르 왕족 여인은 죽음을 통해 훗날 행덕으로 하여금 불교에 귀의하여 불고 경전의 번역에 매달리게 만드는 계기를 마련했다는 점에서 소설 전개에서 가장 중요한 축을 형성한다.

이 밖에도 물욕에 가득 찬 속물적 존재로서, 위지 왕조의 후예를 자처하는 무역상인 위지광의 거침없고 저돌적인 성격과, 선량하지만 무기력한 현실비관론자인 과주 태수 연혜의 염세적이고 소극적 인생관은 격동의 시대 상황 속에서 누구도 거역할 수 없는 역사의 소용돌이를 어떻게 받아들이고 대처해나갈 것인가라는 방향성을 두고, 각각 상반된 성격과 대응자세를 통해 인간이 추구하는 삶의 의미성을 되새겨보게 만든다. 이 소설의 치밀한 구성을 지탱하는 개성적인 캐릭터인 동시에, 시대를 초월하여 존재하는 삶의 방식에 대한 제시라는 점에서 현대를 살아가는 우리에게도 시사하는 바가 적지 않다.

전통적으로 일본의 역사소설의 기술 방식은 두 가지로 나뉜다. 가급적 작가의 상상력을 배제한 채 최대한 역사적 사실에 밀착해 이를 객관적으로 재현하는 방법과, 구체적인 역사적 사실보다는 작가의 자유롭고 무한한 상상력을 중시하는 허구성에 중점을 둔 태도이다. 이노우에 야스시의 경우는 초창기에는 후자의 성격이 농후하였으나, 시간이 흐를수록 차츰 전자 쪽으로 기울어 『풍도』(1963년)나 1966년에 연재를 시작한 『오로시야국 취몽담』 등에 이르러 역사적 사실에 입각해 이를 충실히 기록하는 서사적 형태로 추이하게 된다. 시기적으로나 기술방식 면에서 『둔황』은 후자에 속하지만, 정확히 표현하자면 이 두 가지 상반된 기술방식을 적절히 아우르고 있다. 흥미로운 것은 이노우에 야스시가 둔황을 처음 찾은 것은 소설 『둔황』을 발표하고 20년 가까운 시간이 지난 1978년의 일로, 소설을 발표하기 전 현지답사는 이루어지지 않았다는 점이다. 이때의 감상을 그는 "둔황은 있었지만, 사주는 없었다"라고 술회했다. 이 소설의 1장부터 10장까지가 작가의 역사적 상상에 입각한 창작적 기술이라면, 마지막 11장에서는 천 년에 가까운 세월 동안 둔황석굴 속에서 잠자고 있던 방대한 경전류의 둔황문헌들이 1900년 왕원록이라는 도인에 의해 처음으로 발견되어, 이후 스타인 등 외국의 탐험가에 의해 세상에 알려지기까지의 과정을 비교적 실증적으로 묘사하고 있다.

이러한 구성의도의 배후로는 명사산 천불동 둔황석굴에서 발견된 경전들이 과연 누구에 의해 언제, 어떻게, 무슨 이유로 매장되게 되었는지에 대한 실제 경위가 불분명하다는 점을 들 수 있다. 작가는 비록 둔황에 대한 사전 답사는 실시하지 않았으나, 대학 시절부터 둔황석굴에 대해 왕성한 지적 관심을 바탕으로 갖가지 제반 사료를 수집하고 이에 대한 연구 논문을 발표하는 등 지속적인 준비와 노력을 기울여왔다고 전해진다. 그 과정에서 엄청난 학문적 가치를 지닌 둔황석굴 경전류의 탄생을 에워싼 지적 호기심은, 자연스럽게 그의 학문적 자질과 소설가로서의 문학적 상상력을 강하게 자극했을 것이다. 환언하자면 작가는 베일에 싸인 둔황 경전류의 과거와 현재 사이에 존재하는 양자간의 필연적인 '단절성'을 현지 견학을 통해 메우기보다는, 오히려 작가로서의 본능적 상상력과 소설가적 감성을 동원하여 생생하게 과거를 재현하는 데 의도적으로 주력하였다. 이러한 특징은 연보에서 알 수 있듯이 오랜 신문기자 생활을 통해 다수의 신문소설을 성공시키는 등, 흔히 지적되는 이른바 스토리텔러로서의 탁월한 재능이 그의 역사소설에 훌륭하게 접목된 것으로 평가할 수 있다.

그러나 더욱 중요한 것은 작가의 주된 관심사인 경전류의 배후에 묻혀버린 역사를 소설의 형태로 재생하면서, 단순히 허무맹랑한 공상에 의존하거나, 그렇다고 사료에 의한 객관적 실증에만 집착하지 않았다는 점이다. 이원호와 같은 실존 인물 외에 조행덕을 비롯한 주왕례와 위구르 왕족 여인, 위지광 등 주요 등장인물은 가공의 존재임이 분명하지만, 그들 모두 서역의 군소 민족에 불과했던 서하가 문자를 지닌 국가로 발전하면서 주변 민족들과의 치열한 정치적, 문화적 관계를 전개해 가던 과정에서, 굴곡의 역사적 격동기를 치열하게 살아간 다양한 인간군상의 생생한 현실적 재현임에 틀림없다.

이러한 역사적 사실과 무한한 상상력이 절묘하게 조화된 묘사태도는 경전류를 천불동 석굴 속에 은닉하게 된 이유와 과정을 추측하는 과정에서도 여실히 드러난다. 소설 속에서 행덕이 경전류를 숨기게 된 최초의 동기는 위구르 왕족 여인의 죽음에서 비롯되었으며, 서하에 대한 한족 부대의 반란 또한 주왕례의 왕족 여인에 대한 자신 나름대로의 애정과 추모의 감정이 직접적 원인을 이룬다. 이에 탐욕스러운 무역상 위지광을 끌어들여 마침내 은닉에 성공하기까지의 일련의 긴박한 구성은 마치 실존적 사실을 방불케 하는 치밀한 이야기 전개로 이어진다. 참고로 연혜와 그의 형 현순은 실존인물로, 그들이 사주성과 운명을 같이함으로써 귀의군절도사가 마침내 종말을 고하게 된 사실은 역사적 기록으로 남아 있다. 추측건대 작가는 천 년의 깊은 잠에서 깨어나 우연히 그 존재를 세상 앞에 드러낸, 누구의 소유물인지 알 길 없는 위대하고도 수수께끼 같은 역사적 유산을 앞에 두고, 아득한 시간 너머 저편에 존재하는 이에 연관된 인간군상과 그들이 이 엄청난 인류의 보물 속에 봉인한 아름답고도 애절한 사연을 사실과 허구를 넘나들며 몽상하지 않을 수 없었을 것이다. 그런 점에서 소설 『둔황』은 20세기 초 세계 인류 앞에 홀연히 등장한 경전류의 존재를 실증적으로 자각하면서, 탄생의 신비에 대한 전설적 접근을 통해 인류의 보고(寶庫)에 대한 무한한 경외의 감정을 낭만적으로 표현한 역사 로맨스이자 서사시로 볼 수 있다.

『둔황』의 특징적 서술구조 외에 가장 눈에 띄는 것은 주인공 조행덕과 주요 등장인물과의 운명적 만남을 통한 인생의 의미에 대한 일관된 응시이다. 진사시험 당일 뜻하지 않은 실수로 의외의 인생행로를 걷게 되는 조행덕은 저돌적이고 용맹한 성격의 소유자인 주왕례와의 만남으로 인해 서하의 한족 부대에 참가하게 되며, 그와의 인간적 교류는 문인으로서의 삶에 익숙했던 행덕의 가치관을 근저에서 변화시키는 한편, 마지막까지 그의 삶의 버팀목으로 작용한다. 여기에는 『둔황』과 같은 국가의 흥망과 민족의 부침을 다룬 역사소설에서 흔히 나타나는 선 굵은 필치가 느껴지며, 이를 통한 어떤 현실적 역경에도 굴하지 않는 남성적 기백은 개봉 저잣거리에서 목격한 알몸의 서하 여인에게서 받게 되는 강렬한 인상과도 일맥상통한다.

이에 비해 위구르 왕족 여인과의 애틋한 사랑 이야기는 소설의 무대가 되는 하서 서북 지역의 황량하고 삭막한 자연환경에 대한 스케일 큰 묘사와 서하와 토번, 서하와 주왕례의 한족 부대 간의 처절한 전투 광경 등, 자칫 단조롭고 투박해질 수 있는 이야기의 전개 속에서 사랑이라는 인간 감정의 소중함을 일깨워주는 신선한 청량제로서 소설적 흥미를 배가시키는 역할을 한다. 그러나 주목할 것은 위구르 왕족 여인과의 만남이 단순히 개별적 사랑의 차원에 머무르지 않는다는 점으로, 전술했듯이 그녀의 죽음을 통해 행덕은 인간의 운명적 요소에 대한 응시를 거쳐, 불교와 같은 종교가 지향하는 어떤 영원한 것에 대한 구도의 자세를 제시하고 있다. 결국 그의 역사소설 속에는 다른 역사소설과 마찬가지로 항상 인간의 운명에 대한 냉철한 직시가 존재하며, 그러한 직시는 종교나 철학과 같은 사변적 세계로 확대되고 있다는 점에서 작가가 이 소설을 통해 궁극적으로 제시하려 한 사상적 메시지의 윤곽을 읽을 수 있다.

날이 갈수록 행덕에게는 인간이라는 존재가 한없이 작고, 또한 그들의 인생이 무의미하게 느껴졌다. 그러한 인간의 무력함과 생명의 무의미함에 어떤 의미를 부여하려는 종교가 흥미로웠다. (4장)

위구르 왕족 여인과의 사랑과 그녀의 죽음이 초래한 행덕의 인생에 대한 종교적 성찰은 결국 소설 후반부에 이르러 서하군의 침입으로 생명의 기로에 선 행덕으로 하여금 불에 타버릴 운명의 경전류를 천불동 석굴에 은닉시키는 모험적 행동으로 나서도록 이끌면서 이후 소설의 흐름을 장악해버린다.

재물과 목숨, 권력은 한결같이 그것을 소유하는 자의 것이었으나, 경전은 달랐다. 경전은 그 누구의 것도 아니었다. 불에 타지 않고 그저 존재하는 것만으로도 족했다. 아무도 경전을 빼앗아 갈 수 없으며, 그 누구의 소유물도 될 수 없었다. 타지 않고 지금 그 자리에 있어주는 것만으로 충분한 가치가 있었다. (9장)

앞의 인용문에서 보듯 역사의 유구한 흐름에 비하면 인간의 삶의 영위는 너무나 작고 보잘것없다. 그러나 보편적이고 영원한 것을 인간이 노력을 통해 후대에 남기고 전달하려 할 때, 아무리 비정한 역사라 해도 이를 외면하지 않는 법이다. 이와 같은 역사적 진리에 대한 작가의 확고한 인식이 있었기에, 서하군의 침입으로 풍전등화의 운명에 처해 있던 사주 사찰의 경전류는 행덕의 기지 덕분에 명사산 천불동 석굴에 고스란히 은닉될 수 있지 않았을까.

한편, 이 소설의 특징으로 간과할 수 없는 것 중의 하나가 둔황을 비롯한 서역 지역 특유의 장엄한 자연 경관 및 기후에 대한 묘사이다. 주인공 행덕의 동선을 따라 펼쳐지는 하서 지역의 삭막한 사막과 광활한 들판, 인간의 적응을 불허하는 혹독하기 짝이 없는 기후에 대한 선명한 기술은 일본의 독자는 물론 한국의 독자들의 상상을 뛰어넘는 자연의 웅대함과 처절함을 느끼게 하는 한편, 이에 대한 한없는 경외의 감정을 갖게 한다. 그러나 이토록 인간의 접근을 철저히 거부하는 자연이 있었기에 둔황 문헌들은 천 년의 시간 동안 시대의 거센 풍랑과 변화에 휩쓸리지 않고 안면(安眠)을 취할 수가 있었다. 이 소설에서 작가가 자연과 기후 묘사에 적지 않은 분량을 할애하고 있는 이유를 가늠케 하는 부분이다.

　둔황석굴의 경전류가 천 년의 깊은 잠에서 깨어나 세상 밖으로 그 모습을 드러냈을 무렵, 이 땅에 중국이라는 한족의 나라는 있었으나, 이미 서하라는 나라는 사라지고 난 후였다. 결국 작가는 나라가 바뀌고 시대가 변해도 소멸되지 않고 영원히 남는 것은 종교와 민족, 그리고 역사의 결연한 흐름 속에서 시대의 추이와 인간들의 삶을 묵묵히 응시해온 위대하고 유구한 자연이라는 엄연한 진리를 새삼 자각한 것은 아니었을까. 결국 『둔황』을 비롯한 그의 역사소설의 참된 가치는 항상 인간과 역사의 관계를 인식하고, 역사의 흐름에 좌우되는 인간의 운명을 묘사하면서도 단순히 역사 속의 인간을 그려내는 것이 아니라, 역사 속을 유유히 흐르고 지탱하는 고독한 '시간'의 의미를 공간적으로 도려내어 응시하는 가운데, 고독과 허무, 방랑으로 채색된 인간의 삶과 죽음의 근원적 의미를 제시하는 점에 찾아야 할 것이다.

번역을 마치며

이 소설을 번역하면서 인상적으로 느낀 점 가운데 하나가 『둔황』의 문체이다. 1920년대 중반 이래 일본 소설사의 흐름은 20세기 초반 이후 세계문학을 풍미한 모더니즘 문학 운동 등의 영향으로, 언어 자체가 문학의 도구이자 목표인 순수문학적 자각에 입각한 조탁된 언어의 감각적 묘사나 표현에 주력해왔다. 작품 내용의 전개나 사상적 메시지의 전달 외에 많은 작가들은 다양하고 세련된 언어구사를 통해 절제되고 압축된 언외(言外)의 여백을 미적으로 표현하는 데 주저하지 않았다. 그러나 적어도 『둔황』의 문체는 이러한 시대적 흐름과는 무관해 보인다. 단조롭기까지 한 동일한 어휘의 반복과 간결하기보다는 장황한 느낌에 가까운 긴 호흡의 문장, 한마디로 결코 화려하지 않은 소박함에 가까운 문체가 두드러진다. 이러한 기술적 특징을 이노우에 야스시 문학의 전체적 틀에 입각해 논하기 위해서는 더욱 세밀한 검토와 시간이 필요하나, 적어도 이 작품에 관한 한, 결과적으로 역사소설 특유의 사실성과 진정성을 부각시키는 효과를 거두고 있다는 긍정적 평가 또한 가능할 것이다.

마지막으로, 이 소설의 번역은 인하대학교의 지원을 받아 수행되었음을 밝혀둔다.

임용택

1907년	5월 6일 홋카이도 아사히카와에서 군의관인 아버지 하야오(隼雄)와 어머니 야에(八重)의 장남으로 태어남.
1908년	아버지의 근무지 변경으로 인해 어머니와 함께 원적지인 시즈오카 현 이즈 유가시마 섬으로 돌아감. 이후 아버지의 거취 변화에 맞춰 여러 곳을 전전.
1912년	부모 곁을 떠나 양할머니 밑에서 성장하게 됨.
1914년	유가시마 심상소학교 입학.
1920년	할머니가 사망함에 따라, 아버지의 새로운 근무지인 하마마쓰로 이사한 후, 하마마쓰 사범부속 심상고등소학교로 전학.
1921년	시즈오카 현립 하마마쓰 제일중학교에 수석으로 입학.
1923년	아버지가 타이완의 병원 원장으로 부임함에 따라, 시즈오카 현립 누마즈 중학교로 전학하여 친척 집에서 학교를 다님.
1924년	성적이 떨어지자 4학년 초반 누마즈 시에 위치한 사찰인 묘카쿠지로 보내져 지내게 됨. 이 무렵부터 문학에 심취한 불량스러운 친구와 교제하며 담배와 술을 배우는 한편, 점차 문학에 눈을 뜨게 됨.
1926년	누마즈 중학교 졸업 후 아버지의 근무지인 타이완으로 가게 되나, 아버지가 가나자와로 돌아오게 됨에 따라 같이 귀국하여 고등학교 시험을 준비.
1927년	가나자와 제4고등학교 이과에 입학. 입학과 동시에 유도부에 들어가 연습생활에 몰두함.
1929년	유도부 연습 중 선배와 충돌하여 유도부를 탈퇴. 이 무렵부터 시를 쓰기 시작해, 지역 잡지인 〈일본해시인〉에 투고하

는 한편, 도쿄에서 간행되던 잡지 〈불꽃〉 등에 동인으로 참가함.

1930년   가나자와 제4고등학교를 졸업. 규슈 제국대학 의학부에 지원하나 실패한 후 동 대학 영문과에 입학. 학교생활에 흥미를 잃고 도쿄로 상경하여 문학서적을 탐독하며 지냄.

1932년   규슈제국대학을 중퇴하고 교토 제국대학 문학부 철학과에 입학하여 미학을 전공. 이 무렵부터 현상 공모에 연속하여 입선함.

1935년   『선데이 마이니치』의 현상 공모에 추리소설「홍장의 악마들(紅荘の悪魔たち)」을 본명으로 응모하여 입선함. 아다치 후미와 결혼.

1936년   교토 제국대학 졸업. 『선데이 마이니치』에 투고한 장편 역사소설「유전(流転)」으로 지바 가메오상을 수상. 이를 인연으로 마이니치 신문 오사카 본사에 입사하여 『선데이 마이니치』편집부에서 근무함.

1937년   중일전쟁에 징집되어 포병부대에 배속된 후 중국 북부 각지에 주둔함.

1938년   병으로 본토에 송환된 후 제대. 이후 『선데이 마이니치』학예부에 복귀하여 종교란과 미술란을 담당함.

1939년   학예부원으로서 미술평을 담당하는 한편, 교토 제국대학 대학원에서 미술 공부를 시작함.

1945년   태평양전쟁이 끝나던 날 기사「옥음 라디오에 엎드려(玉音ラヂオに拝して)」를 발표. 이후 시작에 전념하는 한편, 교토 시로 이주.

1948년   문예지 〈인간〉 제2회 신인소설상모집에 단편소설「엽총(猟銃)」으로 응모하여 가작 입선. 겨울에 마이니치 신문사 서적부 부부장으로 임명되어 도쿄로 상경함.

1950년	단편소설 「투우(鬪牛)」로 제22회 아쿠타가와상 수상. 이외에도 다수의 정력적인 작품 발표가 이어짐. 연말에는 10여 년간 창작한 시 중 34편을 추려 『이노우에 야스시 시초(井上靖詩抄)』를 간행.
1951년	마이니치 신문사를 퇴사. 이후 창작활동과 취재, 강연을 위해 각지를 여행함. 『하얀 어금니(白い牙)』 등을 발표.
1952년	반생을 서역에서 지낸 후한의 인물 반초의 행적을 더듬은 역사소설 「이역의 사람(異域の人)」을 발표.
1955년	현대인에게 부부란 무엇인가를 조명한 소설 『내일 오는 사람(あした来る人)』과 역사소설 『풍림화산(風林火山)』 등을 발표.
1957년	『이노우에 야스시 장편소설선집』(전 8권)을 간행. 가을에 제2차 중국방문 일본문학대표단의 일원으로 중국을 한 달간 둘러본 후 귀국함.
1958년	일본 고대문화사에 커다란 족적을 남긴 다섯 명의 중국 유학승을 그린 장편 역사소설 『덴표의 용마루(天平の甍)』로 예술선장문부대신상을 수상. 대표 시집 중의 하나인 『북국(北国)』을 간행함.
1959년	1월 역사소설 『둔황(敦煌)』을 〈군상〉에 5회에 걸쳐 연재한 후 11월에 단행본으로 간행함. 웅대한 자연과 도회를 대응시키며, 연애와 남자의 우정을 그린 소설 『빙벽(氷壁)』과 기타 작품으로 예술원상을 수상.
1960년	『둔황』과 『누란(楼蘭)』으로 마이니치 예술대상을 수상함.
1961년	역사소설 『요도의 일기(淀どの日記)』로 제14회 노마문예상 수상.
1962년	『하얀 노파(しろばんば)』를 발표함.
1963년	『속 하얀 노파(続しろばんば)』를 발표함. 시집 『지중해(地中

海)』를 간행.

1964년   일본예술원 회원이 됨. 고려와 일본 정벌을 꿈꾸던 원나라 세조 쿠빌라이의 야망을 그린 역사소설『풍도(風濤)』로 요미우리 문학상을 수상. 미국 정부의 초청으로 장남과 함께 도미, 두 달간 체류한 후 귀국.

1965년   5월부터 한 달간 소련 영토의 중앙아시아를 여행하면서 실크로드의 흔적을 더듬음.

1966년   18세기 일본인 표류자들의 눈에 비친 러시아를 그린 장편 역사소설『오로시야국 취몽담(おろしや国酔夢譚)』을 연재. 중고교 시절의 실제 체험에 입각한 자전적 청춘소설『하초동도(夏草冬濤)』를 발표.

1968년   봄에『오로시야국 취몽담』조사차 소련을 방문하여 약 40일간 체류. 귀국 후 이를 정리하여 단행본으로 간행함.

1969년   『오로시야국 취몽담』으로 신초샤 주관 제1회 일본문학대상을 수상함. 일본문예가협회 이사장에 취임.

1971년   죽은 자와의 대화라는 초현실적 세계를 그린『별과 축제(星と祭)』와「길(道)」등을 발표. 가을에 약 3주 일정으로 아프가니스탄, 네팔 등지를 여행함.

1972년   미술평론과 12세기 헤이안 시대 말기의 실력자 고시라카와인 천황의 파란만장한 행적을 사실적으로 그린 역사소설『고시라카와인(後白河院)』등을 발표함. 신초샤에서『이노우에 야스시 소설전집』(전 22권)을 간행.

1973년   아프가니스탄, 이라크, 터키 등지를 약 2주간 여행함. 유년기의 추억을 자전적으로 그린『유년기의 일들(幼き日のこと)』등을 발표.

1975년   약 3주간 중국방문 일본문학대표단의 단장 자격으로 역사소설가인 시바 료타로 등과 함께 서안, 연안 등 중국 각지

를 돌아봄. 자전적 성격의 연작소설집 『내 어머니의 기록 (わが母の記)』을 간행.

1976년   문화훈장 수상.

1978년   서역 기행문학의 걸작 『나의 서역기행(私の西域紀行)』을 연재. 봄에 중국방문 일본문학대표단의 단장 자격으로 남경, 소주 등 중국 각지를 한 달여간 여행함. 이어 가을에는 약 2주 일정으로 아프가니스탄, 파키스탄 등지를 둘러봄.

1979년   역사기행 『역사의 빛과 그림자(歷史の光と影)』를 간행. 8월 6일부터 3주간 둔황, 우루무치 등 서역 각지를 둘러봄.

1981년   일본 다도의 창시자인 센노리큐의 정신세계와 죽음의 비밀을, 그의 마지막 제자인 혼카쿠보의 수기를 바탕으로 그린 역사소설 『혼카쿠보 유문(本覺坊遺文)』을 발표. 일본 펜클럽회장에 취임함.

1982년   『혼카쿠보 유문』으로 신초샤 주관 제14회 일본문학대상 수상. 중국과의 국교정상화 10주년 기념으로 수차례 중국 방문.

1983년   『이노우에 야스시 에세이 전집』(전 10권) 『나의 서역기행』 상하권을 간행함. 〈인민중국〉 창간 30주년 기념대표단의 일원으로 베이징을 방문한 것을 비롯해, 이해에만 세 차례 중국을 여행함.

1984년   시집 『건하도(乾河道)』를 비롯해 소설 「이국의 별(異国の星)』 상하권을 간행. 제47회 국제펜클럽 도쿄대회 운영위원장으로 선출됨.

1985년   『이노우에 야스시 자전적 소설집』(전 5권)을 간행.

1986년   기행집 『강기슭에 서서(河岸に立ちて)』를 간행. 베이징 대학교에서 명예박사학위를 수여받음. 미술평론집 『렘브란트의 자화상(レンブラントの自画像)』을 간행.

1987년	공자의 인간상을 그린 역사소설 『공자(孔子)』를 발표.
1988년	나라(奈良) 실크로드박람회 총프로듀서를 담당.
1989년	『공자』로 제42회 노마문예상을 수상.
1991년	1월 29일 사망.

문학동네 세계문학전집 발간에 부쳐

세계문학은 국민문학 혹은 지역문학을 떠나 존재하는 문학이 아니지'만 그것들의 총합도 아니다. 세계문학이라는 용어에는 그 나름의 언어와 전통을 갖고 있는 국민문학이나 지역문학의 존재를 인정하면서 그것을 넘어서는 문학의 보편적 질서에 대한 관념이 새겨져 있다. 그 용어를 처음 고안한 19세기 유럽인들은 유럽문학을 중심으로 그 질서를 구축했지만 풍부한 국민문학의 전통을 가지고 있는 현대의 문학 강국들은 나름의 방식으로 세계문학을 이해하면서 정전(正典)의 목록을 작성하고 또 수정한다.

한국에서도 세계문학 관념은 우리 사회와 문화의 변화 속에서 거듭 수정돼왔다. 어느 시기에는 제국 일본의 교양주의를 반영한 세계문학 관념이, 어느 시기에는 제3세계 민족주의에 동조한 세계문학 관념이 출현했고, 그러한 관념을 실천한 전집물이 출판됐다. 21세기 한국에 새로운 세계문학전집이 필요하다는 것은 명백하다. 우리의 지성과 감성의 기준에 부합하는 세계문학을 다시 구상할 때가 되었다.

문학동네 세계문학전집은 범세계적으로 통용되는 고전에 대한 상식을 존중하면서도 지난 반세기 동안 해외 주요 언어권에서 창작과 연구의 진전에 따라 일어난 정전의 변동을 고려하여 편성되었다. 그래서 불멸의 명작은 물론 동시대 세계의 중요한 정치·문화적 실천에 영감을 준 새로운 작품들을 두루 포함시켰다.

창립 이후 지금까지 한국문학 및 번역문학 출판에서 가장 전문적이고 생산적인 그룹을 대표해온 문학동네가 그간 축적한 문학 출판 경험을 바탕으로 새로운 세계문학전집을 펴낸다. 인류가 무지와 몽매의 어둠 속을 방황하면서도 끝내 길을 잃지 않은 것은 세계문학사의 하늘에 떠 있는 빛나는 별들이 길잡이가 되어주었기 때문이다. 우리가 자부심과 사명감 속에서 그리게 될 이 새로운 별자리가 독자들의 관심과 애정에 힘입어 우리 모두의 뿌듯한 자산이 되기를 소망한다.

문학동네 세계문학전집 편집위원
민은경, 박유하, 변현태, 송병선, 이재룡, 홍길표, 남진우, 황종연

세계문학전집 049

둔황

1판 1쇄 2010년 8월 23일
1판 11쇄 2025년 6월 10일

지은이 이노우에 야스시 | 옮긴이 임용택

책임편집 이은현 | 편집 고유진 | 독자모니터 박미진
디자인 이경란 송윤형 한충현 김민하 | 저작권 박지영 형소진 오서영 조경은
마케팅 정민호 서지화 한민아 이민경 왕지경 정유진 정경주 김수인 김혜원 김예진 나현후 이서진
브랜딩 함유지 박민재 이송이 김희숙 박다솔 조다현 김하연 이준희
제작 강신은 김동욱 이순호 | 제작처 영신사

펴낸곳 (주)문학동네 | 펴낸이 김소영
출판등록 1993년 10월 22일 제2003-000045호
주소 10881 경기도 파주시 회동길 210
전자우편 editor@munhak.com
대표전화 031) 955-8888 | 팩스 031) 955-8855
문학동네카페 http://cafe.naver.com/mhdn
인스타그램 @munhakdongne | 트위터 @munhakdongne
북클럽문학동네 http://bookclubmunhak.com

ISBN 978-89-546-1189-3 04830
      978-89-546-0901-2 (세트)

www.munhak.com

1, 2, 3 안나 카레니나 레프 톨스토이 | 박형규 옮김

4 판탈레온과 특별봉사대 마리오 바르가스 요사 | 송병선 옮김

5 황금 물고기 J. M. G. 르 클레지오 | 최수철 옮김

6 템페스트 윌리엄 셰익스피어 | 이경식 옮김

7 위대한 개츠비 F. 스콧 피츠제럴드 | 김영하 옮김

8 아름다운 애너벨 리 싸늘하게 죽다 오에 겐자부로 | 박유하 옮김

9, 10 파우스트 요한 볼프강 폰 괴테 | 이인웅 옮김

11 가면의 고백 미시마 유키오 | 양윤옥 옮김

12 킴 러디어드 키플링 | 하창수 옮김

13 나귀 가죽 오노레 드 발자크 | 이철의 옮김

14 피아노 치는 여자 엘프리데 옐리네크 | 이병애 옮김

15 1984 조지 오웰 | 김기혁 옮김

16 벤야멘타 하인학교 - 야콥 폰 군텐 이야기 로베르트 발저 | 홍길표 옮김

17, 18 적과 흑 스탕달 | 이규식 옮김

19, 20 휴먼 스테인 필립 로스 | 박범수 옮김

21 체스 이야기·낯선 여인의 편지 슈테판 츠바이크 | 김연수 옮김

22 왼손잡이 니콜라이 레스코프 | 이상훈 옮김

23 소송 프란츠 카프카 | 권혁준 옮김

24 마크롤 가비에로의 모험 알바로 무티스 | 송병선 옮김

25 파계 시마자키 도손 | 노영희 옮김

26 내 생명 앗아가주오 앙헬레스 마스트레타 | 강성식 옮김

27 여명 시도니가브리엘 콜레트 | 송기정 옮김

28 한때 흑인이었던 남자의 자서전 제임스 웰든 존슨 | 천승걸 옮김

29 슬픈 짐승 모니카 마론 | 김미선 옮김

30 피로 물든 방 앤절라 카터 | 이귀우 옮김

31 숨그네 헤르타 뮐러 | 박경희 옮김

32 우리 시대의 영웅 미하일 레르몬토프 | 김연경 옮김

33, 34 실낙원 존 밀턴 | 조신권 옮김

35 복낙원 존 밀턴 | 조신권 옮김

36 포로기 오오카 쇼헤이 | 허호 옮김

37 동물농장·파리와 런던의 따라지 인생 조지 오웰 | 김기혁 옮김

38 루이 랑베르 오노레 드 발자크 | 송기정 옮김

39 코틀로반 안드레이 플라토노프 | 김철균 옮김

40 어두운 상점들의 거리 파트릭 모디아노 | 김화영 옮김

41 순교자 김은국 | 도정일 옮김

42 젊은 베르테르의 슬픔 요한 볼프강 폰 괴테 | 안장혁 옮김

43 더블린 사람들 제임스 조이스 | 진선주 옮김

44 설득 제인 오스틴 | 원영선, 전신화 옮김

45 인공호흡 리카르도 피글리아 | 엄지영 옮김

46 정글북 러디어드 키플링 | 손향숙 옮김

47 외로운 남자 외젠 이오네스코 | 이재룡 옮김

48 에피 브리스트 테오도어 폰타네 | 한미희 옮김

49 둔황 이노우에 야스시 | 임용택 옮김

50 미크로메가스·캉디드 혹은 낙관주의 볼테르 | 이병애 옮김

51, 52 염소의 축제 마리오 바르가스 요사 | 송병선 옮김

53 고야산 스님·초롱불 노래 이즈미 교카 | 임태균 옮김

54 다니엘서 E. L. 닥터로 | 정상준 옮김

55 이날을 위한 우산 빌헬름 게나치노 | 박교진 옮김

56 톰 소여의 모험 마크 트웨인 | 강미경 옮김

57 카사노바의 귀향 · 꿈의 노벨레 아르투어 슈니츨러 | 모명숙 옮김

58 바보들을 위한 학교 사샤 소콜로프 | 권정임 옮김

59 어느 어릿광대의 견해 하인리히 뵐 | 신동도 옮김

60 웃는 늑대 쓰시마 유코 | 김훈아 옮김

61 팔코너 존 치버 | 박영원 옮김

62 한눈팔기 나쓰메 소세키 | 조영석 옮김

63, 64 톰 아저씨의 오두막 해리엇 비처 스토 | 이종인 옮김

65 아버지와 아들 이반 투르게네프 | 이항재 옮김

66 베니스의 상인 윌리엄 셰익스피어 | 이경식 옮김

67 해부학자 페데리코 안다사시 | 조구호 옮김

68 긴 이별을 위한 짧은 편지 페터 한트케 | 안장혁 옮김

69 호텔 뒤락 애니타 브루크너 | 김정 옮김

70 잔해 쥘리앵 그린 | 김종우 옮김

71 절망 블라디미르 나보코프 | 최종술 옮김

72 더버빌가의 테스 토머스 하디 | 유명숙 옮김

73 감상소설 미하일 조셴코 | 백용식 옮김

74 빙하와 어둠의 공포 크리스토프 란스마이어 | 진일상 옮김

75 쓰가루 · 석별 · 옛날이야기 다자이 오사무 | 서재곤 옮김

76 이인 알베르 카뮈 | 이기언 옮김

77 달려라, 토끼 존 업다이크 | 정영목 옮김

78 몰락하는 자 토마스 베른하르트 | 박인원 옮김

79, 80 한밤의 아이들 살만 루슈디 | 김진준 옮김

81 죽은 군대의 장군 이스마일 카다레 | 이창실 옮김

82 페레이라가 주장하다 안토니오 타부키 | 이승수 옮김

83, 84 목로주점 에밀 졸라 | 박명숙 옮김

85 아베 일족 모리 오가이 | 권태민 옮김

86 폭풍의 언덕 에밀리 브론테 | 김정아 옮김

87, 88 늦여름 아달베르트 슈티프터 | 박종대 옮김

89 클레브 공작부인 라파예트 부인 | 류재화 옮김

90 P세대 빅토르 펠레빈 | 박혜경 옮김

91 노인과 바다 어니스트 헤밍웨이 | 이인규 옮김

92 물방울 메도루마 슌 | 유은경 옮김

93 도깨비불 피에르 드리외라로셸 | 이재룡 옮김

94 프랑켄슈타인 메리 셸리 | 김선형 옮김

95 래그타임 E. L. 닥터로 | 최용준 옮김

96 캔터빌의 유령 오스카 와일드 | 김미나 옮김

97 만(卍) · 시게모토 소장의 어머니 다니자키 준이치로 | 김춘미, 이호철 옮김

98 맨해튼 트랜스퍼 존 더스패서스 | 박경희 옮김

99 단순한 열정 아니 에르노 | 최정수 옮김

100 열세 걸음 모옌 | 임홍빈 옮김

101 데미안 헤르만 헤세 | 안인희 옮김

102 수레바퀴 아래서 헤르만 헤세 | 한미희 옮김

103 소리와 분노 윌리엄 포크너 | 공진호 옮김

104 곰 윌리엄 포크너 | 민은영 옮김

105 롤리타 블라디미르 나보코프 | 김진준 옮김

106, 107 부활 레프 톨스토이 | 박형규 옮김

108, 109 모래그릇 마쓰모토 세이초 | 이병진 옮김

110 은둔자 막심 고리키 | 이강은 옮김

111 불타버린 지도 아베 고보 | 이영미 옮김

112 말라볼리아가의 사람들 조반니 베르가 | 김운찬 옮김

113 디어 라이프 앨리스 먼로 | 정연희 옮김

114 돈 카를로스 프리드리히 실러 | 안인희 옮김

115 인간 짐승 에밀 졸라 | 이철의 옮김

116 빌러비드 토니 모리슨 | 최인자 옮김

117, 118 미국의 목가 필립 로스 | 정영목 옮김

119 대성당 레이먼드 카버 | 김연수 옮김

120 나나 에밀 졸라 | 김치수 옮김

121, 122 제르미날 에밀 졸라 | 박명숙 옮김

123 현기증. 감정들 W. G. 제발트 | 배수아 옮김

124 강 동쪽의 기담 나가이 가후 | 정병호 옮김

125 붉은 밤의 도시들 윌리엄 버로스 | 박인찬 옮김

126 수고양이 무어의 인생관 E. T. A. 호프만 | 박은경 옮김

127 맘브루 R. H. 모레노 두란 | 송병선 옮김

128 익사 오에 겐자부로 | 박유하 옮김

129 땅의 혜택 크누트 함순 | 안미란 옮김

130 불안의 책 페르난두 페소아 | 오진영 옮김

131, 132 사랑과 어둠의 이야기 아모스 오즈 | 최창모 옮김

133 페스트 알베르 카뮈 | 유호식 옮김

134 다마세누 몬테이루의 잃어버린 머리 안토니오 타부키 | 이현경 옮김

135 작은 것들의 신 아룬다티 로이 | 박찬원 옮김

136 시스터 캐리 시어도어 드라이저 | 송은주 옮김

137 고독한 산책자의 몽상 장자크 루소 | 문경자 옮김

138 용의자의 야간열차 다와다 요코 | 이영미 옮김

139 세기아의 고백 알프레드 드 뮈세 | 김미성 옮김

140 햄릿 윌리엄 셰익스피어 | 이경식 옮김

141 카산드라 크리스타 볼프 | 한미희 옮김

142 이 글을 읽는 사람에게 영원한 저주를 마누엘 푸익 | 송병선 옮김

143 마음 나쓰메 소세키 | 유은경 옮김

144 바다 존 밴빌 | 정영목 옮김

145, 146, 147, 148 전쟁과 평화 레프 톨스토이 | 박형규 옮김

149 세 가지 이야기 귀스타브 플로베르 | 고봉만 옮김

150 제5도살장 커트 보니것 | 정영목 옮김

151 알렉시 · 은총의 일격 마르그리트 유르스나르 | 윤진 옮김

152 말라 온다 알베르토 푸겟 | 엄지영 옮김

153 아르세니예프의 인생 이반 부닌 | 이항재 옮김

154 오만과 편견 제인 오스틴 | 류경희 옮김

155 돈 에밀 졸라 | 유기환 옮김

156 젊은 예술가의 초상 제임스 조이스 | 진선주 옮김

157, 158, 159 카라마조프가의 형제들 표도르 도스토옙스키 | 김희숙 옮김

160 진 브로디 선생의 전성기 뮤리얼 스파크 | 서정은 옮김

161 13인당 이야기 오노레 드 발자크 | 송기정 옮김

162 하지 무라트 레프 톨스토이 | 박형규 옮김

163 희망 앙드레 말로 | 김웅권 옮김

164 임멘 호수·백마의 기사·프시케 테오도어 슈토름 | 배정희 옮김

165 밤은 부드러워라 F. 스콧 피츠제럴드 | 정영목 옮김

166 야간비행 앙투안 드 생텍쥐페리 | 용경식 옮김

167 나이트우드 주나 반스 | 이예원 옮김

168 소년들 앙리 드 몽테를랑 | 유정애 옮김

169, 170 독립기념일 리처드 포드 | 박영원 옮김

171, 172 닥터 지바고 보리스 파스테르나크 | 박형규 옮김

173 싯다르타 헤르만 헤세 | 권혁준 옮김

174 야만인을 기다리며 J. M. 쿳시 | 왕은철 옮김

175 철학편지 볼테르 | 이봉지 옮김

176 거지 소녀 앨리스 먼로 | 민은영 옮김

177 창백한 불꽃 블라디미르 나보코프 | 김윤하 옮김

178 슈틸러 막스 프리슈 | 김인순 옮김

179 시핑 뉴스 애니 프루 | 민승남 옮김

180 이 세상의 왕국 알레호 카르펜티에르 | 조구호 옮김

181 철의 시대 J. M. 쿳시 | 왕은철 옮김

182 카시지 조이스 캐럴 오츠 | 공경희 옮김

183, 184 모비 딕 허먼 멜빌 | 황유원 옮김

185 솔로몬의 노래 토니 모리슨 | 김선형 옮김

186 무기여 잘 있거라 어니스트 헤밍웨이 | 권진아 옮김

187 컬러 퍼플 앨리스 워커 | 고정아 옮김

188, 189 죄와 벌 표도르 도스토옙스키 | 이문영 옮김

190 사랑 광기 그리고 죽음의 이야기 오라시오 키로가 | 엄지영 옮김

191 빅 슬립 레이먼드 챈들러 | 김진준 옮김

192 시간은 밤 류드밀라 페트루솁스카야 | 김혜란 옮김

193 타타르인의 사막 디노 부차티 | 한리나 옮김

194 고양이와 쥐 귄터 그라스 | 박경희 옮김

195 펠리시아의 여정 윌리엄 트레버 | 박찬원 옮김

196 마이클 K의 삶과 시대 J. M. 쿳시 | 왕은철 옮김

197, 198 오스카와 루신다 피터 케리 | 김시현 옮김

199 패싱 넬라 라슨 | 박경희 옮김

200 마담 보바리 귀스타브 플로베르 | 김남주 옮김

201 패주 에밀 졸라 | 유기환 옮김

202 도시와 개들 마리오 바르가스 요사 | 송병선 옮김

203 루시 저메이카 킨케이드 | 정소영 옮김

204 대지 에밀 졸라 | 조성애 옮김

205, 206 백치 표도르 도스토옙스키 | 김희숙 옮김

207 백야 표도르 도스토옙스키 | 박은정 옮김

208 순수의 시대 이디스 워턴 | 손영미 옮김

209 단순한 이야기 엘리자베스 인치볼드 | 이혜수 옮김

210 바닷가에서 압둘라자크 구르나 | 황유원 옮김

211 낙원 압둘라자크 구르나 | 왕은철 옮김

212 피라미드 이스마일 카다레 | 이창실 옮김

213 애니 존 저메이카 킨케이드 | 정소영 옮김

214 지고 말 것을 가와바타 야스나리 | 박혜성 옮김

215 부서진 사월 이스마일 카다레 | 유정희 옮김

216 사람은 무엇으로 사는가 레프 톨스토이 | 이항재 옮김

217, 218 악마의 시 살만 루슈디 | 김진준 옮김

219 오늘을 잡아라 솔 벨로 | 김진준 옮김

220 배반 압둘라자크 구르나 | 황가한 옮김

221 어두운 밤 나는 적막한 집을 나섰다 페터 한트케 | 윤시향 옮김

222 무어의 마지막 한숨 살만 루슈디 | 김진준 옮김

223 속죄 이언 매큐언 | 한정아 옮김

224 암스테르담 이언 매큐언 | 박경희 옮김

225, 226, 227 특성 없는 남자 로베르트 무질 | 박종대 옮김

228 앨프리드와 에밀리 도리스 레싱 | 민은영 옮김

229 북과 남 엘리자베스 개스켈 | 민승남 옮김

230 마지막 이야기들 윌리엄 트레버 | 민승남 옮김

231 벤저민 프랭클린 자서전 벤저민 프랭클린 | 이종인 옮김

232 만년양식집 오에 겐자부로 | 박유하 옮김

233 이상한 나라의 앨리스 루이스 캐럴 | 존 테니얼 그림 | 김희진 옮김

234 소네치카·스페이드의 여왕 류드밀라 울리츠카야 | 박종소 옮김

235 메데야와 그녀의 아이들 류드밀라 울리츠카야 | 최종술 옮김

236 실종자 프란츠 카프카 | 이재황 옮김

237 진 알랭 로브그리예 | 성귀수 옮김

238 말테의 수기 라이너 마리아 릴케 | 홍사현 옮김

239, 240 율리시스 제임스 조이스 | 이종일 옮김

241 지도와 영토 미셸 우엘벡 | 장소미 옮김

242 사막 J. M. G. 르 클레지오 | 홍상희 옮김

243 사냥꾼의 수기 이반 투르게네프 | 이종현 옮김

244 훔볼트의 선물 솔 벨로 | 전수용 옮김

245 바베트의 만찬 이자크 디네센 | 추미옥 옮김

246 나르치스와 골드문트 헤르만 헤세 | 안인희 옮김

247 변신·단식 광대 프란츠 카프카 | 이재황 옮김

248 상자 속의 사나이 안톤 체호프 | 박현섭 옮김

249 가장 파란 눈 토니 모리슨 | 정소영 옮김

250 꽃피는 노트르담 장 주네 | 성귀수 옮김

251, 252 울프홀 힐러리 맨틀 | 강아름 옮김

253 시체들을 끌어내라 힐러리 맨틀 | 김선형 옮김

254 샌프란시스코에서 온 신사 이반 부닌 | 최진희 옮김

255 포화 앙리 바르뷔스 | 김웅권 옮김

256 추락 J. M. 쿳시 | 왕은철 옮김

257 킬리만자로의 눈 어니스트 헤밍웨이 | 정영목 옮김

258 오래된 빛 존 밴빌 | 정영목 옮김

259 고리오 영감 오노레 드 발자크 | 이철의 옮김

260 동네 공원 마르그리트 뒤라스 | 김정아 옮김

261 앨리스 B. 토클러스의 자서전 거트루드 스타인 | 윤희기 옮김

262 댈러웨이 부인 버지니아 울프 | 민은영 옮김

● 문학동네 세계문학전집은 계속 출간됩니다